文成天縱

明刻古典戲曲六種（外一種）

2

《明刻古典戲曲六種（外一種）》編寫組 編

广西师范大学出版社
GUANGXI NORMAL UNIVERSITY PRESS
·桂林·

第二册目録

新鐫女貞觀重會玉簪記二卷　〔明〕高濂撰　明萬曆黄德時重刻本……………………一一三

新編林沖寶劍記

二卷

〔明〕李開先撰

明嘉靖二十六年（一五四七）自刻本

寶劍記

寶劍記序

琵琶記冠絕諸戲文。自勝國已遍傳宇內矣。作者乃鐵壞多則成闐奚潮宮樾。力苦心訖。詞則口吐涎沫。按節拍。則聲點八撥板皆穿。穫之處目。能後出以示人。

梓里禅其事而傳其説。以
一燭光合遂名其樓爲鶴
先云予性頗嗜曲調。時復
輕彩。只覺爲魚鄉渠州
序。四韶之。奉序及甘州歌
等曲七闋爲可耳。餘皆辦三四
支漫。更用數年今記其下

詞曲體著。是記則庸老渾成流麗歌曲。人之異態隱情描寫殆盡。音韻諧和。言辭俊美。終篇一律有難於去取著意之起到散說詩句填詞。是不易的者。足以褒好雄之勝。而堅義良之以筆

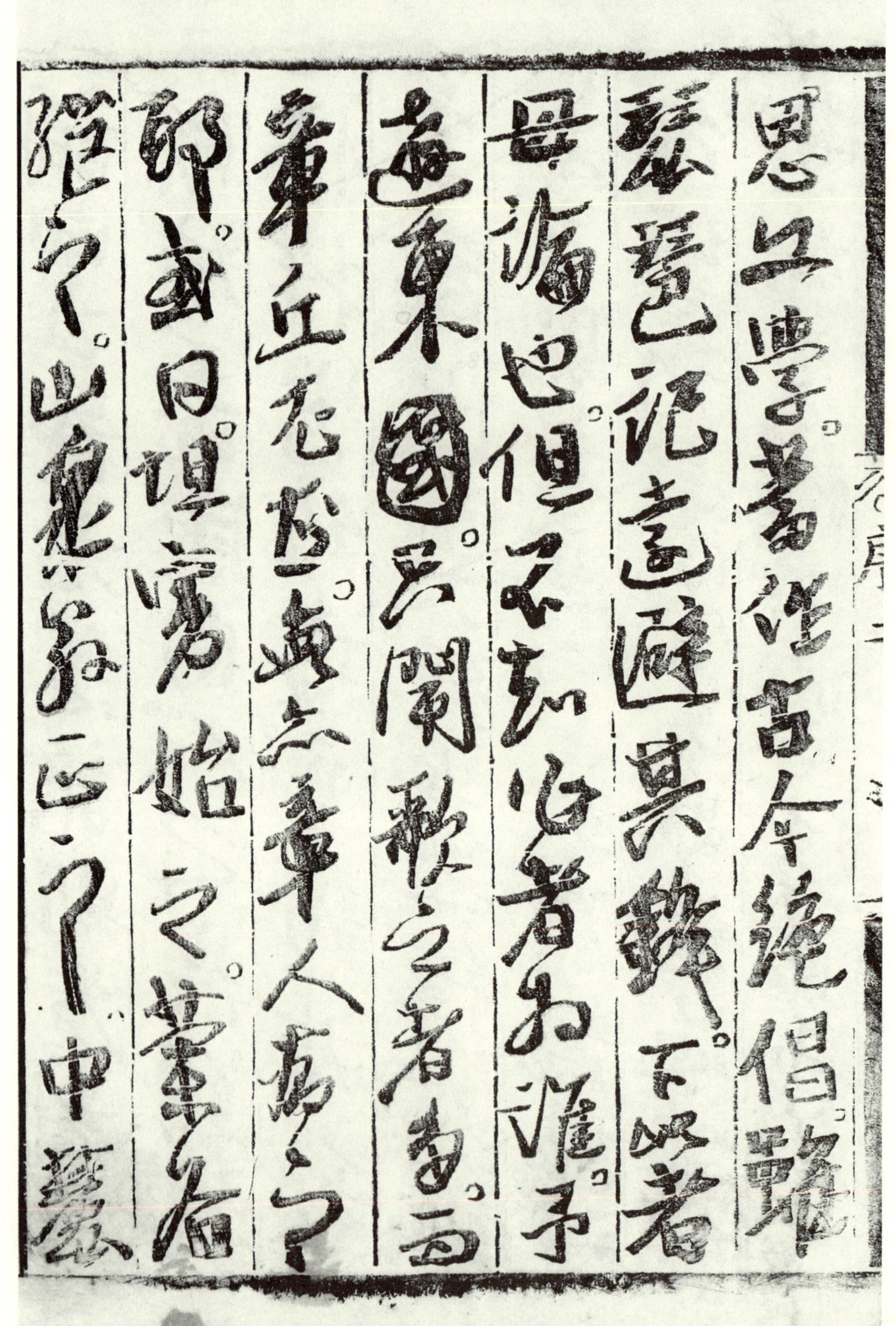
「思上學。書古今絕倡。暨
琵琶記壽避具錄。下此者
毋論也。但不知作者為誰。予
每過東國。見閨歌之者每每
肇丘左於無志。章千人為之
郎。或曰。得嘗始之。其名
諧之了。山鬼無寡正之了中藝

子國之人也。然業非甚閑其對偶語韻。幽不經意悠而閑自而能穩矣。固亦待持久亦不傳獨其之爲了瑞臚也。畢竟有若異同者乎。而中琵琶之下不平也。近見有賠中舊藏書者。其署曰時河門下游者。偹閱經義。亡為註疏言六經。或云爲道窅冥。散義酒變以自頹放。而其所著者。間或雜引譏讓之詞。君或以過而病之。惟僕獨竊嘆淺輩之陋者。子非所揣摩於賢者之深微也。天之生才。及才之在人。各有所適。夫旣不得顯施。譬之千里之馬。同困槽櫪之下。其志常在奮翮也。不得不鬱邑而悲鳴。是以古之豪賢俊傑之士。往往有所托焉。以發其悲涕慷慨抑聲音不平也。壺哀。或緩而舒。或急而亟。或困於勢力。或歌或嘯。或擊節。或喑啞。或路卜。或詼諧駁雜之數者。非其所為。與時浮沉者歟。可見中之一所持。與固與圓說泣之耳目而心莫所見々聞著矣。中麓僅書目。僕々躬躬。又時註書。有時摘文。有時奇々者調笑大。聚童放歌。而編捏南北詞曲。則附々有々。丈夫之士獨聞其放。僕作々同意像。正在乎是。所謂人不知々時異事也。觀此則其與志於世可知也已。豈因賢内之譽。嘆流輩之以飛語望人之如等。一切勞心辜罷棄不為。小令且難見之矣。況手文與經解。乃如寶劍記幾萬言耶。嘗植夏最交歡予擬演此戲。坐客無不泣下沾襟。想其累吾道心。酒半而先逝。然稱為此言者。將以闡其微而喜其素有才如此。傳之甘為溝中之即。不亦沒可惜耶。為此以往。將與之喔路冲和。致辯元夜。以圖

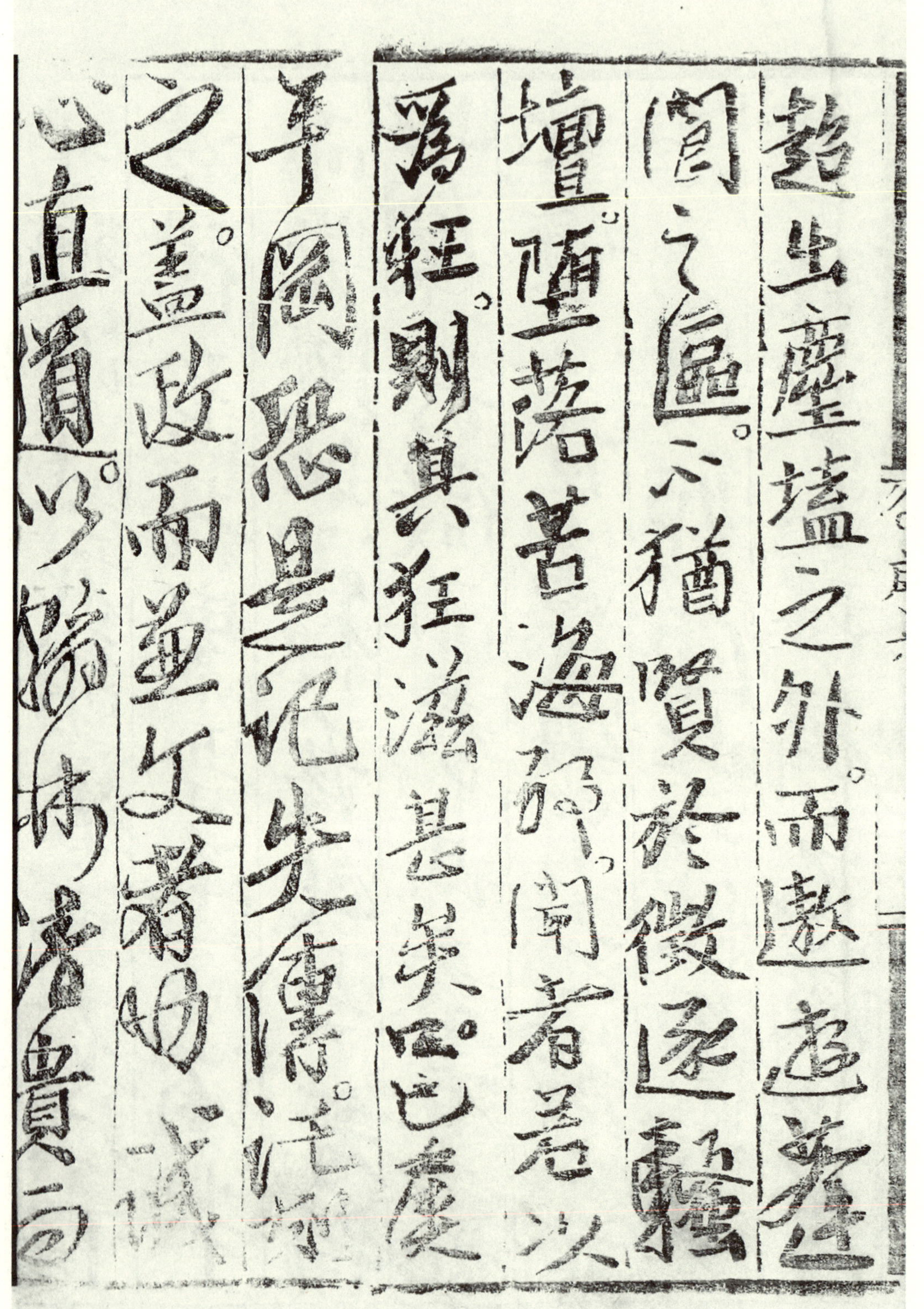

超出塵壒之外。而遨遊蓬
閬之區。亦猶覽於徵逐騷
壇。墮落苦海於。聞看者以
爲狂。則其狂滋甚矣。已處
乎圈恐是化生傳記。[illegible]
之。蓋既而無文者物[illegible]識
心直道。以端本清貫二

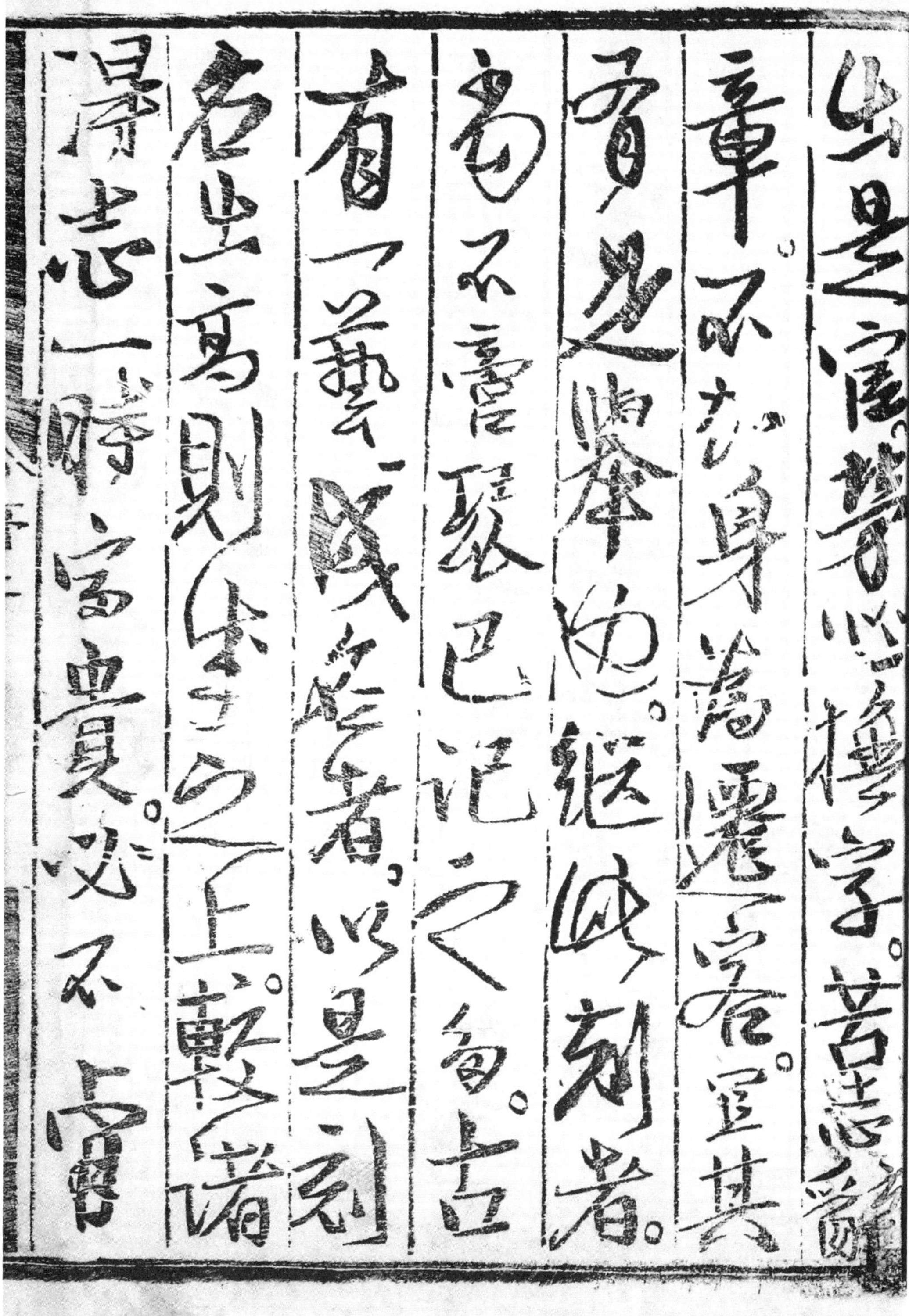
也是這等心腸。若論文章不在身爲遷客。但其胸中磊落。經綸者。不肯記之。方有一義之士。以是名高則上。輕富貴不可富

稍傳也。君是者則又中龍文章矣

嘉靖丁未歲八月素三日雲墨長酒君湯跋

寶劍記序

琵琶記冠絶諸戲文自勝國已遍傳宇内矣作者乃錢塘高則成闔闢謝客極力苦心歌詠則口吐涎沫按節拍則脚點樓板皆穿積之歲月然後出以示人猶且神其事而侈其説以二燭光合遂名其樓爲瑞光云予性

頗嗜曲調醉後狂歌只覺鴈魚錦梁州序四朝元本序及甘州歌等六七闋爲可耳餘皆懈鬆支漫更用韻差池甚有一詞四五韻者是記則蒼老渾成流麗欵曲人之異態隱情描寫殆盡音韻諧和言辭俊美終篇一律有難於去取者兼之起引散説詩句

填詞無不高妙者足以寒奸雄之膽而堅善良之心才思文學當作古今絕倡雖琵琶記遠避其鋒下此者毋論也但不知作者為誰子遊東國只聞歌之者多而章丘尤甚無亦章人為之耶或曰坦窩始之蘭谷繼之山泉翁正之中麓子成之也然哉非哉

聞其對客洒翰如不經意纔兩閱月
而脱稿矣固不待持久亦不借燭光
爲之瑞應也果爾是則詞林之幸而
中麓之不幸也近見有貽中麓書者
其畧曰時送門下游者候問行藏云
多註疏古六經或云多通賓客歌舞
酒奕以自頽放而其所著者間或雜

引譴讓之詞客或以此病之然僕獨竊笑客之陋者又非所揣摩於賢者之深微也天之生才及才之在人各有所適夫既不得顯施譬之千里之馬而困槽櫪之下其志常在奮報也不得不盩足而悲鳴是以古之豪賢俊偉之士往往有所托馬以發其悲涕

慷慨抑鬱不平之衷或隱於釣或乞於市或困於鼓刀或歌或嘯或擊節或喑啞或醫卜或恢諧駁雜之數者非其故為與時浮湛者歟而其中之所持則固涵於世之耳目而非其所見與聞者矣中麓復書曰僕之蹤跡有時註書有時摛文有時對客諷笑

聚童故歌而編捏南北詞曲則時時有之大夫士獨聞其放僕之滑意處正在乎是所謂人不知之味更長也觀此則其無志於世可知也已近因賢内之喪嘆流影之似飛悟些人之如寄一切勞心事羅棄不為小令且難見之矣况乎文與經解及如寶劍

記數萬言耶嘗拉數友歎予搬演此戲坐客無不泣下沾襟恐其累吾道心酒半而先逃然猶爲此言者將以闡其微而表其素有才如此使之甘爲溝中之斷不亦深可惜耶過此以往將與之噓吸沖和珍攝元液以圖退出塵壒之外而遨遊蓬閬之區不

猶賢於徼逐騷壇墮落苦海耶聞者若以為狂則其狂滋甚矣邑侯平岡恐是記失傳託刻之蓋政而兼文者也誠心直道以翰林清貴而出是官勞心譔字苦志辭章不知身為遷客宜其有是舉也繼此刻者當不啻琵琶記之多古有一藝成名者以是刻

名出高則成之上較諸得志一時富貴必不肯相侍也若是者則又中麓之幸矣

嘉靖丁未歲八月念五日雪簑漁者漫題

序因行書歷久而磨滅難辨今真書之

新編林沖寶劍記卷上

中麓放客撰

第一出

末上白　西江月

秋月照窮今古。春花開滿樓臺。春花落盡更還開。秋月年年長在。惟有浮生若夢。須知逝水難迴。得時歡笑且啣盃。鏡裏朱顏易改。　鷓鴣天　一曲高歌動玉觴。閑收風月入吟囊。聯金綴玉成新傳。換羽移宮按舊腔。誅讒佞。表忠良。提真托假振綱常。古今得失興亡事。眼底分明夢一場　試問當行作家。今日扮演那本傳奇。內應扮的是林沖寶劍記。呀原來是此本故事。聽道出處　滿庭芳　義士林沖。孝妻張氏早年子母孤孀。遭逢殘害。倚勢亂綱常。幸遇賢明府尹。闖英雄豪配邊方。義聚梁山豪傑。剪惡表忠良。佳人多薄命。欽旌典盡終養姑嫜。不慕權豪富貴。文普真娘千里。尋夫迹難。虎狼叢失伴愴惶。白雲菴奏相遇。寶劍永傳揚 高殿帥縱子淫亂。楊府尹與斷分明。張真娘冰霜守節。林武師寶劍傳名

第二出 生上唱 風入松引

儒冠誤我甚堪悲。篤志玩兵機。煙塵萬里平胡騎。勳業徒勞心力。襪線未能補衮。寸草且報春暉 白鶴高天 脫却儒衣掛戰袍。學文爭似習龍韜。才冲霄

漢星芒動嘯倚崆峒劍氣高。悲賊子。笑兒曹。爭誇朱紫占中朝。十年塞北勞千戰。汗馬秋風尚未消。下官姓林名冲。字武師。本貫汴梁人氏。父乃林皐。官拜成都太守。不幸早亡。撇俺子母孤孀。娶一房媳婦真娘張氏。躬操井臼。甘旨養親。林冲早承父業。習讀詩書。爭奈時遭坎坷。身值亂離。方韃入寇。黃榜招賢。吾乃仗劍投於軍門。生擒斬首。次第成功。授我征西統制之職。因見圖情子弟封侯。刑餘奴輩為王。小人擺弄威權。盜竊名器。因諫言一本。乃被奸臣讒置天子。坐小官毀謗大臣之罪。謫降巡邊總旗。幸蒙張叔夜舉蒍。做了禁軍教師。提轄軍務。今日朝回。喜遇母親壽旦。非月令付娘子。安排酒果。為母慶壽。娘子請母親出來 旦上唱 三段子引 春夢闌珊。篤嘆海棠風散見介 生白 母親有請 貼上唱 霧暗星胖。霜侵鶴髮。庭前喜列斑衣 生白 母親孩兒拜揖 貼 拜孩兒免禮 旦拜 貼白 孩兒今日無事。請我老身出來為何 生白 上告母親得知。不孝林冲。夙承慈訓。得列官階。奈無厚祿孝養。喜得家室和平。當此春景。聊陳盃酌。以介眉壽 貼白 孩兒盃酒盤飧足矣。何必羅列多品。既有酒殽在此。可請王媽媽過來。共同為樂 旦白 使錦兒去請。

敢待來也（淨旦上唱）前腔 一年好景春爲最。奈斜陽西下難追。一盃春酒。莫惜沉醉（與衆相見了）老身無物稱壽。特具粗帕一方。聊表隣舍薄情。望乞笑留（貼白）孩兒將酒過來（生白）母親待孩兒斟酒（唱）

錦堂月 仙苑春長比。堂景暮欣逢日吉時良。海屋添籌。南山壽祝無疆。但能勾菽水承歡。何足羨珍羞供養。（合）同歡賞。愿一門永遠團圓。共飲霞觴（旦唱）

前腔 頻頻喜效鸞凰。和協琴瑟。春風初試羅裳。南極星輝。畫堂佳宴方張。休看那桃李爭妍。且喜的萱花無恙。（合前）（錦唱）

前腔 年芳。烈女貞良。思同海

喬。銘心刻骨難忘。琴袖慇懃。頻頻侍奉高堂。遇晚景海宴河清。樂餘年身康體壯 合前淨旦唱　前腔　思量。撚指韶光。催人易老。何須日夜奔忙。趁此青春。花間且放顛狂。無窮事少要鋪排。有限盃不勞謙讓 合前貼唱　前腔　空房半世孤孀。貧無生計。舊業早已荒涼。花落春歸。嘆而今老景相將。愧合熊訓子無功。笑畫虎虛名空望 合前生唱　醉翁子　自想。螢歲椿庭先喪。愧學業無成。家私飄蕩 旦唱　聽講。喜如今夫貴妻榮。四海聲名已顯揚 合親壽享。恩松柏延年。日月悠長 生唱　前腔　豪放。匣中寶劍無塵

憚。知何日誅奸黨。自獎。雖不能拜將封侯。也當烈烈
轟轟做一場　合前　僥僥令　花香撲酒缸。鳥語閒
笙簧。聲低楊柳樓心月。歌女韻悠揚。聲遶梁　前腔
金爐爇寶香。玉盞泛瓊漿。直喫的滿身花影人扶
醉。銀燭正輝煌。月轉廊　尾聲　一盃春酒齊歌唱。
願祝萱堂壽永昌。管取今朝入醉鄉　碧桃花底奏
笙簧　一曲高歌酒一觴　縱使百年渾是醉　無
過三萬六千場

第三出　末上白

日傍侯門豈憚勞。半生辛苦侍權豪。井蛙自謂遊龍

窩。籬鷄爭知有鳳巢。吾乃是高殿侍府中一箇都官。往來帥府。出入朱門。尊主內外公私。善分上下應對。若說太尉富貴官居一品。位列三台。赫赫公卿。晝長鈴鎖。靜潭潭相府。漏定戟枝齊。林花剪彩賽長春。簾幙畫珠光不夜。芬芬馥馥。獺髓新調百和香。隱隱層層龍紋古篆千金鼎。衾擁牙床翡翠。枕欹八寶珊瑚。振琢玉丁東。傳燈金錯落。虎符玉節。門庭甲仗寒霜。夜銀箏。傀儡排場熱。絃朝謁見無非公子王孫。遂歲追遊。盡是侯門戚里。雪兒歌發鶯聲聞麗曲。三千雲母屏開。忽見金釵十二。下鋪荷芰遊魚。沼內不驚人。高掛樊籠嬌鳥籠前能對語。那里解調和燮理。衛一味趨諂逢迎。談笑有戈矛。大盡驚海岳。假音令八座大臣拱手聽。巧辯使九重天子笑顏開。當朝無不寒心。烈士為之鼻息。真箇是華堂下權豪第一。人間富貴無雙。道猶未了。大公子到來 小外上 匝地錦 引 幸喜雙親未老。洪恩賴我皇朝。一門富貴多榮耀。快樂無煩惱 白 吾乃高朋是也。我父親做着太尉。職掌天下兵權。今日早朝。天子喜賜櫻桃一盒。爹爹分付花園亭子上排酒。與奶奶嘗新。叫管家外邊叫个廚子來竈下使用。末上 叫 小人去叫。廚子何在 淨上 白 二十

年前造下硤府今始得近君王。昨日殿前宴文武都

道牛厨手段强末白你真箇姓牛淨白不瞞姪子說

我就姓牛末白你我年貌相等。如何叫我賢姪淨白

你叔叔有這樣口病末白你有口病。見你父親。如何

不叫淨白我見你恰似我大哥的兒子一般。因此說

失口末白休得閑說如今高老爹叫你做活。你若手

段不濟不要你去淨白若說起我的手段來。你站也

不敢站。自小生來聰俊。父母見我不倂。御厨學了十

年。師父打勾千頓。會燒一把紅火。若做別的休論味

你是个燒火的厨子。去不的淨白我做的好割切末白

我問你割切怎麼樣做 淨白 聽我說。有西江月為証
咬要十分爛軟。畧加五味調和。殺猪牸羯幼曾學燒
鴨烹鷄善作。細黃雲中過雁。休論天上飛鵝。麒麟獅
象與熊駝。曾在御前切過 末白 你說謊。熊駝獅象世
間有。那得麒麟肉來 淨白 小家子骨頭。我拿着麒麟
肉。只當家常下飯喫 末白 這箇也罷。我問你湯水怎
麼樣做 淨白 我也有西江月為証。能造五辛湯水。合
成一百味珍羞。綺羅宴上御香浮。白玉碗中光溜。要識
湯清有味。須知肉軟無油。君王宰相與公侯。一碗通
身汗透 末白 是好手段。去見大叔去來 淨見小外白

叫箇好的來。這厨子看這等嘴臉。會做甚麼 淨白 大
叔不可以顏貌取人。這竈下儕漢生活。何難之有 小
外白 着他進去。做的好便罷。若是不好。送錦衣衛打
四十問罪 淨唱 樂下 小外白 爹爹奶奶有請 老外
上唱 西地錦 日近君王語笑。愧無犬馬功勞 老
貼旦上引 聞道後園宴櫻桃。喜一家同得歡樂 白 老
相公萬福 外白 夫人有禮 小外白 爹爹奶奶有禮 老
外白 孩兒少禮 外白 獨秉權衡鎮帝都。蟒衣玉帶掛
金魚。誰知今日為官好。只恨當時少讀書。下官高棣
是也。今日早朝。叨蒙聖恩賜我櫻桃一盒。不敢輕用。

欲與夫人公子共享。高朋將酒過來。與夫人遞上一盃。夫人請酒外唱畫眉序聖主賜櫻桃。萬顆勻圓世間少。喜承恩多幸。無福難消。捧金盤滿座光輝。飲玉斝合家歡樂合興豪。終日笙歌鬧。盡今生富貴逍遥老貼白老相公請酒唱前腔白髮不相饒。莫把光陰虛度了。趁豐年稔歲月夜花朝。穩情受霞珮珠冠。且喜的金花鸞誥合前小外白爹爹奶奶。滿飲一盃唱前腔春色醉仙桃。莫惜金罇盡傾倒。托賴着君王洪福。父母權豪。雖然是假虎張威。誰不避豺狼當道合前末唱前腔花外鳥聲嬌。

樂處須知人易老。聽詞歌金縷。樂奏雲璈。果然是家在蓬壺。分明的人遊仙島 合前 外唱 滴溜子

金盃捧。金盃捧。罇前共酌。玉山頹。玉山頹。花陰醉倒喜新篁池閣。相對南薰。解葛衣蘭湯浴澡 合 只喫的日沉海底。月上花稍 衆唱

前腔 受皇恩。受皇恩荷蒙聖朝。恃威權。恃威權。勢壓百僚。占斷人間榮耀百年連夜飲。歡娛恨少 合前

雙聲子 衆唱 夜將闌夜將闌。聽漏轉。佳人頻報。花枝動。花枝動。宿鳥䟕胭脂零落。天街靜。天街靜。人漸悄。玉繩低度。金鼓頻敲。

餘文 兩行銀燭紗籠罩。幾陣香風環珮搖。一派笙

歇歸盡閑 頓覺春歸又夏來。小園終日綺筵開。莫憂身外無窮事。且盡生前有限盃

第四出 生上唱引 西江月

曉風吹雨戰新荷。可惜明珠迸碎。閑啓寶匣看古劍。紫電照人睛碧。偖揭妖狸。渡河胡馬。眼見的太平非昔。空懷忠義氣。為君爭鬧流滯 武陵春 方掛扶桑無用處。英雄人已白頭。虎鬬龍爭箇箇休。不如一笑得封侯。堪恨當年奸佞者。接連亂神州。胡塵風起暗龍樓。長嘆為君憂。下官林冲。幼讀經史。長學兵書。止知忠君愛國。不解附勢趨時。方今在朝高俅等。構

置天子採辦花石荒淫酒色寵幸妓女李師師致使百姓流離干戈擾攘每懷苦諫之心媿少回天之力又恐差毋鮑憂因此心上不樂叫家童將我那寶劍來能亂一會以遣愁懷 末上白 伏東人寶劍在此 生白 此劍是祖公公林和靖傳留乃朝庭所賜之寶香禮纏龍鱗客砌珠沙魚鞘虎口雙吞玉金錯落鰻花扣結碧玲瓏鏤玉粧束掛三尺壁上飛泉響半夜床頭驟雨世無麟血倩誰磨背有龍紋光自吐五陵俠客袖中携萬乘高皇馬上取及到林冲之手又不能措揮將士掃除邊疆虛負此劍今非一日 唱 懶畫眉

[illegible][illegible]不用買吳鉤。拋擲床頭紫電流。等閑斯新月 豐斂
支頭。恐失英雄手。歹慫慵夫刻畫舟 白 歌曰
塵埋兮光犯斗。青天暗靄兮悲風吼。午夜懸門兮魑
魅走。為主提歸兮豪俠手。五陵遊兮藏入袖。三尺芒
兮破窮寇。倚天兮撐白晝。沉淵兮化龍鬪。劍兮劍兮
等高價。人兮人兮奈時候。我將寶劍賞玩一會。又見
葵榴爭放花影入簾。不覺的困倦了 唱 前腔 日
高花影入簾幽。那管紅稀與綠稠。倚門兒女羨葵榴。
爭比芝蘭秀。幽谷無人香自浮 作睡介 旦上 唱
三疊引 池塘爭放蓮堪折。擲外鶯聲啼徹。試看海

賞花。應見綠添紅卻。旦白 官人在此賞劍。已困着了。奴家向前。將寶劍試彈上一彈。生醒介 呀 娘子在此。有失迎接。旦白 聞官人在此賞劍。奴家特來問候 生白 不敢起動娘子。旦白 每見官人懷抱不開。卻是為何。生白 為慮國家信用高俅等。非奸黨不容。無貴賄難進。引誘朝廷採辦花石。建造宮室。逼迫的天下荒荒。胡馬南渡。因此彈劍作歌。以寫心事。旦白 常見官人彈劍。未見官人舞劍。生白 你婦人家曉的甚麽。古人云。勇劍敵一人。智劍敵萬人。況此劍頓閑日久。安[illegible]為舞。旦白 此劍銹錆無光。要他何用。生白 娘子劍有用處。但不遇時 唱 桂枝香 一不逢雷煥。空愁王粲。
擂磨的雪刃光芒。提舞着星紋燦爛 白 娘子此劍貴
如干將價抵連城 唱 干將最罕。干將最罕。連城休換。
戳開地府斬斷天山。醜虜迎頭破。奸臣聞膽寒 旦白
官人此劍既有大用有一樁故事你知否 生白 娘子
我不知是那樁故事。請娘子說來我聽 旦白 妾聞後
漢朱雲。願請上方斬馬劍。斷一佞臣頭。上問為誰。曰
安昌侯張禹也。朝廷大怒。使人執引朱雲下殿。要行
斬首。雲兩手攀折殿檻。高呼曰。臣願從龍逢比干。遊於
地下足矣。官人你讀聖賢書。所學何事 唱 前腔

朱雲折檻。天顏輕犯。你既讀古聖詩書。須要把名賢師範。切休意懶。切休意賴。即當直諫。攬衣趨舜。拔劍類看。你道止許英雄彌。不是英雄不與彌 生白 賢哉娘子說的是。我有心條陳國事。進賢退不肖。爭奈官小言輕。又老母在堂。所以不敢上諫。【旦】 朱雲漢之視皇小吏。尚然不避權奸。官人官居提轄。雖當進忠。爭奈老母年高。夫婦終養天年。勝似你爭名奪利 生白 娘子我有許多汗馬功勞。豈不要做大官。且如馮唐善文。遇武帝好武。李廣善武。遇文帝好文。二賢各不遇時。我林中春夏讀書。秋冬演武。學的文武全才。遇着高俅等。擋住了賢路。與古人不遇。真果一般 唱 梁州序 恒存臣節。非干君祿。徒使荊人泣玉 白 娘子如今不用才智。上下懷利。惟錢而已 唱 賢如顏孟。無錢困守茅廬。只用閭閻小子。義士忠臣。輕棄如塵土。誰能繼版築。弔耕鋤。賢者歸來釣五湖 合 思往聖非爲富。你看太公伊尹扶真主。只用三尺劍六韜書 白 旦 天下英雄。不得志者多。不止官人一人 唱 前腔 鴻儒賢士。雄文壯武。多少山林埋沒。危邦不入。權時韞匵藏珠。上有萱堂老景。正好承歡。萊水斑衣舞。人臣學荊軻。效專朱。烈士成名信不虛 合 前 生 唱 前腔埋輪的因何緣故。掛冠的為誰歸去。只恐豺狼當路。虛張聲勢朝市恐安居。又有心非口是。行濁言清。此輩真六鼠。天下人皆醜。倩誰扶笑倒三閭楚大夫

合前 三唱

前腔 志清高何須顧祿。避名利如同棄物。但得無榮無辱。林泉舒嘯。騏驥老鹽車。乘興探春尋梅。載酒尋花。名不上功勞簿。從此辭官去。伴田夫口不談兵穩跨驢

合前 生唱

節節高 平生愛坦途。不隨俗。路逢險處難迴馭。時不遇。待價沽。賢門杜。英雄多被功名悞。合只恐今非大舜時。搖琴誰把南薰奏。三唱

前腔 言高膽氣粗。害身軀。無

言不被人嫉妬。屠龍計。打虎術。皆虛譽。潛身莫走長安路 合前

尾聲 伏龍泉不由人側目。只怕棄丘陵鑾輿南渡。乜的不痛殺豪傑大丈夫

憂君心已煉成冊。欲進忠言奈小官。學大不如錢力大。進身難似讀書難

第五出 淨上唱 水底魚兒

子弟家風。半生花酒中。幫閑走空。只為一囊空 丑上唱 前腔 暮四朝三。迎機總妄談。將人坑陷。且解口頭饞 白 哥哥作揖 淨白 兄弟作揖。小子從來豪氣虽是將門龍襲替。爺爺曾任驛丞。家父見當皂隸。我生

自幼顛狂。只好諸般博奕。不會買賣營生。那管耕田種地。幫閑糊口生涯。賭博養身活計。兄弟你做的甚麼生理 丑白 家無立錐之地。日有百錢之費。舊布衫難得離身。破草鞋常餘幾對。曲膝兒軟似羊羔。巧舌頭甜如蜂蜜。打勤勞却會逢迎。憑小心不過諂媚。兄着手使人的錢財。刷着鍋等人家茶麥。唱的們箇箇欽服。百姓每人人迴避 淨白 他怕你怎的 丑白 他怕我狐假虎威 淨白 他也怕我 丑白 他怕你怎的 淨白 他怕我狗仗人勢 丑白 哥。這幾日無錢使用。何不在高大叔那里討些便宜 淨白 遠遠的望見大叔來了。

小外上唱 甲馬引 有酒且斟今日醉。莫管他年興廢。富貴榮華平生前修積。若不及早歡樂是爲痴 白 酒滿金樽花滿枝。人生莫負少年時。樽前有酒須當醉。老去攀花悔後遲。自家高朋是也。父任太尉之職。吾所好者浪酒閑花。府中有兩箇心腹虞候。陸謙。傳安。這兩日如何不來見我 淨丑同 白 大叔陸謙付安來見 外白 起來你兩箇這兩日不來厮見所幹何事

淨白 小的老娘養了箇娃子。因在家裡操了些柴米。所以不得來見大叔 外白 叫管家的着人送兩石米與他去 淨白 多謝大叔重賞 外白 傅安你在家做甚

麽來 丑白 小人老子死了。為了使着。纏着小的老婆。家裡要儍樂神。無錢使用。揉東撮西的因此來見大叔進了 小外白 叫管家拿一两銀子與他買紙燒去 淨白 多謝大叔重賞 小外白 這两日心悶閒倦。你兩箇有甚麽本事博戲耍一耍 丑白 小人會踢氣毬 小外白 這是我心愛的事。况有家傳。你說來我聽 丑白 大叔聽我說。有西江月為証。巧匠裁成雲錦。封帯閙子弟堪誇。綠楊深處襯平沙。低拂花稍謾下。過論穿、臁可愛。丢頭對泛無差。一尖斜挑迸寒、霞。不數高臺戲馬 小外白 好好。這箇正是你我子弟家風 淨白 你那氣毬何足道哉。下的好棋子人。稱為兩京無對手。四海總寒心也。有西江月為証。出手車能衝蕩。當頭砲有輸贏。魏河八戰要留情。精選挑源取勝。誰識四封有力。須知千里獨行。金鵬妙變使人驚。天下都聞名姓小外白這氣毬棋子。堪可釋悶。叫左右看茶來與他兩箇喫淨白甚麼茶里酒里小外白就忘了二位喫酒。看酒與他兩箇喫丑白甚麼酒里飯里小外白二位餓了。看飯來與他二位喫淨白休看飯。小人昨日喫了飯了小外白你不喫教他喫丑白小人也飽了小外白你在那里喫飯來淨白小人總打十字

街過來見那食店内燒鷄燒鵝粉湯邑兒障着小人眼看了一頓來了這的是癩象嗑這種眼飽腹中饑

小外白 還不曾喫飯來看酒飯來與他喫 末白 酒飯在此

小外唱 皂羅袍 自想桃源無路串鼓館把酒攜壺花邊醉倒玉人扶樽前笑指紅裙舞 合 朱顏易改白頭甚速有花須折無酒且沽錦堂風月儕享負

淨唱 前腔 公子有田文半度盡富貴勢壓皇都朱門遠近客追趨畫堂飲宴人豪富 合前

末唱 前腔 須信為仁不富百般計總是畫謀世人笑我是狂愚我嗟人世空勞碌 合前

小外唱 前腔

走馬章臺幾度，慣追隨柳巷花衢。歡娱錦帳臥[illegible]能。慇懃彩袖傳鸚鵡（合前）（丑）半生酒困并花迷，花酒徙來惹是非。正是酒淹衫袖濕，果然花壓帽簷低。

第六出（末上白）

一自登雲上九霄，攀龍長近赭黃袍。不因對策三千字，安得金門侯早朝。文共武盡英豪，天顔喜色醉仙桃。金爐香盡螭頭暗，玉佩聲來雉尾高。吾乃朝廷黃門官是也。今日官裏升殿，內有傳奉，外有奏章，俱是下官理會。只得在此伺候，看有甚麼人到來。（生上唱）

【謁金門】引　時衰鈍，會朝誰是英傑。鼓在君傍剪

妖孽。忠心真箇切急。濺一腔腥血。噴獻九重宮闕 白
惶惶仰北辰。恨未面天子。言及救蒼生。忠臣不怕死。
朝廷聽信高俅擬置。遣朱緬等。大興土木搡辦花石。
擾動江南黎庶。招致塞上干戈。此輩反稱賀時世太
平。不管閭閻塗炭。我林冲職居僚末。為國傷情忘其
固陋。寫就這一統表章。舍生望闕奏上一本 合唱
滴溜子 祝皇家。祝皇家。既壽永昌。保蒸民。保蒸民。
年豐歲康。急君親賢遠佞。花石且暫停。休招外釁。因
此狂言。誤奏上方 末白 那奏事官。先將副本讀過一
遍。我替你傳達聖上。便了 生白 表曰。提舉羽林軍教

韓官臣林冲謹奏，為朋黨要君，釀招安異事。伏以蒞德行仁，沛甘霖於旱歲；納言受諫，熙帝載於清時。君相協功，神人共喜。今宣尉使童貫，乃刑餘小人；太尉高俅，實斗筲末器。濫叨重任，不輸蹇蹇之忠；又沾清班，大肆營營之計。奸細結為心腹，賢良視若寇讎。欺君誤國，奸比趙高；擁衆盜兵權，傾董卓異弃亥貪蠹。惑聖志，土木大作。靡費民財，以致星彗衝天，旱蝗遍地。禍將不測，事豈宜遲。伏愿皇上或加兩觀之誅，或致三苗之竄，以迴天變，以荅人心。臣誠惶誠恐，稽首頓首上言。作唱　蘇腔

念林冲，念林冲，身坐草莽，

荷天恩。荷天恩。羽赫傲長望重嵩山呼萬歲。臣因國

難憂。非求受賞。豈敢用擇對主詞謊 末白 那奏事官。

前月給事中方晏奏書。竄發嶺南陳過。逕覓監大理

寺。沒來由的事。不奏也罷 唱 鮑老催 官人細詳。

當朝省院遭禍殃。直言不免多磨障。你是忠良將。不

須講。將頭與你直達玉堂。天顏有喜加官賞 下 生白 賞

門大人去的遠了。我這里望闕再拜幾拜 拜 唱 滴

溜子 望龍顏。望龍顏驚惶拜仰。聽綸音。聽綸音。傳

宣未央。念吾皇聽微臣短諫。從今禮俊英。剪除逆黨。

一旦浮雲掃。重開日光 末上唱 玉交枝 賞封

今〻喜明君親拆諫章。重瞳看了龍眉放白奏事官將耳來唱童大王切莫君傍高俅叩首告吾皇說你小官敢把勳臣謗。早隄防漫天下網白官人你錯了。你官不在監司職不居言路。你恁他怎的生白黃門大人伐林沖職分雖微。聖上寵恩難報。今日死且不避權那奸黨怎的萬歲不納表章臣請面奏生作荒介末作攔介聖旨既已留中。誰敢再奏生唱漁家傲君不見四海蒼生水火間。紛紛滿目權奸。哀哉可嘆悞國殃民。那更開邊患。天條輕犯。致生民苦遭塗炭。趙家業有似丘山。顧微臣欵一不全忠有何顏見比

干。條陳事登聞在日邊。鐵錚錚忠言直諫末白朝廷
喜怒不同。只怕你早晚有些虧損唱前腔將頭
血一腥腥把龍袍濺。望天顏不由我一聲聲分辨。中
息賴何人保全宗祖丘陵。官民太平源丑唱招安早見
如今流移未還。要説起心寒。不由人兩淚潛潛。為國
忘家。剪惡除奸。那無端。一昧里欺君逆天。白大合你
看天下荒荒。人民逃散。生不能安。死不能塟。却不傷
感人也。唱撲燈蛾奈何逃亡屋流離可痛酸。不
照覆盆地。光明豈是偏末唱都是讒言。讒言。一箇箇
蹺蹊同賊。只為他一身貴顯。民貧國難兩徒然

聲願君從此用忠賢早把非人退遠社稷安康億

萬年　欲效愚忠草諫章只因口直把鉛簧舌頭好

似鈎和線平地爭知起禍殃

第七出　外上白　出儀子

官居御前衆恩久掌兵符朝隨豹尾近龍輿大丈夫得

志豈無毒飽饑爨鬭爭氣餓鳥讒事食人無害虎心

虎有傷人意殺想那林冲當初做統制之時上表奏

劾童大王宦官不許封王奏太原失守河界結怨遼

金敗祖宗齊盟失中國之信創開邊釁等事上怒謫

降做提轄小官惟獨曰又奏我輩朋黨要君之事封王

封侯。又不曾[illegible]那里官、這廝再三無禮。左右[illegible]日有童大王[illegible]尋法殺害林冲這廝休得泄漏了消息小末[illegible]看顧。怎敢泄漏消息末唱

剔銀燈說林冲[illegible]是箇惡黨。使奸謀將咱廝量。今番休當[illegible]鷹養。須[illegible]英雄心似虎狼。思量將他早防。則怕縱虎遺災又受殃小外唱

前腔這些事何勞合想[illegible]輕生將爹爹毀謗。當朝兵馬獨職掌。不怕他有機關。才高智廣思量、有一日飛禽落網頃刻間教他命亡

職掌朝綱、寵幸新。小官焉敢謗勳臣。款向月中擒玉兔。光將鉤線釣金鱗

第八出 末扮僧上白

大厦難支之勢已傾。英雄四海亂縱橫。吾徒不是空門客。要削人間事不平。念我是經略府提轄官魯達。今已棄職在相國寺為僧。昔曾征土番。軍中與林沖八拜為交。常恨兄弟剛不屈人。奮不顧身。常欲直言強諫。萬一有禍爭。奈老母躭憂。不免去尋訪兄弟。勸戒則箇。兀的一簇人馬來。敢是武師兄弟來也。我且避在這廊下看他認的我不認的。躲介

高陽臺 生上唱 待漏隨朝。鳴鞭宿衛。旌旗隊里排列。帶甲持戈。望廷燎曉披星月。朝回緩步歸青瑣。紅塵動馬蹄踪

陵。莫名鼉剎鎮。昔自標榜。白遠遠望見好似智深大哥。生從何而來。仁兄似你為僧好為官好。僧白武哥兄曩日朝中宰相。五更寒。鉄甲將軍夜度關。山寺日高僧未起。筭來名剎不如閑。兄弟老母在堂。定是納福生白未向朝中拜聖君。先來堂上問慈親。欵干祿榮終養。只恐金門若侍臣。僧白好好。兄弟忠孝兩全倉。僧可也放心。請兄弟往相國寺幽靜去處。敘幾句朋友情話如何。生白仁兄請小弟傾往。同行僧白小行者何在。丑和尚上白這蟻難尋穴。歸禽易舊窩。清堂僧不厭。一箇俗人多。老師父。貧僧在此伺候。僧白那小行者不要放進人來。俺這里消遣一會。外邊有好酒沽一瓶來。代與兄弟酬酢幾盃和尚白小僧去取酒來僧白近聞兄弟。志在興革天下利害生白不敢。但見奸黨盈朝。英雄喪氣。變亂祖宗成法。傷離天下人心。誰似仁兄退休名利。可謂高見僧白吾不得已而爲之。朝廷信用浮蕩子弟高祿。天下豪傑。皆有不平之氣。你我十載邊關。千辛萬苦。都是這幾箇奸黨擺置。把汗馬功勞都做了一場春夢生白仁兄便是如此說唱高陽臺想着那萬里烟塵。十年牢大。戎服馬上不卸。白草黃雲。那更衝冒風霜。磨拆。一

身歷盡千戰苦。恨不得氣吞胡羯。要圖箇身書麒麟
到做了夢遶蝴蝶 僧唱 前腔 吁嗟。想那李廣難
封。馮唐易老。堪憐世道衰絕。寶劍塵埋。空將驥伏鹽
車。頗越。孫陽歐冶而今遠。亂紛紛不辨龍蛇。論功勞
赤心報國總是饒舌 生唱 前腔 休說報主丹衷。
除邪諫草。空懷義氣忠節。志落奸謀。危巢且守鳩拙
英烈。三十功名塵與土。仗寶劍空彈明月。凭闌處瀟
瀟風雨。都因愁結 僧唱 前腔 難捨。契結金蘭情
投膠漆。合你死生交結。故國相逢。也不須苦苦咨
嗟。歡悅。與君且盡盃中酒。心事也謾勞悲切。有一日

雲開天顯。管教他燭隨風滅。（生唱）前腔 妖孽。崇

雀撇籬狐狸弄燭。魍魅晝遊天闕。弄柄操權。任他母

顛倒豪傑。虛設朝廷。衮服誰爭補。近龍顏滿目奸邪。

數十年懷冤結憤。好教我一時難雪。（僧唱）前腔

曾別托跡烟霞。棲身山水。因此暫投藍若。夢覺邯鄲。

安眠處一枕寧貼。山寺月高僧未起。着緇衣輕似拔

鐵。利名途車多顛嶮。不須你再踵前轍 餘文 段

孤病失伴軟射闕。溪分袂從此別。遙指白雲歸去也

二十年來醉夢間。只今打破利名關。因過竹院逢

僧話。又得浮生半日閒

卷上 二十一

第九出 老外上 出隊子

吾息雖亨。也為身家兒女憂思。量昨日那緣由。縛虎之心肯罷休 白 白虎堂高鎖碧空。珠簾不捲玉玲瓏。侯門曾授君王勑。到此遭刑叉寇同。前日蒙童大王書來。着下官謀殺林冲。今夜想起來。童大王說的是。吾觀此人。英雄智勇。豈久屈下於人。不若趁早圖之。以除後患。我想以一條計策。這白虎堂是朝廷封過節堂。我使人以看寶劍為由。賺入此間。拿送軍司。犯依聖旨。擅入節堂者斬。問這廝斬罪。似他那里分說。下遭誣的承局是誰 末上 白 堂上一呼。階下百諾。有

門即對。承局是我（老外白）昨日分付的事。你曉的麼
（末白）昨日分付的事。小人曉的（老外白）你既知道。我
先伏下甲兵在白虎堂廊下。你喚他來。說我要他那
寶劍你箇比樣。着他自己帶來。賺入白虎節堂。就着
甲兵拿問（末白）謹領鈞旨（老外白）你須要記心。休當
小事。前來聽我分付（唱）【四邊靜】與我准備牢籠
和。兵甲冷颼颼。莫教外人知。休得輕泄漏。思量可憂。
疾去莫遲留。他若肯來時。教他一命休（末唱）【前腔】
小人聽說這緣由。相公不須憂。賺虎入深穴。怎肯
輕撒手。思量莫愁。疾去莫遲留。他若肯來時。教他一

命休 平生做事不糊塗。信道無毒不丈夫。若無萬丈深潭計。怎得驪龍頷下珠

第十出 生上唱 霜天曉角引

半生無用。從事如春夢。自想虛名薄利。白髮老英雄

曉起無言常自省。時乖百事總欺人。欲將心事陳親耳。夢裏黃粱恐未真 今夜做一夢不祥。心上憂疑不定。請娘子出來商議則箇。娘子有請 旦上唱 前腔 日移花影曉。起臨粧鏡問。親堂上。蓮步護輕盈

白 官人萬福 生白 娘子拜揖 旦白 官人呼喚奴家。有何話說 生白 我今夜做一夢不祥。請娘子出來觧一

解（旦白）官人所夢何事說與奴家知道（生唱）晝眉序　今夜正三更燭暗香消酒未醒我夢見鷹投羅網虎陷深坑損拆了雀畫良弓跌破了菱花寶鏡此情心上全無定空教人疑慮難明（旦唱）前腔　春夢杳無形青草池塘隨處生豈不聞巫娥妄想槐蟻難憑恁再休疑蕉鹿迷真且莫信蝴蝶虛景此情禍福應難定不須苦苦憂驚（生白）此夢不祥叫家童外邊叫箇筭命先生來與我圓夢（末白）小人就去遠遠見一箇先生來了（淨上唱）　收犢歌　年來運拙善無依講命為生撇了妻一任傍人講是非得便宜處且

便宜 白 若論小子家世。祖輩耕田種地。連年水稻不收。老幼離鄉討喫。只俺兄弟人多。都有隨身手藝。大哥揑塑神祇。二哥打造首飾。三哥畫影傳神。四哥行醫診脉。惟我自幼讀書。學了子平周易。正爲囊無分文。逐歲冲州撞邑。費了草履麻鞋。受盡跋涉氣力。舊網巾前低後高。破布衫纏腰裹膝。盐荳兒隨路乾糧。乾魚頭客邊口味。近來命蹇時乖。所事營生不濟。十日不見一文錢。三日不曾得飯喫 末白 這等的不餓死你了 淨白 存得性命還鄉。也是爭名奪利 末白 先生。我請你去圓夢 淨白 誰家請我 末白 林老爹家請你（淨白）是豹子頭林沖家（末白）見介稟老爹。叫的先生來了（淨白）筭命的與老爹叩頭（生白）先生起來。曉的周易麼（淨白）我連子平都曉的（生白）先將賤造看一看。然後圓夢（淨白）請老爹說貴造來（生白）乙亥年。壬午月。乙丑日。丙子時（淨作掐筭科）莫論往年休咎。且評今後行藏。八歲行運。三十三歲。正在東方卯運。運入比肩。號曰背路逐馬。有四句斷語不好。命犯刑星必主低。身輕煞重有灾危。時日若逢真太歲。就是神仙也皺眉（生白）命既如此。再把我夢中詳細斷一斷（淨白）請老爹說來（生白）我夢見鷹拔羅網虎陷深

坑攢。拆了雀畫兮。跌破了菱花鏡 净白 鶯投羅網。恐

有牢獄之灾。虎陷深坑。難免奸謀之害。雀畫兮拆散。

業一朝虛度。菱花鏡破。夫妻指日分離。此夢總然不

好 生白 有鮮處處 净白 白虎當頭攔路。長門鬼挂生

灾。神仙也無辯。太歲也難捱。造物已定。神鬼莫移 生

白 叫家童打叢先生同去。與他二錢銀子 末白 銀子

在此 净白 謝老爹重賞 下 生唱 前腔 咨口問前

程。解取青囊看子平。他說我時逢刼煞。命犯天刑。三

日裡必有灾危。八字中全無吉慶。此生。萬事皆前定。

不由我感嘆傷情 旦唱 前腔 造化本生成。冋

區區問五行想天分晴晦月有虧盈富與貴兩字從天生和死百年由命此生天已安排定何須苦問前程（生白）娘子說的是我林冲仰不愧天俯不怍人忠君孝親何足爲慮（唱）

【撲燈蛾】平生日所爲將心自思省俯仰但無虧萬事從天分付也（旦唱）我和你鸞凰共影只憂愁好事難成（生唱）念萱親時當暮景立身行孝何必苦勞形

【尾聲】居官豈若無官好鉄衣不似綵衣輕誰使風波競利名卦裡陰陽仔細尋無端閑事莫關心平生積善天加慶心不欺天禍不侵

第十一出 末扮承局上 淨白

倉忙終日為官差。叱去如何敢打捱。太尉令成縛虎計。林冲難免目前災。小人是箇新來的承局。今日高太尉差我去誆林冲。將帶寶劍來看。欲害他性命。兀的來到林冲門首。我索叫他一聲。林武師在家否 生上唱

帝臺春 引 肝心耿烈。平生未曾屈節。苦遭逢多妖孽。淹滯人中豪傑。壯志空懷臣子恨。惟酌酒高歌彈鋏。看桃李爭妍。風中隨開隨卸 白 環甲持戈趨早朝。歸來門巷甚寂寥。冲宵比斗龍光現。知是匣中劍氣高 叫 府中承局呼喚。不知為何 末白 武師無

得知今聖上要造寶劍十口。着落太尉老爹監造。聞武師有寶劍一口。帶去作箇比樣。恐武師不放心。就請帶劍同去。取了樣子就拿回來。太尉在堂久等（生白）請承局先行。我帶劍自去（末下生白）娘子將我寶劍過來（旦上唱）夜行船（引）曉起窗前照鸞影。樂北堂親享遐齡。小院清幽重門寂靜。更喜一家吉慶（白）官人。你要寶劍往那里去（生白）朝廷欲造寶劍十口。高太尉要我這劍做箇比樣。我若不去。又恐他在駕前過舌。要將劍去。人言寶器玩物。不可示於權豪。古劍名琴。常要藏之櫃櫝。忘物生災。古人大戒（旦白）

官人奉旨索取，如何敢違。生白 高依久慕此劍，恐有去路。無同路。唱 三學士 則為你氣吐長虹沖斗宮。指望着剪惡除凶。不爭落在奸人手。費我十年磨鍊功。合 假若時來君見寵。鼓波濤欲化龍。白 娘子不知此劍，非別物可比，高祖傳留到今。如我之手足一般。數十年南征北戰，何曾離他一時。唱 前腔 曾與吾皇頗效忠。二十年相伴英雄。蘇秦未遇酬高價。韓信將來立漢功。合前 旦白 此劍是身外之物，直甚麼。豈不聞識時物者為俊傑。官人當以身家為念。休將微物愛惜。唱 前腔 烏鵲傷弓見曲木驚。你要

早見惺惺。他當朝兒掌阿衡柄。鉗口無言最是能 合
假吾時來逢順境。熏聲名海內稱 白 他勢如烈熖。怠
勿唐突。老哥在堂。望官人自保 唱 前腔 白髮萱
親當暮景。你休要重物輕生 白 我想古人也重此劍。
也。輕此劍 生白 不知是那幾箇古人。說來我聽 旦唱
伍員笑解酬漁父。季札高懸重交生 合 前 旦白 官人
此去。小心在意 生白 娘子不必囑付。我自有道理 旦
下 生白 賢契還在此等我 末白 太尉嚴命。只得在此
伺候 生末同行 此間是殿帥府前 生白 還不見老爹
末白 老爹有令。在政事堂坐里 生白 政事堂還不見

老爹 末白 政事堂老爹不在。想是退在宴賓堂了 生白 宴賓堂還不見老爹 末白 宴賓堂老爹不在。想是坐在白虎堂上。我與你進去 生驚白 呀。此間是白虎節堂。朝廷有旨。擅入者斬。莫不是承局賺我 老外上唱 滿庭芳引 玉帶金魚。輕裘肥馬。恩榮幸托皇家。權傾京國。太尉共高牙。堪笑前朝宰相。當時不競奢華。雖是月宮有路。能幾箇淡泊樸 白 獨秉當朝宰相權。金甌名字不須看。兩班多少文和武。雖得吾王有笑顏。那冊墀下是甚麼人 淨白 老爹問是甚麼人 生跪白 小官是本衙門禁軍教師林冲 外白 叫他上來。你來此做甚麼〔生白〕老爹令小官帶寶劍來作箇比樣〔外白〕左右拿上劍來我看〔外接劍笑〕好林冲。你敢持刃擅入節堂。我惱着你甚麼來。特地來行刺〔生白〕老爹使承局喚林冲帶寶劍來作比樣。小官怎敢違令〔外喝白〕你豈不知此處是朝廷議軍國事的去處。凡有軍民人等。有事只許在公堂參見。你敢故違聖旨。猶自饒舌。叫左右拿下去綁了〔衆拿生介〕禀老爹綁起了〔外白〕送軍司打著問他身帶寶劍擅入白虎節堂。刺殺上官。具招繳報〔生白〕老爹將就〔外喝〕

〔唱〕甘州八犯 說不的平生氣節。休論那盖世豪

祭你軍門擅入心無怯。要學那專朱刺客。諂龍衣着豫讓前軺。冤家路兒窄合當漏泄。在誰行巧語過折 生

唱 前腔 相公令從來嚴切。念林冲敢曾負言。

軍門誰敢輕來謁。自恨咱一時計拙。乎白裡蕙入虎窟龍穴 生起身介 俺本是豪傑。又何須懼怯 我知道了 怎陳情要將你恨雪 擅入封堂敢自欺。蒼天鑒不負男兒。常將兩眼覷螃蟹。看你橫行到幾時

第十二出 淨上唱 步蟾宮

衣冠抵賴吾祖宗。讀書懶去用功。人人笑我糊突蟲。枉喫了皇家爵俸 白 自幼讀書甚懶。從來學武無成

還做本司軍政。上司愛我聰明。爭鬬者、猪首一箇屁進的好酒三瓶。直喫的醒而復醉。醉又還醒。那管轅門將令。不知營伍軍情。那軍司何在。叫他過來。末白 軍司吏在那里。丑上白 原是學中秀士。自小讀書不濟。提學大人來考。行移權當文字。憐我十分人才。陞在軍司做吏。律令條法不知。只會瞞官作弊。官人案下一言。人命死生所繫。如今鬼病淹纏。早晚身歸泉世 末白 你叫箇太醫來看一看如何 丑白 我也叫人看來。他道諸般雜症好醫。惟有吏病難治。軍司吏來見老爹 孛白 起來。把軍與我點查一點查 作[illegible]

厘打諢介　前腔　解生上引　天高日遠情難訴。無故將人裝誣。妻正青春親又老。誰與英雄做主　末白　這起犯人。是高老爺發下來。有批文在此。教你好生打着問明取供解繳　净白　那箇是本中　末白　大人錯看了。他是林冲　净白　林冲你上來。如何持刃入白虎討堂。欵刺上官。你好好招來。我也不費心。你也不受刑。生白　林冲曾讀儒書。頗知禮法　净喝　料白　你既知禮法。如何白晝殺人　生白　高殿帥使承局喚我帶寶劍來看。引入白虎節堂。不容分辯。送與大人。陷害小官　净白　我不信　既着承局喚你來。反坐你罪。叫左右把

這厮衣服剝了。着實打四十左右作打生科生白大
人息怒聽我一言告訴唱琢木兒雖我這昆吾
劍舉世無。怎敢無故持來入白虎。先因我唐突權門。
因此上墮落奸謀净唱科白猶自無禮。誰是奸謀。着
實打生唱你只待百般非法將人誣。俺只有一點丹
心終不屈。那怕你摘膽剜心刃剖腹净唱前腔
痴愚輩無智徒。卻不到欺官如拖虎。使不的巧語花
言。必要你一一招伏。樓身肯自休喬木。寒門享盡無
窮福。君不見官調朝陽反受誅生唱三段子這
場難辜。告天庭終須擊鼓。千年冤苦。望恩官與我推

請作主 淨唱 你做的畫兒無門路。風波誰敢幹帆渡。你如今船到江心漏難補 白 林沖你畫了招罷省的受苦 生白 罷罷我也捱不過這等苦刑。我招了罷 唱

歸朝歡 太山般。太山般。潭潭帥府。任從他。任從他不留寸土。他的威權終有日天時錯午。我的忠心自有神明鑒燭 淨唱

尾聲 蹬鄧教把車輪阻。似鉄人心也要你服枉。費萬語千言總是虛 平人向故苦刑驅。可恠奸邪狠計謀。饒你人心堅似鉄。怎當官法熾如爐

第十三出 老旦上唱 謁金門引

鸞鏡暗。眺起。不堪照面。暗中不覺流年換。空對西風長嘆 小旦上 唱 停針線。閑步梨花庭院。海棠零落鶯聲倦。且喜畫梁飛燕 白 婆婆媳婦萬福 老旦白 媳婦免禮 浣溪沙 白 門靜人閑小院幽。日高花影上簾鉤。鶯回曉夢燕聲柔。鸞鏡早分孤影瘦。蓬門空掩一天愁。自憐霜鬢已經秋 白 媳婦林冲半日不曾見他往那里去了 小旦白 兒夫早辰被高太尉使承局來喚帶寶劍看去了。如今尚不見來 老旦白 寶劍是高太尉所慕之物。孩兒性如彪虎。素有誅奸之志。倘致不測。你我母子怎生是好 唱 宜春令 他為中華恨五胡氣吞舟性如彪虎少年豪氣平生不把權臣屈又只怕冒觸軍門惹是非招愆取辱我這里望西山薄暮景倚門凄楚旦白母親寬心他去時自有分曉占前腔休憂慮莫嘆吁且寬懷從容問卜男兒漢必達時務馬到了臨崖可也須收步他雖然意不容奸也當憂堂前老母料應他豈敢輕生相挑怨府老旦白媳婦你使人打探消息如何旦白母親休慮媳婦使錦兒去府前打聽這早晚敢待來也貼旦一唱前腔從娘命到師府列軍卒寄排刀斧不由我心中驚懼只見市叢中一攢一簇鬧炒炒亂人

言詁說林冲忠義賢良罵高俅奸讒嫉妬這消息阻隔軍門無人傳出（旦上唱）

【前腔】居官位如抱虎好難防把忠良凌辱人有當時禍福似這等寃情教人如何分訴到如今緣木求魚他做了守株待兎此事傷情急急特來報母（白）母親禍事了早辰兄弟被高太尉哄入白虎堂拿送軍司屈打成招問作死罪送入南牢去了（旦哭倒介）（白）天嗏怎生是好兒嗏

（唱）【忒忒令】不爭你無故將人苦禁囚俺母子命難存久枉捱了半生辛苦干寶了生受不爭你死去一身當抛閃下七十娘二旬少婦如何斯守（旦唱）

前腔　嚇的戰兢兢止不住腮邊淚流。我一身向那學兒求救。你撞着權奸巨惡，辨寃情天又高。地又厚。如何開口　貼旦唱　沉醉東風　媽媽你高年少憂。母親你青春方幼。女孩兒嬌羞嘆。一家骨肉。這其間怎不悲愁。為爹淚流。為娘淚流。抛閃的孩兒何處投

僧唱　前腔　出家人合當自修。為不平終來搭救。他雖是逢讐。想吉人天佑。你少熬煎且將淚收。母親莫憂。娘子莫愁。我不殺奸臣誓不休　白　早與兄弟打進鋪陳明日送早飯去　無故將人苦禁囚。不防平地橫波流。閣中且自磨霜刃斬却奸邪恨始收

第十四出　末扮禁子上

堂上忽聞報早衙。一身官事乱如麻。狼虎口中分酒食。是非叢裏作生涯。吾乃軍司守獄禁子是也。朝供刑具夜伴囚徒。居白虎之方。坐喪門之地。牢門關鎖數十重。鉄壘墻高三丈五。點視廳前參太歲。天王堂上聚遊魂。墻頭棘茔蜈蚣形。門上獸吞犴狴古。幽魂泣積雨。餓鼠攛空梁。熱蒸蒸背前積糞更氣腥。瘆瘆盧礚門外橫屍鎖帶血。靠身良友將軍枉對面相知亦伴哥。哥慘慘愁雲恐霧鎖長空。吟醜醜苦雨悲風送曉。日日殺威棒打一百下。把由牌寫數千言。烏鴉過噪高飛。草木逢春不長。網非一法。若有半般。猿猴獻果真難受。野狐抽絲不可當。但入天牢即同地獄。受吊盡骨朵剃袄。打熬些。問視竹篦。永別酒日日沽來。長休飲時時遣下。既在囹圄。休說平生豪氣。久居淹禁。總消盡世英雄。罪犯天條。那管軍民匠皂。刑依國法。不分貴賤賢愚。手內無錢。忍不過千般凌辱。眼中有淚。流不盡萬種恓惶。病臥黃塵。那得一根鋪草。饑捱白日。誰分半碗清湯。冤家無計得偷生。強鬼都因盆弔死。巡風獄卒。狠的來。往的往。盡是些鐵石心腸。受罪囚人。哭的哭。叫的叫。那怕你金剛漢子。臨刑始信身無主到此方知命在人休言清晝驅馳更看黃昏生受摧料料司吏下監來惡很很押牢持刃入人人魄散魂消箇箇心寒膽戰蓬頭裸體有如豐都城走出的魍魎苦貌愁形恰似森羅殿解來的餓鬼腰纏鐵鎖一身拘急怎支吾項帶長枷兩手禁持難展掙每遭鼠咬學猫叫苦被蚊丁作狗跑一盞孤燈照盡愁人寂寞數聲殘角驚回曉夢凄涼就里五星曾不照此間六道是輪迴憂戚白髮恨天高望斷青蠅愁日遠賢如公治應難免聖似文王也莫逃道猶未了獄吏來也（李上唱）

青天歌

我是刑曹一吏員不

營公文只要錢。今日該我來下監，除死無災，不怕天

白 念我刑曹吏启虎是也。奉高太尉之命，着我就獄

中看殺林冲。叫那禁子過來 丑 應 白 婆婆怎麼說 淨

白 林冲在那里 丑 白 林冲在老監里 淨 白 喚他出來

丑 白 林冲何在。疾忙出來 生上 唱 薄薄倖 衎鐙

風寒，囹圄地冷。恨奸毒屈打招承，今生命怎能迯凌

法酷刑，念萱親老病淒盈盈 疋馬西風渡界河溷

塵萬里定干戈。海門斗絕曾平步，就地狂風萬丈波

我林冲，報國忠心，養親孝力。不料有今日之報。三

兩目不見母親之面，萬千迴難消凝望之私。二 忽聽有

人呼喚想。是家人到來。点來是提控先生。先生林冲作揖 淨白 你膝下有金。豈不的我一跪 生白 先生我林冲膝下無金。腰間有金。念我一官仍在身。將就些兒箇 淨白 你還誇官。這里是甚麽去處。管山的燒柴管河的喫水。自到這監中。不見一文燈油錢。你在這青堂庵舍里坐的。到也自在。你這等涎皮賴臉的。俺這管監的喫風 生白 先生我林冲不死。還有辯處。何用發此言 淨白 他還不覺死。高老爹奏准朝廷。說你帯劍謀殺上官。犯了偌大罪名。高老爹分付三日以裏。打發你回去。若有違限。照依軍情發落。你還在我跟前說嘴。呼禁子過來 末應介 淨白 把他採上柙床。
先打一百狼頭。就打殺他回去 末採生上柙介 生白
忝我林冲為國忘家。今日落在奸賊彀中。怎得見九
重天子。懇訴下情 唱 朝元歌 想我半生苟延歷
盡風波。簽十年磨劍。未遂英雄志。為國忘家。要圖榮
顯我好埋怨 末白 事到頭來。休得埋怨 生唱 我埋怨高
俅童貫。他是悞國奸讒。孤忠同死。追伍員。頭掛在高
杆。丹心日月懸 合 天高日遠。教人在那搭分辨 內依
梆鈴 小心事語 生唱 前腔 不想遭逢刑憲。難挨
苦萬千。悶遣夜如年。對着一盞孤燈。半明半揞相伴

着些罪徒囚犯。受苦招承。英雄到此喪掙難。肢體不禁寒。從教饑鼠飡 合 前 丑末白 林大人事到頭來。不必煩惱。我打發你回去罷 生白 牢頭大哥。林沖死亦不怕。罪當刑法。死而無怨。爭奈老母年高。無人侍養。不得見面。以叙苦情 占 前腔 想起心中哀怨。萱親在老年。妻室正紅顔。我死在南牢。教何人看管。自恨風刀勢劍。斬斷子母團圓。教人怎不珠淚漣。天若有循還。終須冤報冤 合 前 白 牢頭大哥。我十載邊關。建立大功。不想有今日之苦。古人云高鳥盡。良弓藏。敵國破。謀臣亡。誠如此言 淨 前腔 早知功成善悉。思量後悔難。不駕五湖船。如今馬到臨崖收韁恨晚。可嘆韓侯功案。他在九里山前。太平不思量舊將壇。十載利名牽。真成抱虎眠（合前）（末白）你我生在天地間。那里不是積福處。高官限三月着他死。還有兩日。容留他妻母相見。有何方得處（丑白）罷罷。容你兩日。放你妻母見一句話。你一下母情腸（生背淨丑）多感二位。英雄不必痛傷悲。人命關天豈在人。惟有感恩齊積根。千年萬載不忘恩。

第十五出（旦上唱）【山坡羊】

這寃情蒼天難告。想兒夫災星相照。他如今身遭羅讒俺。一家兒將誰靠。倚勢豪。把人坑陷倒。南牢受苦。只恐怕親知道。我將悶海愁山。一担挑。難熬。飯似寒氷喫着不飽。難逃。命若遊絲湯着便了。白夜淚紛難已。所憂在君子。鷄鳴着衣裳問。母向高堂。母憂常不食。有子在顛沛。所賴妾一身形影實狼狽。我今問郎去。忍見郎身苦。瘡痍尚可痊。死生應難卜。妾身張氏兒夫林冲。被高太尉陷害在南牢中。受盡千般苦楚。如今高衙分付。不許家人見面。婆婆有病在身。終朝垂淚。妾身何忍。將了這碗湯飯。拚死求見兒夫一面。早到南牢門首。奴家是林冲妻室。望大哥容我入去。見他一面 丑白 送飯的將飯來打進去 旦白 望大哥容進去送飯 丑白 胡說他是該死的人誰敢放你進去 旦白 奴家這一根銀釵兒二位買茶吃可憐奴家進去看一看 丑白 娘子進去急回。喚林冲。你娘子來看你 生白 不知是何人叫 叫 娘子從那里來 哭介

旦唱 前腔 看了你形軀羸弱。唬的我神魂飛落。只為看披枷帶鎖。改變了堂堂貌。苦命招。無根由遭禍苗。英雄蓋世走不出漫天套。這的是枯樹遭風有上稍無下稍。權豪。你做權豪的情性兒惡。英豪俺做英豪的名姓兒高 生白 娘子我死一身不打緊。只慮

一件旦白官人你自思慮那一件生唱【前腔】慮只慮萱親無靠。若只爲嬌妻年少。恨只恨半生命蹇。悔只悔爭名利無着落枉自勞。死生事最小。但只念君親恩重未盡忠和孝。說甚麼禍福無門人自招煎熬。巨顛況排卸不了。那姚峻拷嚴刑誓不饒旦白官人少的煩惱。喫些湯飯生白娘子我怎生咽得下去旦白官人你閑掙着些。些兒奴家出去自有分辨生白娘子。如今高太尉那里。如同泰山般倒下來。你往那里分訴。外邊打聽着。我有些好歹。買一箇棺槨在荒郊。將我這苦死的屍骸。埋在土底。便是夫婦之情。

上有老母無主着。叔叔林冲薄面。侍養一年半載。歸世之後。娘子你年幼。那時節改嫁未遲。旦白 官人你放心。倘或有夢言也之事。奴豈有再嫁之理。只是竭力養母。貞心一無二之心。有一無二之言。官人不足掛念

生唱 孝順歌 我無緣。分你命薄。和你夫婦恩情休忘了。老母況年高。須把賢妻靠。朝夕不保。我有些身。尚憂強暴。你每孫苦伶仃。如何能忖料 合 生死別。雨淚拋。這冤屈向誰告。旦白 你只管哭啼怨的。娘子出去罷。旦白 大哥。且容片時。俺叙幾句夫妻情話。旦唱 前腔 你休多慮。少要焦。奴家比不的閑花草。

假若你命難逃。妾自有方畧。你且將身自保。莫憂[illegible]

堂。景衰年老。但俯仰無虧。自有神明照。合前 生白 娘

一家我也顧不的你了丑扶生下 旦唱 前腔 我言

無盡。他去了。一寸柔腸剌萬刀。頃刻間不相饒。依舊

入南牢。離多會少。到此令人怎不煩惱。兩脚荒忙顧

不的傍人笑 合前 邂逅相逢薄命郎。西風吹散兩

鴛鴦。歸家不敢高聲哭。只恐傍人聞也斷腸

第十六出 旦上唱 月雲高

晨光初散。誰道君門遠。露濕弓鞋小。風吹鬢雲亂。霧

散烟消。日照紫微寒。到此心驚怕。生死應難免。咫尺

龍樓接日邊。怎把冤情往上傳 白 連步輕移不暫留。恐驚堂上老親憂。兒夫但得蒙寬釋。何惜今朝一命休。自恨兒夫在監。不勝苦楚。難逃性命。妾身避着婆婆。向燈前寫就一本冤詞。面訴聖上。暗藏小刀一把。去冤鼓樓前自刎。一刀。命盡。驚動皇上。看了我這冤本。得救兒夫侍養老母。妾身死亦無恨 唱 前腔

忍羞含怨身。自經危崖。只為親年老。急救兒夫難。擊鼓向金門。聲動朝陽殿。暗自持白刃。肯惜身遭譴。奴雖無織錦迴文獻。御前以死。終當冤報冤 白 冤屈 擊鼓自刎 末扮錦衣上 白 誰家輕命者。擊鼓動金門。驚

回青瑣夢。唬殺錦衣人。是甚麼人。末作奔介報報。有報
鼓的外上白半夜挑燈梳白髮。平明騎馬走紅塵。我
是金鑾殿上傳宣客。白玉堦、前奏事臣。是甚麼人擠
死擊鼓末白是一箇女子外白傷了性命不曾末白
未傷性命。項下猶帶血痕外白待他蘇醒來問箇端
的旦哭介末白那女子不要哭。大人問你旦哭介外
白那婦人是何、人家女子。輒敢驚動聖上旦白容奴
伸訴寃屈外白你有甚麼虧心事。說來我聽旦唱
鎖南枝 停嗔怒。聽訴寃外白你夫主是誰旦唱人
在京畿做武官外白你夫主是甚麼官旦唱我兒夫

降謫提轄。結下高俅怨外白你是前者劾奏高太尉。

統制林冲的娘子旦唱他恃寵太昊權。平地里將人

陷外白他怎生陷害你夫主旦白我兒夫昔守邊關。

先因奏事。將統制降爲提轄。今又爲劾奏太尉等。挾

詐指看寶劍爲由。驀入白虎堂。拿送軍司。誣坐持刃

擅入白虎封堂。問成重罪。見在南牢。不久身亡。撇一

七旬老母。朝夕哭泣旦唱 前腔 高堂老母單。

朝珠淚漣。教我如何過遣。夫在南牢。不久黃泉渙

一身、死。俺命所關。姑與奴。倶難免外白你丈夫習

死事。自有分辨處。如何舍生擊鼓。死而何益旦唱

前腔 奴願死在御前。釋放兒夫待老年 外白 你說

高太師折辯如何 旦唱 他如今勢壓中朝。誰敢與他

相折辯。望恩官。賜可憐與。奴家作方便 外白 嘻嘻。原

是林統制的娘子。他在邊關上建立大功。今日被人

譖害。在於死地。好箇節義的娘子。起來。不必煩惱 唱

前腔 休多慮。甚可憐 你將冤本過來我與你轉

達封章。面奏金鑾殿。聖明君。每受言。這寃情。必定有

更變 白 那娘子回去將息。聽候旨意 抱屈含寃氣

怎舒。一聲擊鼓動鑾輿。當權若不行方便。豈是男兒

大丈夫

第十七出 老外上 四娘子引

朝暮近龍顏。謂掌萬里兵權。堪笑匹夫謀淺。挑惡遠禍。輕生覓死。擊鼓動全鑾。白 縛虎在牢籠。誰能輕撒手。使碎自己心。笑破他人口。前日一計成功。捉住林冲。悔不速殺。被他娘子擊鼓訴寃。朝廷差挑開封府辨理。府尹楊清。乃楊業之後。兼椒房之親。此人恃才傲物。守法奉公。這事必有反詞。我用心一場。害不死他。反被童宮監笑話。可怎生是好。叫左右 丑 應介 朝廷差林冲寃本。批行開封府。喚過林冲去了不曾。丑 白 喚過去了 外 白 既喚過去了。我有一箇簡帖。下與楊太守着他照依原招科罪。他若故違我和他面奏便了〔旦白〕領鈞旨〔外唱〕好姐姐 思量從前事端。打鰲魚頓脫鈎線。徒勞心教人空掛牽。那龍泉劍。幸得一朝將他縛。縛虎容易縱虎難〔丑唱〕前腔 朝廷分明勅宣。誰敢故違折辯。告相公不須掛牽。那龍泉劍。幸得一朝將他縛。入水容易出水難 書封此去莫遲延。寄與楊清仔細看。開口不如合口。好入頭容易出頭難

第十八出〔外上唱〕鷓鴣天引

政行千里總春風。何處閭閻赤子窮。荷聖德。際時雍。

報答君恩必盡忠。白 浣溪沙 一舉高科已十春。年年不染帝京塵。紫誥重封雨露新。一點丹心惟爲國。數莖白髮苦憂民。愧無尺寸答楓宸。白 下官楊清。字孝廉。官拜開封府府尹。昨蒙聖旨。批下林冲一干犯人。着下官問理。林冲冤本並原招供。已解到。我想這件事原是高太尉懷挾私讐。羅織其罪。高俅并童貫。內外交結。不知害了多少人命。今又累次書來。教下官裝害林冲。朝廷法度。豈敢徇私。下官須要從公問理。左右。林冲解到了不曾 末白 解到了。外邊伺候里 外白 叫他進來 末白 犯人一起進來 生上 唱 引

前腔 罹身環堵苦遭逢。無語傷心只淚傾。心耿耿
氣冲冲。思親何日出牢籠 白 望老爹洗冤 外白 那林
冲你近前來。我問你。你如何故入白虎封堂。特刃刺
殺上官。情真罪當。有何冤枉 生白 老爹容小官分訴
唱 泣顏回 數載戰塵勞。曾與吾皇報效。有高俅
童貫。復私讐陷我。這條朋奸用巧。仗天威倚勢猖欺
蒻。假聖旨改揑虛詞。平地里撮起波濤 白 小官因政
和二年。從征西夏。戰奪邊城。窮追殘寇。童貫妬能。汗
馬功勞獨占。謬封王爵。小官具本上奏。結下冤讐。高
俅亦被小官劾奏。兩家聲勢相倚。朋黨陷害小官 外

白你如何輕自招承生唱【前腔】嚴刑苦拷。萬千
般不容人分告。吝如山倒。眼睜睜怎出漫天套。屏陰
謀暗里摇坑。誣平人白晝持刀外白你有冤枉。只和
他折辨。如何敢輕瀆天庭生白老爹。林冲死而何恨。
争奈老母年高。無人侍養。所以激切上聞唱【前腔】
椿庭喪早。少年家業都零落。萱親又老。孤窮一子
別無靠。若不是冒冤情哀告鑾輿。争些兒屈死在南
牢外白嗐嗐。這幾箇奸讒。無功受祿。不思量報國盡
忠。專一悞國欺君。謀害忠臣義士唱【前腔】無功
受爵。不思量報主。憂民存忠孝。心生奸狡欺。君悞國

還公道復讎。濫用淫刑。把忠良屈打成招 賺
聽了不平氣。其實難消。我怎肯為人情枉陷了英豪
唱 撲燈蛾 小忠良被害了。信讒屈供招。暗里陰騭
虧了。子孫怎生逃。公自保。頭直上莫謂天高。枉了
他堂堂壯士。罵名兒千載作歌謠 白 林冲起來。與你
番了供狀 唱 一聲 不防枳棘居官小。敢把英雄
性命饒。表暴疑冤。和他奏早朝 白 叫刑房過來 丑應
介 外 白 替他番了供狀。林冲。我替你奏聞天子。已勘
問的既是屬官。軍門有令難執。擅入封堂之律。况係
職竹伍。隨身着。論自書持刀。亦自難合。林冲。我須

從公問理。爭奈高太尉二家。乃朝廷寵臣懷私積恨。令
後須當迴避（生白）要孩兒老爹專遣之息。敢不從教人
情公道兩無虧。（生唱）蒙君決是非。當道莫栽荊棘樹
他年掛默子孫衣

第十九出　末扮吏上（白）

憲網恢恢。尚多漏網之魚。日月有明。不照覆盆之詞。
聽了勘問的林冲一事。開封府楊知府老爹奏准朝
廷。上情憐憫。宥復原職。又被高太尉童大王奏准。將
林冲僅饒死罪。削本等官職。刺發滄州充軍。高太尉
即時發遣。不許淹停留片時。若有遲滯者。與犯人同

只須索打發他解出城便了 老旦上唱 【掛針兒】

離恨牽腸易斷。啼痕滿眼難乾 旦上唱 風送白雲。霜凋紅葉。偏動離人愁嘆 貼旦上 慈母有懷千里夢。遊子不知何日還 旦白 婆婆媳婦萬福 老旦白 孩兒免禮 白 【臨江仙】

煙靄河橋東畔路。柳絲難繫行舟。數聲寒鴈度南樓。關山傷別緒。雲樹動離愁 旦白 鏡破從教鸞影獨。征帆無計遮留。相思盡付水東流。紅塵千里夢。黃葉一天愁 老旦白 媳婦今日孩兒發配出城。早來到十里長亭。咱每在這里等候孩兒。相見一面 旦白 兀的一簇人來。想必是了 生同淨末上

唱 縷縷金 離折鉎背鄉原。形軀羸瘦盡步行難。見說長亭近。慈親忍見。一家骨肉苦摧殘。教人怎留戀 淨末唱 踢歡兒 急離了鄉井人行懶。山水遠渺空長嘆。西風落葉怨不悽慘。應是官差難自免。那管妻兒悲怨 生白 二位大哥來。到十里長亭。妻母在此。容留一見 淨白 上司有令。不許親人見面。亦不許停留片時 生白 二位寬恕。此間無人知道。骨肉情腸。如何捨的 末白 董大哥此處無人知道。容他妻母見一面無得 生見老旦旦哭抱倒生唱 楚江秋 前生遭惡緣。今世裡逢着業冤。一家骨肉生拆散。母

覷不必苦留連。少要熬煎。孩兒豈不將親戀（合）不由我心痛酸。不由我淚灑彈。何時再得重相見（老旦唱）

前腔 離腸似刃劍。愁眉何日展。兒行一步娘行遠。寄將針線補征衫。只恐遲還。為你哭的我雙眸痛（合前）（旦唱）

前腔 長亭禰帶烟。一杯合淚拔啼痕。界破殘粧面。德言分鏡幾時圓。遠水高山。眼睜睜棒打鴛鴦散（合前）（貼旦唱）

前腔 西風兩鬢斑。東林千葉亂。傷心去國人行懶。一盃別酒兩分離。謾唱陽關。愿爺早早收歸鞭（合前）（淨白）誤了期限。只管哭怎麼。老爹訪知了。怎生是好（末白）二位太哥。稍待片時。

再叙幾句子母情腸 王妻上唱 掛針兒 世間惟有別離苦。望長亭折柳提壺。衰草生愁。鳴蟬助恨。舞日怎留人去 兒白 老安合官人分付了。恰緣家中有些小事。來送遲了。這伍錢銀子。送與官人途間買茶與聊表薺含微情 生白 多謝孺母 王妻白 微物何足言謝 老旦白 孩兒。我有幾句話囑付你。兩宿宜防夜雞鳴更相天。臨橋須下馬。過渡莫爭船。小心在意。到滄州事了還家。答謝天地 末生白 母親志意。我林冲一路水宿風飡。山行野渡。謹依慈訓。若到滄州無事。得返回家事母。實乃萬千之幸 唱 五更轉 恨別離心最苦。割恩情弃路途。不愁鬼門關上生難度。只怕親老家貧。無人作主。今日裡分鴛侶。將你悮聊應此去。死生實難卜。則怕回首家園。早已親歸黄土 旦白 官人一路小心在意。早早回來 旦 前腔 棄親幃離鄉土。奉朝夕。只在奴。應知此去難留阻。但愿你早早還鄉。侍養老母 生 解子 旦 途路里。望恩兄相看顧。登山涉水多悽楚。野店孤村。要你遲行早宿 生 白 母親賢妻我去也 遠辭鄉國度風塵。折柳長亭別老親。流淚眼觀流淚眼。斷腸人送斷腸人

第二十出 借上 旦 賀聖朝

俺本是披袍貫甲將軍。都做披緇削髮僧人。不平事鬭起殺人心。因此上不避風塵 白 念我魯達是也。今日兄弟林冲。解配滄州。必從野豬林經過此處。乃是箇緊要的去處。高俅必遣奸細人來。害我兄弟性命。不免在此林中隱藏者。有奸細陷害時。我斷然育箇方畧 净末同上 唱

山坡羊 舉目雲山無數。囘首家鄉何處。只見山危水嶮。急煎煎跳不出羊腸路。鳥乱呼。林深過客踈形。骸瘦羸眼睜睜生難度。撇下白髮萱親正倚閭音書。千里關山半字無。嗟呼。兩地思量一樣苦

鷓鴣天 白 一別慈親出汴京。相思日

夜淶盈盈。故鄉回首知何處。遊子懷歸夢未醒。愁野渡。苦山行。幾聲哀雁旅魂驚。白雲流水青山外。好景留連倦客情。二位大哥。行過這山來。半日不曾見一箇人。你看那青山綠水。白雲紅葉。好傷感人也　唱

一封書　山幽靜鳥啼。助離人添悽慘。路彎曲客迷。動鄉情偏痛悲。白雲似水流將去黃葉無情只自飛。想親幃。盼親幃。回首家園何日歸　白　二位前邊是野猪林。和你進去歇息歇息再走　淨末背白　臨行時高老爹着陸謙傳安。與了你我白銀十兩。再三囑付教咱兩箇在途中救死林沖。揭取面上金印為號。他豈

不知咱兩箇是董超薛霸。此間是人跡罕到的去處。
正好下手。我將此劍出鞘三寸為號號。下手罷 淨白
董大哥說的是中。下手了 生白 二位大哥慢步。長途
何必太緊過。到前邊酒店中。買些酒飯喫了再行 淨
末白 你還想前行。此間是你盡頭的去處了 生白 薛
大哥董大哥說那里話 末白 你犯了朝廷法度。該當
受苦。我們看甚麼來由 生白 二位大哥。乃是官差。豈
是林冲負累。容的兩三月到了滄州。討了批廻。好見
官府 淨白 只管和他說甚麼。無人知道。殺死便了 生
白 二位大哥。可憐見林冲與二位。原無寃讐。殺我為

何末白不干我事。你只恠高太尉。俺不殺你。怎敢回去見他。吽。開刀罷生白我林冲命。終不能脫汝之手不想死在此地生唱

玉交枝

平生豪氣。爲皇家爭南戰北。做英雄死在無名地。不由我感歎傷悲。白頭母死無所歸。黃泉路上總相覓合這寃屈何年盡洗白二位大哥。我林冲走不了。鬆放我一隻手。拜告天地。知我林冲屈死。怎受一刀淨白我們不瘂。豈不知你寸鐵在手。殺萬將無敵。俺怎敢放開你這手末白也罷。且不殺你。容你拜謝天地。丟不干俺兩箇事高俅殺他里生旋哭唱

前腔

蒼天聽落。怎林冲

死爲厲鬼。森羅殿上訴奸雄。那時節去報親讐。千里英魂不復歸。髮莖殘骨終拋棄 合前 白 二位與我箇快性 僧上唱 白 甚麼人在此害人。喫我一刀 淨末 推 白 師爺不干我事。是那一箇來 末 白 師父饒命。不干我事 僧 白 都不干你兩箇事。却是誰 末 白 都是高嚴師命令。教小人中途殺害林將軍。因此不敢違令。師父發慈悲饒。俺一命 生 白 哥哥你在那里來救我性命。休殺餘人。有妻母在家。必然連累。到了滄州。再做商議。他月倘蒙赦宥。尚有還鄉之期 僧 白 我且饒你兩箇 淨丑 起身介 生 唱 前腔 流離顛沛。自別來

全無信息。路途一命將傾。逝賴仁兄解救艱危。鬼門關上忽喚迴。南柯夢裡重相會 合前 僧唱 前腔

風塵不避。兩三朝專心盼你。只為交結親兄弟 生白 哥哥。你來時見我母親不曾 僧唱 老安人苦苦悲啼。中途只恐遇奸賊。果然中了拖刀計 合前 白 且饒你不死。你兩箇前邊雇一輛小車。將我兄弟推到滄州。放你回去。說與奸賊高俅。我智深不久來要你這顆頭里中途一旦遇非災。賊子謀成我恣猜。萬事不由人計較。一生都是命安排

第二十一出 生上唱 滿庭芳

茅店鷄鳴。江村犬吠。驚迴客夢關删。風塵滿目。愁踏曉霜寒（僧唱）雲遮樵徑。霧鎖漁梁。風飡水宿。何日返家園。鷓鴣天（生白）汴國漁陽地不隣。乾坤何處問通津。三春花落曾經眼。盡日山行不見人。時運拙。路途貧。死生未卜遠因身。一朝不是神明祐。骸骨應為陌上塵。家哥哥再造之恩。又勞遠送（僧白）兄弟患難扶持。安忍抛棄。我須往前送上兩程。我便回去（生白）哥哥山川迢遞。途路艱辛。怎敢起動（唱）甘州歌　征輪莫挽嘆家私傾敗。骨肉摧殘。山藏岐路。更聞水流深澗。空憐去國王粲苦。誰念無家范叔寒。離鄉懶。行路難。斷腸

聲裡唱陽關。添新恨，改舊顔，想思不斷似連環。（僧唱）

前腔　雞鳴客度關，望寒峰將送殘，星猶燦，曾提軍務。當此際奔走朝班，何年再得趨帝闕，無福重登拜將壇。鄉心切，客思繁，消愁莫放酒盃乾，知音少，同志難。高山流水莫輕彈。（生末唱）

前腔　豪遊興已闌。想當年祖憶曾陳直諫聲，聞朝野，因此上觸忤權姦。黨前流影真要惜，世上浮名總是閒，何須慮，且放寬。此行休道不生還，心猶壯，鬢已班，劍光還射斗牛寒。（末唱）

前腔　霜凋葉正飛，見投林宿鳥，排空征雁。江村蕭索，那堪途路艱難。罇中綠蟻頓自煖，路上黄花都耐寒。秋將暮歲欲殘。白蘋紅蓼满江干。風聲息。月影單。漁燈閃閃掩柴關。

尾聲　投宿處客途慢。旅邸淹留兩鬢斑。暫避今宵風雨寒。　迢遞關河思不禁。客邊無雁寄家音。夜雨滴殘千里夢。砧聲碎故鄉心。

第二十二出　三上唱

齊天樂　香肌瘦減愁痛起。枕上汪汪淚漬。鐵馬驚風。寒砧敲月。總是傷情滋味。奈天涯人遠。塞鴻信斷。錦鯉書遲。况高堂病染。惆悵淚偷垂

木蘭花　白　一夜悶愁愁不徹。曉來還是愁時節。寶太　但羞對鏡鸞。孤雲鬢懶梳

釵鳳拆。鴻鴈不來黄菊卸。佳期悞我中秋月。只將歸信慰愁顔。無可奈何衰病怯白兒夫別後。杳無音信拋撇子母凄凉。囊篋懸罄。朝飧暮飲。奴家強自支持。如今暮秋天氣。兒夫在外。受盡風霜之苦。一般愁恨。兩地相思。何日是了。天樂　金釵慵整鬟雲鬟。門掩清秋盡日閑。倚遍西樓腸欲斷。才郎遥憶隔關山

四朝元　關山遥憶。兒夫去不歸。望。無山信斷。滄海書遥魚。鴈無消息。家貧空四壁。只見風捲珠簾。香裊金猊。冷落粧臺。蕭條琴瑟。愁事縈如織。番。我這里自思惟。欲待學姜女尋郎。母老應難棄。兒夫無返期。兒

夫無返期。强梁屢見欺。千言萬語。叨叨絮絮。不知迴避。

殘燈挑盡夢難成。愁絶音書寄遠征。欲問高堂天未曉。着衣仍坐待天明

前腔

天明早起。高堂問寢食。恨菱花鏡破。桑榆景逼。母子實狼狽。嘆家私零落。賣卻金釵。典盡羅衣。親嘗湯藥。躬勤菽水。委實的難存濟 介。我這里自傷悲。既受他重託如山。我怎肯相違背。海深終見底。海深終見底。妾心亦匪石。千愁萬恨。清清冷冷。終朝垂淚

緑窗獨坐思悠悠。放下金針只淚流。殘雨斷雲俱不問。只將幽恨度清秋

前腔

清秋天氣。長空鴈到遲。我欲登高望遠。酌

被金壘。只怕霜露沾我衣。見疎林葉落。蕭捲西風。人在天涯處。損春山。望穿秋水。處處催刀尺。剪我這里自支持。又聽的別館寒砧敲。[illegible]的我柔腸碎。才郎身上衣。才郎身上衣寒。時誰拚[illegible]。千山萬水。迢迢遠遠。怎生相寄　半窗明月照黃昏。儂在幽閨瘖斷魂。聽盡斜陽人不至。相思和淚掩重門。前腔　重門深閉。青山日又低。見鳥鴉棲樹。牛羊入院。偏你無歸計。夜長人靜寂。只聽的鐵馬錚錚。玉漏遲遲。珊桄空餘銀缸獨對。展轉難成寐。嗏我這里自憂疑。想着無主的兒夫。莫不做了他鄉鬼。你那里凶與吉。你那里凶與

言。奴這里怎得知。千思萬想。悽悽慘慘。空流珠淚

才郎別後已經秋。鬼病懨懨不奈愁。遠信難憑鴻把

至閑情都付水東流

第二十三出 生上唱 望遠行

西風瑟瑟。偏動天涯行客 旦上唱 愁遠家鄉。回首關

山遥隔 淨末上唱 傷心故國。甚日挽迴征旆 幾度

風霜客里過。把人豪氣暗消磨。關山歷盡紅塵苦。末

卜前程事若何 生白 蒙哥哥遠來。送到滄州境界了

淨白 兄弟我欲要進城。恐怕還有高家奸細在內 生

白 哥哥我隨身有紙筆寫封書與我捎去 淨白 寫書

來我稍去（生白）這一封書。傳與我無主的老母薄命拙妻（唱）一封書　遠膝下遠離。痛萱親將靠誰。到邊上早歸。使荊妻有所依。好把空房堅吉守。休倚寒門苦自悲。想庭幃。盼庭幃。眼淚紛紛如雨飛（生白）哥哥到家時。見我無主的老母。說我林冲不久就回來。少得煩惱。哥哥享息。小弟死生難報（唱）一江風美別離。閤不住恓惶淚。出不盡英雄氣。到親幃。一路平安。兩地相思。詳訴休精昧。還鄉定有期。從軍不用恁縈。縈是豪傑輩（淨白）我有餘錢幾貫。留作客中盤費。

唱（前腔）　論相知。惟有咱交契。不說親兄弟。暫還歸。雖少黃金。留下青錢聊表別來意。飛花襯馬蹄。輕塵染客衣。嘗盡途中味 白 那兩箇防送人。貪僧貪魯。休得見怪。此去見官。好看承我兄弟。異日相謝 千里關山信不通。且將心事託歸鴻。洒淚與君從此別。不知何日再相逢

第二十四出 外上唱 菊花新 引

閫扉鞠草不教除。晝靜官閑訟自無。公道鬼神服。為國憂民清苦 白 一舉成名姓字香。十年蹤跡仕途忙。省刑薄斂民無怨。為國懷憂鬢已霜。吾乃滄州太守是也。今日早衙無事。左右你看外邊有投文劃解的。

叫他進來 生同解上 唱 前腔 千山萬水奔程途
今日幸得臨配所 末唱 一身歷盡風霜苦回首重遮
雲樹 生白 不覺已到滄州衙門首申報一聲 丑白 那
下批的帶犯人進來 外白 是那一起犯人。叫他進來
淨白 是開封府解到一起犯人林冲 外白 接上批來
叫吏 介吏上 白 兵房房内辦。忽聞堂上奚若有下批
人。且管午間飯 見介外白 此是開封府解來配軍林
冲打發批迴着他回去 吏白 你譯來[illegible]衣見官換吏
衣還解子 外白 我看了你凜凜一箇男子。因何發配。
你從實說來 生白 老爹不嫌耳絮。聽我告訴 唱 風

入松 林冲原是宦門族外白你在家做甚麼生理
生唱俺先人曾守成都末白你父親既做成都太守。
你如何不學好人生唱我少年已被儒冠悞。因此上
棄文就武。宋明君招軍征討。伏龍泉殺退強胡外白
政和二年。童貫征進有你來生唱前腔 從征方
臘競長驅。數十番戰退匈奴。功成總被元戎負。空躭
閣椎韜壯武。甘受了千辛萬苦。只落的征袍上血模
糊外白大功不賞。反有此禍生白先從征進。累建大
功。童貫占為已有。欺瞞皇上。因此不平。上諫一本。謫
降提轄。賊又數高俅十罪。奸黨連結。遂將林冲。誣以

擅入節堂問。成死罪。多賴楊太守奏聞聖上。免死流配。生唱 邊庭寧息遞京都。把皇恩職典金吾。高俅倚勢行猜妬害。忠良貪財受囑。若非是賢明府將咱發遣。險些兒無罪遭誅 外唱 前腔 男兒未遇古語無、不須你苦苦嗟吁。奸臣反把忠良誣。善與惡難逃禍福。有時節皇恩天覆。惜人材放你還都 白 左右將林沖送在牢城館驛。休得遠差重役。只許看守草廠。那裡討些營運取。收管來回話 英雄不必淚雙垂。生死窮通各有時。善惡到頭終有報。只爭來早與來遲

第二十五出 淨丑上唱 金蕉葉

遊手遊食。每日傍着門求覓。妻兒孩子要穿喫。又不會半星兒活計 白 少年心性愛虛囂。皮帽偏宜短布袍 丑白 十五年前家已破。至今遊手未曾抄 淨白 這幾日甚是艱難。今日托箇事故。訪高大叔走一遭。大行闊步。早到門首。不免叫一聲高太叔 小外上唱 花月引 家聲門第振京畿。倚仗爹爹權勢。酒債花錢買盡了皇都富貴 白 你二人在那里來 淨白 不瞞大叔說。街市上人笑我們遊手遊食。不作生理。我們發志氣。學了些轉錢的買賣。與傳兒走江南販貨物：

外白作説甚麼手藝販的是甚麼貨物 净白 俺這生意。走到街市上叫一聲。傳兄後邊接一聲驚動三街六市。回頭的不知誰是誰 小外白 真是好營生你説來我聽着 净白 我賣焠燈。他賣燈草 外笑白 這營生養不的二口 净白 大叔還知道養不的二口。昨日賣到晚間。我兩箇只賣了一文新錢。買了一塊糖糕。善我一口就喫了。傳兄來要就沒了。其實養不的二口 小外白 你説有甚麼好要的去處。咱們去走一遭 净白 有一場好事。明日三月三官院李施主要來嶽廟里燒香。約大叔明日侵晨早去相會要一要 外白 好

娘○我心中又恭此人你○兩箇明日廟前伺候 唱 大
聖樂 吾家節制京畿、日當天尚未西○正是人間富
貴真無比○鋪設着錦帳、羅幃○憐香惜玉心無數倚翠
偎紅眼歡迷 合 此事明、朝會也○管取畫堂宴飲○如在
瑤池 淨 唱 前腔 東君有宋玉丰儀○占風流奪萬
一○身藏錦繡多才智○論、富貴你為魁○阿嬌金屋堪為
配○花壓烏紗醉不知 合 前 丑唱 前腔 望官人早
晚提携使、接東敢向西、看承不厭貪如洗顏戚權諱
敢相欺○休說移花盜柳、相推避○便是赴火投湯敢[illegible]
為 合 前 外唱 前腔 托心腹惟爾接識○歲寒心[illegible]

改移。想陽臺雲雨何時得，全賴你每扶持。香醪造就
同吾醉，駿馬牽來任爾騎。合前　相逢。喜得笑顔開。
感謝東君共酒盃。戚醉欲眠君且去，明朝有意抱琴
來

第三十六出　末上白

道院清幽鶴夢長，黄庭誦罷更添香。自從識得玄中
理，坐破石床不下堂。本，廟主是也。今遇三月三日。
本廟香火之辰。打掃乾淨，看有甚麼人來　浄上唱
普賢歌　不爲商客不耕田。終日追遊只愛閒。老婆
口又饞，孩兒要喫穿。倚靠非高衙比泰山　丑上唱
前

腔。何人特地把門鑽。多是隣家索酒錢。蛛絲簷外懸。鵲聲屋角喧。必定今朝得飽飡。净白老婆清閑孩子多。丑白一家憑我要入膳那。净白九日捧了三頓飯。丑白正是男子婁囉生快活。净白昨日約定高太叔。東嶽廟相會。這早晚敢待來也。小外上唱西地錦

當酸馬驕嘶慢着鞭。楊柳樓前月正圓。高歌一曲盡清歡。終朝沉醉襯々花眠。白昨朝走馬到章臺。袖拂香塵醉眼開。花月已晴此鶯與燕。當鶴空樂不知回。净丑白小人又候大叔。爲何來遲。小外白今日是三娘子生日。偏飲了幾盃酒。净丑白小的不曾與攜子磕

頭外白不勞。俏進廟去耍一會行介叫道士道白稽大哥同誰來淨白高大叔到此。打掃廟宇乾淨。道白不知大叔到此。有失迎接外白令閑人退後。我們瞻仰聖像道唱白閑人退後。大叔兩廊瞻仰小外白陞讚這是甚麼故事淨白大叔不知。這是鋸樹留儕故事外白何為鋸樹留隮故事丑講諢介道白這是鋸解的地獄。在生不作生理。遊手好閑。幇閑鑽懶。死後受此果報淨打介外白這箇是甚麼故事丑白這是張飛大鬧黑松林淨講諢介道白不是這等講。這是刀山地獄。在生倚富欺貧。恃强凌弱。死後受此果報。

乞討介外白大殿中三位甚麽神像淨白關張劉先主弟兄三人道白二位休褻瀆神聖。中間坐的是天齊仁聖大帝。左邊是九天司命真君。右邊是炳靈公。專一識察人間善惡淨打外攔介旦上唱 西河柳

路旁徑。道文香肩並。廟貌巍峩。道門清淨貼旦上唱韶華未必留殘景。萱花息祝多餘慶。落紅滿地。背學揚花無定旦白 阮郎歸 小院清幽春晝長鶯聲隔綠楊東。風滿地落紅香。雙雙蝴蝶忙。春已暮。自思量燕。雛出畫梁遠。書不至獨堪傷。殘夢破池塘。今是三月三日。人家都往嶽廟祭賽。錦兒將拾香紙停

當了不曾貼旦白香紙在此。母親入廟燒香外旦白道

士你敍上香應那女子去外旦白好箇俊俏的佳人外

白你每禁聲。聽他說甚麼旦跪白妾身張氏之女。來

嬪林門。今已數年。因為婆婆多病。曾許下每歲三月

三日。敬赴嶽廟燒香乞祐。近因丈夫不幸。發配滄州。

杳無音信。伏乞尊神保祐。母親病好。丈夫及早回鄉

唱　香羅帶　焚香表志誠。聽奴細稟。堂親老景多

愁病。兒夫在外保安寧。也。敬把尊神告顯威靈。明香

再爇黃金鼎。願只願無[illegible]無灾。你那里安身逢順境

貼二唱　前腔　邊廂信未行。高堂病轉增。一家老

紉眞薄命。人生禍福總無憑。也須賴神明照。那冤情。難捱困苦當暮景。穎只穎無是無非。俺這里安心寧奈等淨白娘子你莫不是求兒女的。肯下顧小子。我與你做箇兒。一求一箇貼旦白母親喬人在此。咱家去罷。外攔住白我乃高太尉之子。名是高朋。問你是何人家宅眷。小小的年紀來此焚香。果為公乎。為私乎。旦作悲白妾與你素不相識。何故誇張聲勢。索問姓名。你不曾看審刑院條例。調戲良家女子。有一行大大的罪名。今當盛世。禮法猶存。爾等縱恣刁姦。傷風敗俗。夫延職官。妾忝命婦。若將此情陳告。不怕你

有權有勢唱　駐雲飛　家本賢良。何故褒彈短共長。打扮的喬模樣。做作些歪形像。強倚勢亂綱常。自誇張。家富官高。事發了難輕放。不識堅貞鉄肺腸並下小外白　他去的遠了。明日訪問他。再求一會唱

前腔　悞入仙鄉。回首桃源路渺茫。花本無心放。蝶迺閑相傍。當。何必羨劉郎。自思量。曾離天台。後會空懸望。花落無情枉斷腸。净唱　前腔　夢破池塘雲雨無成。祇自忙。標媚和風蕩。花落春波漲。傷辜負好時光。枉常娘。不得相親。業眼空凝望。惱斷蘇州刺史腸。丑唱　前腔　羨丑深藏。何用人前自顯揚。粧扮

的風流樣。引惹起風魔狀。狂花月隔東牆。效張郎。惜玉憐香。互把人沖撞。將意番成惡肚腸　欲入桃源路不通。那堪回首各西東。有緣千里來相會。無緣對面不相逢

新編林冲寶劍記卷之上終

新編林冲寶劍記卷下

中麓放客撰

第二十七齣　淨上唱　窣地錦引

六年案牘做刑曹。一旦崢嶸著綠袍。只說為官圖快樂。誰知今日受劬勞。白　小官名奐不濟。原是刑曹典吏。皮膚上打了三千指頭。上拶勾八百。九年三考成名。除任牢城館驛。終朝馬後車前。每日迎官接遞。受了多少上司斥喝。喫了多少使客閑氣。末白　這等辛苦。做他怎的。淨笑白　只見我外面驅馳。就里有多少便益。雖然官卑職小。也趁按司權勢。末白　休說大話。你管着誰。淨白　我使的是驛夫馬頭。拘管着囚徒人役。贓罪

緞有進無支見面錢來多去綱。蓋了娑錦繡鏡廣廚
了娑上等馬匹。不怕他買馬官錢。好美的珍羞百味
末白上司知道你。怎麼了的 淨白 我經了無數官司。
除不的許多奸弊。左右。昨日州裏送來的那林冲。他
是高太尉童大王的敵頭。汴京有書來教我限十日
裏要他一死命。咱們都有陞賞 末白 州裏老爹分付好
生看他。回京之日。還有官職 淨白 你胡說。豈不聞順
時者昌。如今高太尉童大王。勢壓中朝。權傾海內。倒
不如州衙老爹。叫他出來 末叫林冲 生上唱 [illegible]
宮引 一春魚鴈無消息。千里關山有夢。知。親在

堂誰依倚。同首雲山遥隔白大人。林冲來見淨白林冲你知罪麽生白我林冲怎不知罪淨白如今領看高老爹風旨。傳奉朝命。說你罪大。獄內不可踈虞。連令本官枷號三箇月。去了你生性。方纔許供役生白這是高衙陷害。那有傳奉之理淨白我不管。只要依法度行。左右。擡過枷來枷上生帶枷介淨白左右。晝夜仔細看守。萬一有失。你我惹罪非輕生白吞我林冲讀書學武。指望顯姓揚名。不想有今日。為國輸忠惹禍饑。追思日夜揔悲愁。悲同夜雨千行淚。愁棊西風兩鬢秋。報主空存蘇武節。思鄉懶上仲宣樓。天如

卷下 二

留我殘軀在。不斬奸臣誓不休。高俅千方百計要害
我林沖性命。我那母親妻室。怎生得知這樣苦楚 唱
鴈魚錦 鴈過南樓。忽報秋。正離人酒醒三更後。
惡思量萬種難禁受。夜迢迢捱不到五更頭。恨天涯
遂歲漂流。寸心千里愁。想梁園舊景那能勾。終夜傷
悲。曉來依舊 白 我林沖死也不怕。只是母親養育之
恩。未曾報的 唱 難酬。恩重山丘。猛然想起雙眉皺。天
長地久。有許多心事相逐逗。我為親憂。子遠遊。為
憂。憂數年困守。為身憂兩地難捱。三樣憂答攛斷的一
夜白頭。長嘆邊方怎久留。一曾去國空勞夢。幾度思

鄉瀬上樓悠悠。山水明畔。白雲望斷空回首。念我賢妻。必能養母。只怕離逃賊子奸謀。好花將落他人手。節義休虧。死生未否怎能勾清風明月為三友。都做了野草閑花共一丘。雖心錐在龐兒瘦。總只為眠霜臥雪。苦楚甘心受。有意待脫離邊庭。爭奈官差不自由。乾坤萬里家何在。漫凝眸。歸期難候。料應一命合休。誰將寶劍埋豐獄。空執金戈徹楚因。自窮究從前事。一筆都勾。屈死在滄州。再休題拜將封侯。俺諫言悮撞玉斗。你拜相名還金曉。終報應。不須憂。得行方便須方便。莫與忠臣作冤讐。

餘文 幾時得會離

網魚脫鈎。郊天大赦下皇州。重敘骨肉歡歌滿畫樓。
家白林大人休得煩惱埋怨。恁的天色晚了。送你宰誠館驛去罷生白若楚雖支客裹身。死生由命不由人。既是忠臣不怕死。須知怕死不忠臣

第二十八出　小外上唱　甘州引

夢兒裏夢兒裏夢見那俊才。心兒裏放不下裙釵相思病兒因他害。那人兒心腸忒歹白一自祠前見玉容。無窮心事有誰通。雖然夢境常相會。醒後無緣得再逢。白廟中見了那女子。他生的千嬌百媚。雖是一時半霎。引惹起我萬想千思。害的我一絲兩氣。

朝三暮四。五勞七傷。七顛八倒。十生九死。訪得是林武師的娘子。我日前使陸謙。賫了十兩白銀。修了一封假書。去滄州牢城館驛。着驛丞結果了他。好在家中成此親事。這幾日事又不成。又進不的飲食。這相思病害殺我也。叫左右何在 末白 小人在此伺候 小外白 我身上不快。你去尋一箇好明醫來看我一看 末白 小人就去。趙太醫在家不在 淨上 冒 前腔 要緊的不識病名。再休題起死回生。藥材兒件件不知。性羞殺那叔和仲景 白 念我太醫姓趙。門前常有人叫。只會賣杖搖鈴。那有真材實料。行醫不按良方。

看脉全憑嘴調。要說治病無能。下手取積不妙。頭痛須要鑿開。害眼全憑艾熏。心疼定用刀剜。耳聾宜將針套。得錢一味胡醫。圖利不圖見效。尋我的少吉多凶。到人家有哭無笑。半積陰功半養身。古來醫道通仙道。末白 道太醫。高大叔叫你看病 淨白 就去 行見介 淨白 大叔趙太醫來見。試擡起頭來我看 小外白 我也不須擡頭 淨白 醫家先觀氣色。次胗脉息。然後纔下藥。你不擡頭。我知道你是甚麼病 小外擡頭介 淨白 你認的我麼 小外白 我認的你是趙太醫 淨白 不妨。死不了。還認的人里 末白 你用心看。大叔重賞

你淨白大叔再擡頭來覷看唱憶多嬌、覷了你
面皮將左手來診了你脉息。傷寒雜症難調理小外
白你怎知道我是傷寒病淨白你的病我。豈不、知道
小外白我也不是傷寒淨唱却是胎前産後疾末白
你看錯了。這是婦人病淨白不是婦人。那箇男子幹
出這等事唱敢是奶飽傷食。夜卧、驚啼末白胡說。這
是小兒疾淨白不是小兒。那箇大人君子幹出來。我
曉的了唱多管是中結中結漏蹄末白這是畜生的
病淨白不是畜生。那箇人幹出來小外白不、要與先
生鬭嘴。吽他合些好藥與我喫末白合藥與大叔喫。

净白 有藥大叔你聽我說這藥材 唱 朱奴兒 甘草甘遂硇砂。藜蘆與巴荳芫花人言調着生半夏用烏頭杏仁大麻。齊加。藥丸兒一攪。用燒酒清晨送下 末白 這藥不藥殺人了 净白 不藥殺這歪骨頭要他做甚麼 下 小外白 這相思病害殺我也 唱 黄鶯兒 春恨壓眉頭。爲殘花惹下愁。看看病的龐兒瘦。待休怎休。不憂又憂。今朝未了明朝又。爲風流。相思最陡。一日勝三秋 末唱 前腔 何必皺眉頭。勸東君且莫憂。必須人約黄昏後。邀明月上樓。插花枝對酒。萬千休把機關漏。這緣由須教到手。成就了鳳鸞儔 白大叔詞心服藥。會教你鶯儔燕侶比目連枝（林白）你不曉的俺心間事（旦）皂羅袍　設計蕭何曾成就，自思量恁肯干休。想殺人花燭洞房幽，將殺人雲雨巫山秀。窈窕淑女，君子好逑，病而難料，藥也不投，則除是玉人兒一點靈犀透　尾聲　一身苦病甘心守，萬種思量何日休。遠的是花自飄零水自流　萬種春愁苦自擔，無聊悶事莫相關，相思相見知何日。多病多愁損少年

第二十九出　（外上唱）　菊花新引

萬民遊宦亂紛紛，廢虜干戈起戰塵（丑上）（旦）車馬往

春頻。糧草看看盡 淨白 走馬侵晨下草場。强如恭喬
壁空倉。糧儲若得支銷盡兒。子歸家也鬂霜 丑白 你
這厮誇言。敢笑我倉官不如你草大使。你半夜偷了
千擔草。不如懷揣一斗糧。場中有日遭天火。燒的你
一家老小不還鄉 淨白 你做倉官有甚麼好處 丑白
我有好處。朝廷除我來管糧。一家老小會監倉。米中
掉土心腸巧。簸里攙砂手段強。小麥將來買肉喫。細
米拿去換衣裳。攬頭是我供給户。買頭是我好爺娘
老婆穿的身子作。孩子喫的肚皮光。俺一家穿的也
是糧。喫的也是糧 淨白 這箇有甚好處。不過偷盜倉

糧而已。朝廷除我來管草。一家大小會沓倒。六草抽腸是我能。小草鬆腰其實巧。賣的錢來買酒肉。換的布來做裙襖。老婆身邊不受寒。孩子肚中只要飽。俺一家穿的也是草。喫的也是草丑打諢介貼净上唱

銀燈慢引　勸你每不須鬧攘。不干係錢物田桑。争強賣會自誇獎。有麝的自然香白二位官人休慌。聽我從頭勸我。身邊有麝自然香。何必人前誇盛賢。莫逞能各忍耐。朝廷法度多利害。大家息怒莫相争。誰敢與我打賭賽。我做驛丞無賴。有權有勢有人愛。出門駿馬揀着騎。夜晚宿卧好鋪蓋。買東買西使官

錢。點驄點馬是買賣。偷糧盜草不久常。驢馬弓驛丞
或自在。二位官人。如今參軍公孫盛差簽來。趕快去
迎接淨丑題爭譯接介外上 菊花新引 馬蹄
踏破楚山雲。滿目風霜客旅身。日日把紅塵為主事
豈辭勞頓各官拜見倉官草大使驛丞來見外白各
官起去。那倉官草廠官。各開糧草手冊單目。不許將
逆軍冒造。或指扣除。或名工價。攙挿渣頭高收斛面。
縱容斗級作弊。通同攬頭欺公。兼放代支弊端非一。
但有犯露。罪不可逃。我今日途中勞倦。明日查考二
應開收實在。舊管新除數目。俱要明白。此係軍情急

務。聽我分付唱　剔銀燈　奉聖旨朝廷差遣。歷風
塵不辭勞倦。軍情事，急休遲慢。馬到處糧草預先辦
言。各當自勉。違吾令，定招罪愆　衆官唱　前腔　大
人奉皇王敕旨。來到此郡駐節停驂。將軍令誰敢輕違
慢。守法度隨風草偃。斯言。各當自勉。違軍令難逃罪
愆　外白　各官回去。留下驛丞答應。那驛丞早晚謹慎。
不許閑人攪擾　外下　依照介　貼淨白　那驢馬夫。分付
各處囚徒。不要喧譁。欽差老爹聽的。不得辭其責　下
生上唱　一剪梅　霜冷風寒月影低。愁在朝夕。命
在朝夕。白髮萱親。綠鬢其妻。盼望歸期。何日歸期　白

浣溪沙　回首十年萬事空。只愁無計出牢籠。蒼天何事困英雄。侵雲揚榜由他綠。向日葵花空自紅。纔知鳥盡折良弓。驛使大哥。聊將枷鎖寬鬆片時。我向墻根下側一側。（末白）休得胡說。官差不自由。誰敢鬆放你。（生白）罷罷。我林冲已定是死也。（內作打更介）呀。又早一更時分。見白露一天。銀蟾滿屋。我身上衣單。腹中食少。怎生捱到天明。想我家鄉遥遠。妻每孤栖。何日相見。　西風兩鬢總蕭騷。客邸更深轉寂寥。歎悶萱堂何處是。舉頭日近故鄉遥。（唱）

集賢賓　鄉山路遥江漢闊。跳不出地網天羅。堪恨奸臣情太毒天地裏就起風波。倉皇無怨辭。嘆英雄眼底消磨。誰念我空教人洒淚成河（內作打二更介）斷腸何必聽帝猿。霜滿庭堦月滿天。叹双蕉隨風秋自老。淚痕滿枕夜無眠

（前腔）枕邊淚痕離恨闊。遭法網束縛難脫。更受風寒身似割。倚牆業眼方合。忽聞擊柝。跳空梁飢鼠挑燈。驚夢覺。見冰輪低轉銀河（內作打三更介）委凌高節比松筠皇。豈肯偷生類犬羊。向日自同葵藿性。蒙恩又欲報吾皇

（前腔）皇恩有如天地闊。數十年重沐恩波。我不負君恩君何負我。料殘生未保存活。終傾葵藿。只爭這奸詭擺掇。民恨多。他

歎君罪瀰漫恒河（內作打四更介）天空雲杳雁書遲。兩地存亡總不知。骨肉年來常間闊。人情到此可勝悲

前腔 人情喜合愁間闊。題起來刀刺心窩。白髮萱親只怕塡溝壑。紅顔妻緣分何薄。將他貌閣。夢兒裡哭醒南柯。沒奈何。望飛鴻信斷闌河（內打五更介）柝聲不斷促更籌。驚起離人萬斛愁。霜落曉天涼似水。一輪明月轉西樓

前腔 西樓月低星漢闊。慶長更寒苦難過。一夜愁添兩鬢皤。冷清清風景蕭索。霜天曉角。聽途中早客行歌。烟似潑。晨光［illegible］萬里山河 耿耿星河。歎曙天夜長人靜不成眠

江有魯漁歌遠覓逐西風上釣船外丑上介白叫左右這等大膽。眿已分付。不許閑人攪亂。我在客途辛苦。欲圖一覺穩睡。甚麼人半夜啼哭。與我即便拿來淨丑作慌跟拿生介淨白你討死。欽差老爹在此歇夜。價哭的是甚麼。如今已是聽見。將我性責。你跟我見去來生作見外白這來的好似林武師兄弟作抱哭介唱哭相思相思兩地隔英雄。不憶相逢客路中。共揮血淚灑西風白兄弟請起。你如何這般模樣。左右解了枷鎖。取一件綿衣來。與我兄弟穿外穿作嘆替生穿衣介生作拜兄弟之事。哥哥盡知。今日

卷下

受苦。一言難盡 唱 憶多嬌 三兩日。絕粒食。性命存亡惟頃刻。無主殘骸望兄收拾 合 舉目妻淒。舉目妻淒。不由我傷心淚滴 外唱 前腔 悲遠離。無信息。邂逅相逢在此地。生死窮通各有期 合 前 自我在邊關上聞知兄弟。遭此毒手。不憶在這搭兒相遇。莫非命也 生唱 鬬黑麻 命若遭逢欺君逆賊。千里孤身驅馳遠配。撇鄉井。在顛危也。是為國忘家。忠心無怨悔。合捨生取義。忠臣死不避。爭奈老母年高。桑榆景逼 外唱 前腔 想人生交情見死生緩急。思難相逢如何忍 莫寬懷抱。莫憂疑。便死在朝廷。亦當

救你合 前白 左右的那驛丞過來。這林冲是我兄弟乃朝廷職官。罪犯一時。終有進身之日。爾輩早敢與賊子同謀。設害平人。理法難容。爭奈軍情緊急。不暇究治。爾當自今改過。以贖前非。卒磕頭介外白叫草場官。你州中押帖一張。與我兄弟充草場總秤。月給五斗米養贍。待我還朝奏准天子。釋放他便了。丑磕頭

急難相逢若有期。感兄恩德濟時危。因如久旱逢甘雨。喜的他鄉遇故知

第三十出 小外上唱 雙勸酒

病原有因。愁來無盡。想那貞娘可人。誰傳芳信。陽臺

楚陽夢非真。空勞月老冰人 白 人生莫惜金縷衣。人生莫負少年時。見花堪折須當折。莫待無花空折枝。只念我久慕貞娘。累次使人。將金珠寶貝去探問他。只說有些夫主見在滄州。堅執不嫁。教我朝思暮想。無計可圖。叫董宰去喚陸謙。傳安來。我與他兩箇計議 末白 陸謙傳安。大叔叫你 淨丑上唱 前腔 不離虎辟。終朝鬼諢。酒館花門閒風趕趁。全憑兩脚走慇懃。俺只待好處里安身 白 大叔小的來見 小外白 如今林冲見在滄州。你怎麽平白里使媒婆去說親事。我如今無計奈何。你每救我一命 淨白 我有一計。可成大功小外白你有何計淨白大叔叫軍牢二十名。分付與我領着。到晚間。将張貞娘家房門打開。擡的來獻與大叔小外白這箇使不的丑白我有一計。可成大功小外白你有何計丑白大叔肯賞銀五十兩。我同陸謙去滄州。夜晚拿住林冲殺死。如今先叫張貞娘的舅舅李不順。多許他些錢物。領着官媒婆。假說林冲死在滄州。子母無指望了。急到他使人去滄州看望。我每那里一定結果了他性命外白此計大妙。你每今日就去幹事事成報謝不淺。叫李不順我分付他貼丑扮李不順上白耳熱眼皮跳。門外何人

吽。誰家得酒食。那箇送錢鈔。陸老兄。叫做甚麼　見净

白　高衙請你　衆見介　小外白　那李不順我。聞知張貞娘與你有親。林冲刺配滄州已死了。我心上要娶他。煩你去說親。事若有成。我與你共享富貴　貼丑白　小的敢不應承　外白　先賞他五兩白銀　貼丑白　小的不敢受　外白　不要推辭。即日就去。近前來我說與你　春

唱　玉芙蓉　自從見玉貞。無路通音問。卓文君肯把相如憐憫。白璧黃金都不吝。畫閣蘭房總是春　合　假若姻緣須甘心許允。准備花紅羊酒謝冰人　貼丑

唱　前腔　牽絲事有因。月老何須問。安排著洞房

花燭相親。青鸞光透瓏臺信。巫女須離楚岫雲。合

淨唱 前腔 你是侯門將相孫。他有帥府夫人分。

兩相宜正好偕秦晉。憑你玉堂人物風流韻。也消得

金屋阿嬌嫡妃人 合前 丑唱 前腔 門楣有令聞。

財物無驕吝。千金不惜欵求紅粉。肉屏列着風流陣。

錦帳深藏富貴春 合前 鳯世姻緣線引針。全憑月

老肯留心。着意栽花花不發。無心揷柳柳成陰

第三十一出 旦上唱 天下樂

一片花飛減却春。風飄萬點正愁人。征鴈不來鶯漸

老。只將幽恨度芳晨 白 重門晝不開。東風何處來。裊

李本無言。如何燕鶯猜。傷哉薄命郎。骸骨不還鄉。夫死妾焉活。所憂在姑嫜。姑安貧亦足。肯慕他人富。郎非貪賤人。妾豈聽琴婦。勢劍與風刀。堅貞死不顧。君不見園中花開時。蜂蝶亂交加。又不見道傍柳。年年攀折行人手。春花嬌。春柳媚。一夜風霜轉憔悴。惟有嵓前松與柏。歲寒不改舊顏色。斜風急雨慢相欺。妾心比松更堅持。自從兒夫別後。杳無音信。未知存活。高衙貪婪無禮。再三使人將寶物誘引。奴豈肯慕他富貴。行如狗彘。母親病體欠安。請出來問安則箇。老旦上唱 前腔 天涯遊子不還鄉。愁添老病轉羸倆。畫堂寂寞魚書遠。鉄石之人也斷腸 旦白 母親媳婦萬福 老旦白 孩兒免的使禮 旦白 母親有病在身。少的煩惱 老旦白 孩兒一去音信無聞。存亡未卜。子母凄凉。光陰迅速。如何是好 老旦唱 梧桐葉 從別後信音稀。望斷鴈南飛。每日把門兒獨倚。空教我淚偷垂。恨只恨朝東逝水。何日得西迴。影不到關山萬里 旦唱 前腔 離亀遂落花飛。春去也幾時迴。好教我痴心望你。終日價蹙愁眉。恨只恨啼鵑樹底。空報道不如歸。影不到關山萬里 淨扮媒婆上唱 天下樂 我做媒婆甚蹺蹊。人家有女我先知 丑上

唱 東家喫酒西家醉。終朝尚兀是太奔馳 丑見旦哭介 沒主的姐姐喋 旦白 舅舅在那里喫的酒醉 丑白 姐姐無指望了 差旦白 你舅舅有甚麼話說 丑白 我聽的行路人說。林冲死在滄州特來報知。旦 姐姐早發村貞娘與他罷 旦白 舅舅有酒有肉、你喫。你哭怎的爭

白 姐姐你舅也說的是。我也聽的人說。林大人死去多時了。你子母孤寡難過。我領高太尉命。說娘子與大公子作箇專房。金珠無數。都是你的。心下何如 旦白 奴家清白門第。何敢妄言是非。唱 桂枝香 清高門第。貞白家世。俺本是田舍寒微。怎與他侯門匹

配說甚麼金珠似水 自有箇糟糠賢贅。他便權傾京國
勢壓華夷。寧學梁鴻案。羞攀董卓盃 净白 老夫人和
娘子都說差了。人生 有幾箇少年 净唱 前腔 人
生百歲光陰有幾。趁着翁質芳年。早尋箇鸞交鳳配。
他是藍田玉種。當勸富貴。那更花嬌柳媚。莫惜他蝶
使蜂媒。花有重開日。人無返少期 旦白 舅舅受高爵
囑託。休信他說 老旦唱 前腔 兒遭顛沛。妻當憂
慽。雖然眼下無依。終有歸來之日。怎比關花逐水。要
學蒼松獨立。萬言不理。一志難迴。本是布襖荊釵婦。
做不的椒房金屋妻 丑净白 夫人你孩兒實死了。休

說回來的話。成了親事。你子母富貴不輕 唱 前腔

他是公侯門第。權豪毅勢他那里金屋為居。只少箇阿嬌作配。想鵲橋已備。好與牛郎相會。佳期絕遇。不必苦推。我已付青鸞信。你須酬紅葉媒 白 這于兩花銀。權為紅定。既然不收。我回話去罷 下 老旦哭旦

白 婆婆休得煩惱。奴家自有道理 王婆上 唱 天下樂

忽聞隔墻哭聲悲。急步荒忙問端的。若非齊哥病狼狽。多因遠信到庭幃 王婆白 夫人娘子。炒鬧為何 老旦白 王媽媽請坐。聽我訴說 唱 玉包肚 高衙無禮。不安分 一任亂為他。則要放縱奸邪。全不顧

傷敗倫理。不知何意。可怜乞婆獨爲媒。平地將人架

是非丑婆唱前腔安人聽啓。這因由我已盡知。

白老安人你將耳朶來唱他正是賊臣强梁。明欺負

幼子孫妻。說與你其中就里。他把林郎苦逼受灾危。

只爲傾城色。惹是非旦唱前腔乞婆無禮。倚威權

强留定禮。不怕他勢重如山。到頭來須索廻避。假若

將奴逼迫。終拚一死在朝夕。免得傍人說是非門

掩東風晝不開。春殘猶恐燕鶯猜。無可奈何花落去。

似曾相識燕飛來

第三十二出小外上唱卜筭子

好事最難成。美顏無由得。使碎自已心。反被他人恥

白 巫娥不下楚臺雲。買我鶯花三月春。紅杏隔墻空着眼。折花須避看花人 白 左右我昨日使陸謙傳安。往滄州殺害林冲。去了不曾 末白 還不曾起身 生外白 與我喚他來。要分付他 淨唱 前腔 官司日夜忙。家事何曾息 丑上唱 卜處欠下九處錢。白 着眼皮兒由他索 小外白 你每還不去 淨白 明日早行 小外白 你星夜到滄州。殺了林冲。與我除了後患。再得完成親事。我稟過爹爹重賞你。先拿兩箇銀子作路費。左右將酒來 作遞酒介 外唱 風貼兒 你到滄州

將他殺訖成就了婚姻佳匹。果然中了拖刀計。休泄漏這消息。早早回來重謝你（净丑跪介唱）【前腔】大人將俺託倚。敢不盡心協力。管教他一命難逃避。酬謝你大恩德。早早回來先報喜。慇懃託汝重千金。及早回來報好音。正是路遥知馬力。果然日久見人心

第三十三出

（生上唱）【小重山引】更籌數盡夜無眠。半壁孤燈對客苦禁寒。梆敲剝啄不停閑。夢不到家鄉遥遠（白）暮鼓催殘覺夜深。半窗明月苦寒侵。思鄉總是乘舟興。雪裏梅花無處尋。想

我不幸。流配滄州。又被奸計害我死地。多謝故人公孫勝。救我不死。發付我看守草廠。日給斗粟。苟延歲月。今夜該我直宿。纔見天晴月朗。又早雲暗雪飛。此時甚是寒冷。用劍劈些柴薪。燒火烘烘身上。又覺肚中饑餓。我將這葫蘆去前村沽些酒來驅寒。把燈吹滅。將房門掩上。行不到幾步。天色昏暗。大雪不住。教我怎生消遣 唱

駐馬聽 寒夜無茶。走向前村覓酒家。這雪輕飄僧舍。客酒歌樓。遮阻歸槎。江邊乘興探梅花。堂中歡賞燒銀蠟。一望無涯。有似灞橋柳絮漫天飛下

白 這雪一發大了。雖然是國家祥瑞。[illegible]了

富貴人家。紅爐煖閣。歌兒舞女、至於在家之人。偎妻抱子受用。怎生知道俺在外當差的苦楚。日間差撥無暇。夜裡提鈴喝號。逢熱熱一箇死。遇冷凍一箇死

唱 前腔 四海無家。回首鄉園道路遐。這雪輕如柳絮。細似鵝毛。白勝梨花。山前曲徑更添滑。村中魯酒偏增價。嚇墜天花。壕平溝滿。令人驚訝 白 出的門來。撞着這撲面的風雪。白茫茫不見村坊在於何處。此間乃是大聖廟。我且避一避再行。上聖上聖。保護我林沖無災無難。早見母妻之面 淨丑上唱 駐雲飛 路嶮山危。虎嘯猿哀鳥亂啼。此事咱幾審。莫遣

人知會飛。心急馬行遲。受盡驅馳。露冷風寒夙夜何曾寐。指日成功喜笑迴。生白呀。廟前有人作聲。我試聽上一聽。原來是高家奸細。我且站在廊簷下聽他說甚麼話。淨白兄弟如今來到草廠門首。好大風。把草蔭灼了。你看好火。一發大了。我這一會喜的我身上不覺冷了。丑白還虧了我那日到州裡要殺林冲。你不知這廝。寸鐵在手。殺萬將無敵。不如我這一計。將草圍了門。趁看這風勢放火。林冲會飛也出不來。縱然逃的性命。燒了大軍草廠。也是該死。好火。連草蓀直房都蔭着了生丑白誰想還來這里害我。少走。

（丑白）饒命饒命（生白）喚我一劍（作殺丑介）（合）蒼天我林沖命不合死。今夜神靈遣我到此（唱）駐雲飛

賊子無知。仗勢欺人敢妄為。百樣沒仁義。一味趨權勢。悲狐假虎張威。此是為非。寶劍光寒。總正你瀰天罪。血染遊魂永莫歸（白）如今二更時分。又那草廠內。燎天燎地火。猶未滅。又殺了這兩箇男女。此間不好久戀。趁着這雪影天光。須投紫皇親。尋箇出路。羅量大福亦大。機深禍必深。莫謂無知者。神明即是心。

第三十四出（施方官上）引子

地方千里關心處。早朝暮驅馳内外巡。半夜挑燈檢白
鬢。平明騎馬走紅塵。白事不關心。關心即亂。小官是
滄州捕捉官是也。今早大聖廟地方來報。廟前殺死
二男子。各帶器械。身邊有印信文書。驗出是高太尉
府中兩箇虞候。夜間又燒了大軍草廠。報說是東京
流來的配軍林冲。殺人放火。此事不可隱諱。一面稟
知本州。申呈上司。差人飛報高太尉。即便與都頭保
甲將死屍用土暫埋。排門捕捉兇犯。末 丑 白 小的理
會的 天網恢恢不 足踈。殺人終久作因徒。梁山
隱傷弓鳥。大海難藏 漏網魚。

第三十五出 外唱 風入松

天津橋上聽啼鵑。又嘆起干戈擾亂。丹心為國懷忠諫。朝奏九重夕貶。談餌善貪祿位。不如歸去田園白進不前兮退不休。成功何愧不封侯。黃雲白草三千里。瘴霧蠻烟二十秋。荊棘紛紛迷馬路。塵沙滾滾暗龍樓。聖明不解非熊兆。塞北英雄盡白頭。下官公孫勝是也。官拜參軍之職。因梁山草寇作亂。朝廷差我催督各路糧草。因過滄州。救了兄弟林冲性命。不想如今他殺了高家奸細。被高太尉奏准朝廷。遣情捕徐寧領兵。着落下官要林冲。將功折罪。走了林冲。二罪同發。耶日官兵趕渡黃河去了。我想林冲兄弟，赤心報國，尚獲大罪。我等若不早爲之計，性命如何可逃？不免將家小送入中條山隱居。一面飛報兄弟逃命，自嘆二十年身沉宦海。受了多少驚怕。今日得箇遠宦全身。勾了我也。唱

步步嬌 宦海風波時時險，富貴多災譴，分明抱虎眠。固寵專權，積薪壘卵。天涯人被利名牽，不如早泛回頭岸。

沉醉東風 千鍾祿蓄咱素飡。四海内隨緣方便。歸去田園。再不對楚臺峯巫峽杳長安近遠。西湖駕艇。東山種田。纔是俺知權達變。白 呌小的過來。將我這冠帶解下來罷。末上

白奶奶說來休去了冠帶。老爹去了冠帶。小的每倚靠何人外白孩兒你曉的甚麼。想我南爭北戰。受盡了許多辛苦。今日一筆都鈎了罷手唱 忒忒令 且讀過黃庭幾篇。我怎肯把剔玉三獻。怎做箇太平民。倒得箇天長地遠。就死呵一身無玷。俺只怕恰封侯。忽賜死。朝邊暮貶。穿一領鶴衫。戴一頂鹿冠。不讓如羅藍象簡 好姐姐 怎言吾已興闌。休題起韓侯功業。未央宮受患。長吁氣短嘆。回頭看。莫待馬走臨崖收韁晚。船到江心補漏難。白 吽左右將我冠帶收了唱 嘉慶子 未向那神武門掛冠。先納了虎頭牌兵符鉄券。戒錐無前賢高見。且免俺一家禍愆雙蝴蝶　再不聽鷄鳴夜渡關。再不向金門待漏寒。再不想披金甲南爭北戰。再不磨手內龍泉再不得攙離弓穿楊落鴈。再不去領雄兵聽皇家調遣　玉劄子　躲離了豹尾鵷班。拜辭了鳳樓鸞殿。跳出了虎窟龍潭。遥指白雲頭揚鞭跨蹇。回首方知退晚　流拍　堪愛處綠水青山。竹籬草舍茅菴。看瓜菓養桑蚕。汲清流向澗泉。休笑我庄家漢。喫幾筋消停飯　錦衣香　才高管晏。功過韓范。算來名利不如閑守着山妻稚子。早晚團圞。嘯傲清閑優遊散

謳西時佳景隨心玩　憑水令　到春來杏花滿園。到夏來荷風撲面。秋菊冬梅都堪羨。抵多少塞月邊塵。瘴雨蠻烟。渴時飲。餓時飯。大家閑事都休管。樂陶陶。山巔水邊。終日里終日里詩酒盤桓　鴛煞尾　幾回沉醉歸來晚。喜得楊柳稍頭月半彎。喚兒童把柴門慢掩。常則是紅日三竿自在眠　不做官夢亦清。三竿日出尚難醒。百年活計閑為貴。四海交遊山有情

第三十六出　外上唱　卜算

兵馬離京都。晝夜何曾息。林沖今日上梁山。兵寡應

難敵白　五百官軍出汴城。林冲造反事非輕。烟塵惹起梁山寇。四海生民不太平。吾乃金鎗手指揮徐寧是也。因林冲殺了官差虞候。高殿師奏准朝廷。遣我統領五百精兵。與參軍公孫勝。一同捉拿。提師過了黃河。哨馬打探的林冲反上梁山去了。勾惹的水滸精兵。四面把路截了。公孫勝聞知消息。懼怕逃走不知去向。寡不敵衆。欲待收兵。又違勅旨。須索向前追赶幾程。我請兵協濟。叫左右。外邊傳令。即便起馬追赶林冲下落　末丑應傳令介　既是號令已傳。不必久住。即便起程　號令風雲下九天。威嚴摧動九巖山。

旗翻北斗殘星冷。弓挽東洋曉月寒

第三十七出　生上　唱　點絳唇

数盡更籌。聽殘銀漏。逃秦寇。好教我有國難投。那搭兒相求救　白　欲送登高千里目。愁雲低鎖衡陽路。魚書不至鴈無憑。幾番欲作悲秋賦。回首西山日又斜。天涯孤客真難度。丈夫有淚不輕彈。只因未到傷心處。念我一時忿怒殺死奸細。幸得深夜無人知覺。寄投柴大官人庄上隱藏。昨聞敵人公孫勝使人報知。今遣指揮徐寧領兵滄州地界捉拿。虧承柴大官人憐我孤窮。寫書薦達徑往梁山逃命。日裡不敢前行。

今夜路経濟州地界。恰纔天明月朗，霎時霧暗雲迷。兀山路崎嶇高低不辨。教我怎生行驀。那前邊黑洞洞的想是村店。只得緊行幾步。呀。原來是一座禪林。夜深無人，我向伽藍殿前剛暫憩片時。（生作睡介）（净扮神上）生前能護國。沒世後爲伽藍。眼觀千萬里，日赴九千壇。吾乃本廟護法之神。今有上界武曲星受難。官兵追急。恐傷他性命。不免叫那林冲休推睡夢。今有官兵過了黃河。咫天趕上。急急起來逃命去罷。吾神去也。凡人心不昧。處處有靈神。但願人行早。神天不負人。

（生醒白）諕死我也。剛纔合眼。忽見神像指着道。林急急起來，官兵到了。想是伽藍神聖指引迷途，救林沖吾得一步之地。重修寶殿，再塑金身，撒開脚步去也。唱。新水令　按龍泉血淚洒征袍，恨天涯一身流落。專心投水滸，回首望天朝。急走忙逃，顧不的忠和孝。　駐馬聽　良夜迢迢，投宿休將門戶敲。遥瞻殘月，暗度重關，急步荒郊。身輕不憚路迢遥，心忙祇恐人驚覺。魄散魂消，魄散魂消，紅塵悮了武陵年少。

水仙子　一朝諫諍觸權豪，百戰勳名做草茅。半生勤苦無功效，名不將青史標，為家國總是徒勞。再不得劉金鐏孟盤歡笑，再不得歌金縷箏琶絡索，再不得謁金門環珮逍遥　折桂令　封侯萬里班超。生逼做叛國的紅巾。背主的黃巢。恰便似脫卸蒼鷹。離籠狡兔。摘網騰蛟。救急難誅正邪。掌刑罰難得皋陶。鬓髮蕭騷。行李蕭條。這一去博得箇斗轉天迴。須教他海沸山摇　雁兒落　望家鄉去路遥。想妻母將誰靠。我這里吉凶未可知。他那里生死應難料　得勝令　呀。諕的我汗浸浸身上似湯澆。急煎煎心内類油調。幼妻室今何在。老尊堂恐喪了。劬勞父母恩難報。悲嚎。英雄氣怎消　沽美酒　懷揣着雪刃刀。行一步哭號咷。拽長裾急急驀羊腸路遶。且喜這燦燦明星下照。忽然間昏慘慘雲迷霧罩。疎喇喇風吹葉落。振山林聲聲虎嘯。遶溪澗哀哀猿叫。嚇的我魂飄膽消。百忙裏走不出山前古廟

收江南

呀。又只見烏鴉陣陣起松梢。數聲殘角斷漁樵。忙投村店伴寂寥。想親幃夢杳。空隨風雨度良宵

故國徒勞夢。思歸不得歸。此身無所託。空有淚沾衣

第三十八出 旦上唱

憶秦娥引

東風急。東風急。無可奈何花狼籍。花狼籍。一年風殘。幾番雨過。白汴水河橋東畔路。別時記的部行處。揚柳經今幾度春。依稀還似當年綠。昔時燕子更還來。

前歲桃花今又開。才郎別去無消息。一日愁腸能九
迴。這兩日婆婆不安。兒夫無信。錦兒同去堂前問安
則箇。母親有請。老旦上 貼旦上引 前腔 難存濟。
難存濟。遊子不來苦顛沛。苦顛沛。望斷梅花空拋珠
淚。白 婆婆媳婦萬福 老旦白 孩兒免禮 旦白 母親比
前兩日如何 老旦白 這幾日身心恍惚甚不寧 貼旦
白 母親想甚麼物喫。媳婦買辦 老旦白 孩兒我愁事
牽腸。有甚麼心想物喫 旦白 母親你愁甚麼 老旦白
孩兒高衙強逼你為婚。你丈夫死生未保。老身病又
將危。似此怎生不愁 唱 對鏡畫娥眉 遊子在天

涯。兩地存亡總不知。恩情間隔骨肉分離。長途人去三千里。老景誰憐七十稀。悲怨天遠。何日歸。只怕春光耽擱了少年妻（旦唱）

前腔

芳草正萋萋。聘殺王孫歸路迷。奴只是堅貞自守。貧賤難移。思同翠栢凌霜雪。肯效閑花惹是非。親衰老。人未歸。多愁斷送了少年妻（貼丑上唱）

一封書

孤寒命幼妻兩三番曾勸你。婚姻事有期。百千遍不肯依。光陰有限人易老。流水無情花自飛。要相隨莫執迷。禍到臨頭悔後遲（白）報報夫人。娘子須知道。林冲無故殺公差。又上梁山為寇盜。貞娘若不早回心。一家難免災星照（旦

丑舅舅說甚麼 貼旦白 姐姐你還不知。林冲殺了高
太尉府里幹辦公差虞候。反上梁山去了。指揮徐寧。
奏准調發各路官兵。追勦你。還推不知。一人造反。九
族遭誅。高衙早晚來拿你一家老小。貞娘若肯嫁他。
萬事俱無。敢道一箇不字。性命休想存留 下 老旦 旦
旦貼 旦抱哭倒 旦白 母親休的驚怕。有事奴家一身
自當 老旦白 孩兒你窮貧苦年。便死而何益。不如嫁
了他。苟延性命。蒼天自有報應處 旦白 妾與賊子。有
不共戴天地之讐。豈可輕易許諾。有敗婦人之節。兒
夫殺人之事。未見虛實。母親寬心。奴家打聽 老旦

【金鎖掛梧桐】孤子在他鄉。撇撇的俺無依伏。愁思在萬里天涯。怎知禍起蕭墻。三秋寂寞空勞想。難免今朝一命亡。只落的一堆白骨埋黃壤。誰向春風奠一觴。遭無妄。從天降下這灾殃。（合）空捱了半世淒凉。只落的虛名望（旦唱）【前腔】禍福事難量。不必多勞攘。奴自保曾參。他非是殺人黨。他雖然忘了舊糟糠。須念白頭七十娘。任他無情風雨相摧折。零落花枝也自香。空惆悵。料蒼天不肯負忠良（合前）（貼上唱）【前腔】聽說越愴惶。平地里遭風浪。被他奸謀。生逼的身家喪。誰將冤枉訴君王。自把柔腸祝上蒼。

一門老幼遭磨障。緩急無人事可傷。添悲愴。兢兢戰
戰忽逃藏 合 前老旦白 媳婦休的掛慮老身。且從賊
手。免一身之禍。我前日也打聽的人說。有此事了 唱
潑潑帽 你将身且自從奸黨。莫悞了貌質年芳。
我今一死休慮想合常言道禍不單行。方信這語非
虛誑 旦唱 前腔 母親病體須自強。到頭事奴須
承當。此身亦必遭羅網。合 前貼旦唱 前腔 母親
堅心必定無他向。媽媽何須苦苦悲傷。飛身跳不出
漫天網 合 前老旦白 媳婦。你與錦兒去做些粥湯來
我與。侍我在這里歇息片時。再作商議 旦貼並下老

旦白 媳婦錦兒回房去了。蒼天蒼天。我一家無故遭此横禍。高衙者逼媳婦為婚。媳婦千萬顧戀老身。堅執不肯依。不如我尋箇自盡。孩兒也無掛念。老身也不受苦。罷罷 唱 哭相思 生前不得兒終養。死後無人為舉喪。我這里自憐傷。欲哭吞聲淚兩行。懸梁只用繩三尺。在世真如夢一場 作吊介下

第三十九出 旦上唱 玉瓏璁

一春愁似織。風雨苦相摧。空使我寸心灰 貼旦上唱 老哥心腸窄。懷抱幾時開。灾禍一齊來 旦白 阮郎歸 夜來風雨急相摧。殘紅落滿堦。鶯啼燕語任疑猜。

門更不開。愁母病。憶多才。相思春又回。天涯音信幾時來遲。迴空自悲。白 昨日婆婆聞了丈夫凶信。又見高堂逼迫。奴家不從。想是病又沉重了。等待錦兒請出來勉強進些湯水。貼旦白 母親嫣嫣自縊了 旦 哭 旦 放者 旦 倒 哭 王婆上 唱 水底魚兒 空自疑猜。閉門何不開。哭聲可駭。連我也痛哉 白 你一家荒甚麼 旦 白 王嫣嫣婆婆自縊了 唱 山坡羊 病怯怯親年高邁。苦捱捱兒歸不待。實指望家庭聚首。母子重歡愛。準備擡。為奴身作禍胎。恨只恨高堂父子。絕兩箇真無賴。生逼的老母懸梁也。這冤讎何日解。裡

釵子內無錢難剅剄。尸骸眼下無兒誰葬埋 貼 丑 唱

前腔 孤兒身遭傾害。無人心難寧耐。撇了家緣縊死。這的是物在人何在。俺命乖。貌傾城惹下灾。心如刀攪。生割斷恩和愛。今後愁似高山闊似海。疑猜在外軍身有日來。悲哀。屈死遊魂安在哉 王 婆 唱

前腔 我和你同隣同界。早共晚相親相愛。數十年恩情爽好。彼此相依賴。吾命該。死將來難料測。看了你屍骸暴露。棺木也誰相貸。母子牽腸淚滿腮。難捱落網之魚怎掙擿。難猜。積善之家有禍灾 貼 丑 上 唱

牧郎歌 生死皆由命。何須苦痛哉 争上 旦 黃河

兒女淚。哭殺不回來 貼丑白 苦死姐姐。兄弟無長奔了也。孩兒休得煩惱。有喜事在這 丑白 我母親看你生逼死了。奴家傷感不暇。何喜之有 淨白 娘子你舅也說的是。你今無碍手的人了。再不掛念婆婆。你夫主遣反罪及三族。高郎不念舊惡。今備棺槨衣衾埋葬你婆婆。葬後迎娶過門。受用些花燭洞房春似海。脫離了殘機茅屋夜如年。却不是好 丑白 多承舅舅。你且回去。說與高郎。殯葬之禮。奴已具備。不勞送來

貼丑白 孩兒你嫁他不嫁他。我好回話 丑白 舅舅你聽我說 唱 山坡羊 只除我志堅心耐。不怕他广

高勢大。你便使安車馯馬。雖得把奴身載。有横財。終須事不諧。縱有黄金萬斗。夫不把綱常壞我。只待一死甘心也。肯受温郎玉鏡臺。安排尊等俺梁棟材。丟開。休題那議喬才 貼 淨白 休得煩惱。這是高衙内十兩白銀。權且作棺槨之費 旦白 喪具之禮。趁家有無。吾素分當以貧葬。何用非禮之助 淨白 娘子。你夫主是職官。老安人爲命婦。於禮不可薄葬。受此賻贈。亦不爲過 旦作怒白 奴與高郎無寸絲之約。哥死屍猶未冷。説來講婚禮。是可忍也。孰不可忍。疾快將去 淨白 你真箇不受我回話去也 淨貼丑下 五妻白 你又不受禮。老安人屍骸暴露兩人揭債如何 旦 媽媽奴家有這一對金釵。可買一口棺槨。這兩件衣服。作為齋供之資。煩媽媽整理 王婆白 娘子。金釵拿去。替你買辦棺槨。衣服留下。供齋之物。俱是老身助辦 旦白 多謝嬭母唱 玉交枝 停屍難待。且隨緣將親葬埋。不須去揭他人債。有孩兒這對金釵。要貸你用。不義財。為僧要守佛家戒。望尊堂隨時辦買 王婆唱 前腔 窮通命在。何須你苦苦過哀。天長地久權寧耐。悄哭的形衰貌改。衣衾棺槨你教來。齋供品物吾當代。望娘子聽咱勸解。佳人不必淚雙垂。怎忍管

壹一命虧。世上萬般哀苦事。無非死別共生離

第四十出 末扮宋江上唱 虞美人引

屯兵欲剪滔天害。創立梁山太寨。英雄處處望風來。釜魚梁燕。暫求喘息不須猜 白 四方戎馬犯天廷。血染金鎗幾戰爭。惟有至尊憂社稷。佞臣猶自賀昇平。吾乃梁山寨主宋公明是也。只因着朝廷。信任童蔡高楊四賊在朝。不修邊備。專務花石綱等輩。生事開邊。百姓生不能安。死不得葬。便天下豪傑。各皆逃散。吾已糾合亡命四十餘萬。今日無事。小嘍羅你在官道上哨探。嚴息謹守關隘。看有甚麼人來報

我知道衆應是介生上唱前腔挺身撞破漫天網。回首君親邊想。尋思脫離總無方。忙投水滸暫潛藏白行了幾日。方纔脫的官兵。此間是水滸梁山道口。這一條性命。可是掙摘出來了。小嘍囉你報知大王。有汴京林冲。賫着柴皇親的書來投見淨丑報稟大王知道。有汴京林冲。賫着柴皇親的書來見末白請進來見介足下是東京禁軍八十萬教師否生白不敢。小可沾名。汚大王耳聽末白久仰足下。英雄蓋世。今始識荆。可謂三生有幸。情願讓你作山寨之主生白不敢。倘不見棄。願爲大寨廝夫足矣末白請坐

勅問朝廷有赦無罪詔書。又欲用賢退不肖。有是乎

生白請大王尊坐聽。小生告訴 唱 降黃龍 念當今聖德明君。近龍顏往日那賢臣。他都掛冠封印 末白朝中有程顥程灝兩賢儒。今仍在否 生白 二賢恐群小誹謗。洛陽隱居去了 唱 戰兢兢懷才抱德。避世迯人 末白 當朝有陳秀陳瓘陳過庭。最忠直。重用他不曾 生白 三陳被蔡京貶發嶺南去了 前腔 衣冉衣市。已喪斯文。盡被他讒言浸潤。貶群賢貶群賢。安置遐方。陰懷私忿 末白 這幾賢人不在朝中為相為將是誰 生白 蔡京為相。高俅為將。童貫治內。朱勔

治妹 唱 絲綸絲綸顯耀非人。舉薦姻親都諂等三台金印。將吾皇誘引。獻花石獻花石。軸轤千里。競利殃民 前腔 邊塵邊塵不日紛紛。因夫了中原。悬信妄言仙道。妄言仙道。煉藥修真。魘魅的君王聽順。又献與姻花脂粉。共徽徭役。入私家不進公門 末 邪臣漸漸貪。府庫看看盡。海內災傷。箱口無人問。為人臣眼見的心何忍 末白 朝中有方給事中。他怎麼不諫諍 生白 方軫切諫不納。蔡京將他下獄。吾則直發嶺南。因而殺害。天下人心不平。又搆惹的邊上不得寧靜 唱 前腔 邊塵不住閒。群小争諫忠臣。不止流方軫。問忠良那一箇。無虧損。姻親得縉紳。錢虜居方鎮。富者安閑。苦役皆貧窘。 餘音 欺君悞國真堪哂。也只待利已私家不為民。好教我一度憂君一愴神末白嗐嗐。小可避亂逃災。久在水泊之中。不知朝家有如此之變。兄弟既登罪地。此間山南馬兵漢寨。有十萬雄兵。今日就參賀你做總領大將。帳下大小頭目。將香紙過來。與我兄弟對天盟誓。方許入夥。生白上香上蒼。背主為寇。非是林冲不忠。乃被高俅逼迫。略無喘息之地。龍居淺水真非計。終歸大海作波濤。專望招撫。再報君恩。不免望闕遥拜

上裝拜唱　園林好　謝吾皇涵養林中雨露仁。效犬馬要圖尺寸。生逞微不忠孝道。拜我宋明君前腔　念高堂八十母親。數十年斷機庭訓。兒不孝何曾報恩。干生受枉辛勤　沉醉東風　拜賢妻林將我恁一嗔。分鴛侶前生無分。非是我不仁。救一時危困。這其間有家難奔。非敢背君逆親。只為應天順人。拋閃得嫌枉斷魂　白　哥哥請坐。兄弟也拜上幾拜唱前腔　拜哥哥慈而愛人。交朋友言而有信。氣上[illegible]雲。志在秦晉。滅乾坤九夷欲吞。非敢背君逆親。只

天順人。患難相交義氣伸　君子相交不差

朋仗義遠方來。一朝運至蒙恩宥。解甲投降秉玉堦

第四十一出 旦上唱 七娘子

遠人無望親先喪。扶柩回夜添悲愴。風木淒涼。神魂飄蕩。何日問寢親堂上 白 夫在他鄉歲月深。人亡財散兩傷心。青鸞信斷魚書遠。斜倚靈床痛不禁。母死三日。殯殮雖停當。王媽媽去請追薦僧人。尚不見來 貼旦上唱 生查子 堂上白髮親。一旦歸黃壤。設祭表微誠。明朝須埋葬 白 母親。錦兒萬福 旦白 孩兒免禮。齋供停當不曾 貼旦白 停當已了 旦白 孩兒你父親在顛危之間。老母今又屈死。撇的你幾形影

孤單怎生過遣 唱 傍粧臺 最悽涼。萱花零落不禁霜。誰憐幼婦撑門戶。遊子滯邊方。瑶臺路遠鴻音斷。華表雲深鶴夢長。腸千結。淚萬行。誰將凶信報林郎 貼旦唱 前腔 自悲傷。梧桐影裡月穿窗。不能照見親顏色。謊亂我衷腸。床頭忍見殘針線。架上空餘舊布裳。前生業。今世殃。愁如山壓好難當 旦貼旦合唱 前腔 好恓惶。一天風露下銀床。高秋景物偏蕭索。骨肉又分張。慈親此日歸新隴。遊子終年[illegible]故鄉。焚香紙。奠酒漿。早間哭到月昏黃 旦白 錦兒看王媽媽。請僧人不見到來 貼旦白 敢待來[illegible]

上㫰　一封書　生和兜兩廂。嘆浮生終日忙。兒和
女滿堂。到無常衹自當。如春夢終須短。命若風燈
不久常。自思量。可悲傷。題起教人欲斷腸　白　娘子這
些米麪。聊為齋供。這幾貫錢鈔。權作經資。　旦白　感蒙
厚愛。何日報荅　上發白　殺禮不必掛齒　和尚上唱　誦
子　師徒三人共一居。上入家一樣畫葫蘆。終須有日
圓君唤。一頭騾子兩頭驢　丑唱　跳過牆去遇住持他。
領了環我裼妻色。即是空空即色。從今葫蘆大家提。
净白　小僧法名皎月。心性從來爽劣。幼年多病纏。
父母送歲僧舍。不會念佛看經。一味喬謁胡捏。好色

有似餓鬼遇酒。如蠅見血。賭博手類飛蛾。跳墻身同蒼蠅。惡瘡生了十年。色勞經今八月。生前那肯修行。死後閻王不赦 丑白 你不修行。師兄如何度人 淨白 佛法只度別人。難免自家罪業。此間是林提轄門首。造自入去 旦白 師父如何不來 淨丑白 師父隨後便到 末上白 僧家不與俗人同。方便慈悲是本宗。要使一真元不染。須知四大本來空。徒弟何在 見介 末白 娘子小姐焚香。貧僧宣卷。盖聞法初不滅。故歸滅以歸空。道本無生。每因生而不用。由法身以垂八相。由八相以顯法身。朗朗慧燈。長留世界。明明佛鏡照破臥衙百年光景頃刹那。四大幻身如泡影。每日塵勞汩汩。終朝孽識忙忙。豈知一性圓明。徒逞六根貪慾。功名蓋世。無非大夢一場。富貴驚人。難免無常二字。風火散時無老少。溪山磨盡幾英雄。我如今十方傳句偈。八部會壇塲。救火宅之焚燒。發空門之扃鑰富貴貧窮各有由。只緣分定不須求。未曾下的春時種。空守荒田望有秋。旦貼旦哭淨白娘子再上香真酒。南贍部州大宋國汴梁開封府。相國寺。看經沙門。今據本府祥符縣住人。孝婦張氏。孝女錦兒。合家眷等。是日焚香拜干。伏為追薦沒世靈魂。天堂佛國。往意遥遥寶地蓮池。隨心自在伏興。末作打白你如何唱禮争白你不知。秀才在我寺中讀書。我也學了些孔門之禮唱 誦子 人命無常呼吸間。眼觀紅日墜西山。寶山歷盡空回首。一失人身萬劫難 百歲光陰瞬息回。此身必定化飛灰。誰人肯向生前悟。悟却無生歸去來 皂羅袍 佛寶圓明浩大。光秉照徹九品蓮臺。淨瓶楊柳洒千灾。金鐸法鼓宣諸戒 合浮生若夢。光陰過客。同登彼岸。脫離苦海。靈魂早早超三界 旦唱 前腔 自想從前恩愛。這愁如萬疊漾遶江淮。停摳不見故人來。倚門難把王孫待 合前貼旦唱【前腔】信手焚香禮拜。見金燈不滅。寶樹花開。玉毫影裡現如來。碧雲深處閬仙籟（合前）丑婆唱【前腔】波若身無罣碍。把黃金入櫃。白玉深埋。皈依九品紫蓮臺。懺悔之一切諸毒害（合前）無寂歸空陸本真。一聲佛號出凡塵。齋罷道場圓滿日。定然超度老夫人

第四十二出

旦上唱【掛真兒】山色荒涼人靜悄。獨看孤塚淒然。芳草生愁。杜鵑啼血怨。不教人哀怨（白）芳草年年伴土堆。思親無日不傷悲。明年寒食東風裡。誰向孤墳奠一盃。辛將老母

殯埋巳了。回奈高府苦逼成婚。奴家决死無生。且將一陌紙錢去。那母親墳邊辭了。痛哭上一場。遠望見老母新墳。不覺傷情淚下。唱

懶畫眉 山頭行過望牛眠。只見無主孤墳土未乾。昨朝子母共團圓今日裡無由見。鶯聽的枯木斜陽咽暮蟬

前腔 壺漿在手步行難。只見古樹寒鴉起暮烟。孤踪兔跡遶丘園。奴見了空嗟嘆。喚不起娘身長夜眠

白 早到墳前。母親一靈聽着。不孝媳婦。奠一盃漿水。焚一炷明香。願祝母親。早昇天界。保祐孩兒林冲。早回鄉井

唱 前腔 哀哀俯伏哭墳前。一柱明香一陌錢。

心積恨報終天。再不把椒漿奠。一滴何曾到九泉
奴家被人善逼命在旦夕。恨無三尺之童。報此千年
之恨 唱 前腔 天涯人遠幾時還。妻母殘生誰報
冤。傷心淚眼似飛泉。今世裡息情斷 母親可和你再
結來生未了緣 壺漿一滴奠慈親。日落香消嶺岌
人。地下有情應入夢。歸家兀自掩柴門

第四十三出 旦上唱 浣溪沙

簾捲東風白晝長。思親無日不淒涼。謾勞魂夢遶池
邊。薄倖不來春已暮。殘紅落盡蝶空忙。為誰清瘦減
容光 白 兒夫上山。婆婆自縊。皆由妾身所致。奴久不

死。但爲顧戀母親。母既辭世。高堂必來娶奴。奴豈肯背義偷生。寧可就義而死。就將三尺白練。尋箇自盡

唱

綿荅絮 見夫別後杳無書。抛的我財散人離獨自居。恨無徒強肆奸謀。他把高堂苦逼。一命先傾。倘若背義偷生。萬古教人唾罵奴 白 過往神祇保護奴家速死。得見舅姑於九泉之下 唱

前腔 烏雲緊挽。拽起襟裾。我這里拜謝神靈。愿賜光明照鑒奴自嗟嘆。無計支吾。只將白練套結。命在須臾。愿學烈女懸梁。好向黃泉見丈夫 白 罷罷。我自縊了。罷 作自縊介 貼旦上唱

霜天曉角 引 春將暮燕子還

尋舊屋。惟有死別一去無回路白小救母親千尋思。萬尋思。哭了一會。這早晚不聞的歎息作見吊介白王媽媽救人來。救母親自盡了也王婆上白死生無老少。誰保百年身放旦下咬喚。娘子你甦醒旦醒哭白王媽媽。今日事勢逼矣。妾身豈肯依人富貴。有詩呂節王婆白娘子。事要善處。老身聞知林郎投入梁山。未知虛的。有條出路。娘子心下如何旦白妾身愿求教王婆白林郎見在梁山。老身願陪娘子逃出汴城。同去尋訪。倘得團圓。可不強似糊塗尋死唱前腔人生虛度。死也莫要糊塗。念此身軀。幸喜懸梁死又魁。莫嗟吁。我有良啚。和你同隣共井。意難相扶。你急急整頓行囊。同往梁山訪丈夫 旦白 謝媽媽憐憫之情。只爭高衙在外窺測。怎生逃的 貼 旦白 母親放心。小奴一計。可得脫身 旦白 孩兒你有何計 貼 旦白 今日賊徒來娶。小奴盛粧濃抹。一身待之。充為母親。母親同王媽媽乘隙逃走。哄過一時。奴到高家。自有區處 唱 前腔 何須憂慮。奈心兒自保殘軀。我願效允鷄代鳳雛。寧教母拋奴。且救窮途。急效昭君出塞。身獻單于。有一日夫婦榮歸。休教青塚無人草自枯 下 丑上 唱 夜游朝 判掌姻緣合男女。終朝兩足矜馳。車馬臨門期在邇。早把粧奩收拾（白）娘子萬福。今日良辰吉日。高衙內使我來催粧。高郎亦自臨門。請娘子上轎（旦白）夫犯天條。婆婆已死。此身再無撑掛。須媽媽說與高郎。等侍成時奴家有些殘針舊線。收拾停當就行。不須催促（丑白）娘子你且收拾。我回話去。雲鬟整罷下粧樓。耿耿銀河七月秋。萬丈鵲橋今已架。管教織女會牽牛（下）（貼旦上白）母親孩兒梳粧停當。趁此無人知覺。收拾行李。與王媽媽急急走罷。你得掛慮小奴（旦白）你說的是甚麼話。我一身之事。豈肯連累孩兒（貼旦白）古人云。生子不生男。緩急非有益。奴恨一家被害。願捨一身。欲圖一劍之報。
母親堅執不依。事到如今。須得這等處 旦哭白 兒嚶
我怎生割捨的你 唱 綿搭絮 娘今別女得全軀。
我和你子母情腸。怎忍將身棄半途。他本因奴。與你
何辜。正是城門失火。殃及池魚。教娘叉拜孩兒。異日
焚香把你上畫圖 丑上唱 水底魚兒 千里姻緣。
全憑一線牽。月明雲散。看渡鵲橋仙 白 高郎車馬臨
門。先送宮錦一套。娘子即便梳粧。早偕鸞鳳。我報去
也。襄王夢覺自疑猜。握雨攜雲要不來。巫女有情須
早降。免教宋玉走陽臺 王婆白 娘子不必留戀。你且

在後房躲避。老白身在此發付孩兒旦哭白兒嚇休得愁恨。此情此意。有冤報你處。作揖、衣喚白姐姐你受我一拜唱 五更只 多嬌你一身何苦。向深穴去探狼虎。也只為重義。輕生。把你青春悮。他埋伏着暗室干戈。那里有洞房。花燭。思量此情此意難酬。汝但愿來生。轉與你為兒女。恨眼底是別途。俺則怕高氏從賊。有去路無回路 貼旦白 母親少得煩惱。路上與王媽媽水宿風餐。小心在意。尋見爹爹時。是必休題錦兒之事。太平歸省。老奶奶墳邊。將我無主的錦兒題名也。奠上一盃殘漿剩水。便是子母情腸。你孩兒死

在九泉之下。不敢忘了母親 唱 一 前腔 母親不必
鬪喜。孩放心前途去。我和你子母恩情。一旦分頭路
教教養育喜豐物。也能知報主。情知此時此去無别
故我一死甘心。全你親骨肉。生和死。古誰無。端的是
母為兒亡。我為娘身遭辱 白 母親休忘今日别離之
情 旦下 小外 掩轎鼓樂導引上 王婆白 此間廳空。不
堪分手。入坐 小外白 不必坐。請娘子上轎 貼旦蓋面
同下 旦上 王婆白 娘子。遮此無人知覺。咱每疾忙出
城去罷 尾聲 一生離死别佳人苦。哭損柔腸淚眼
枯。萬恨千愁一時難盡語 王婆白 娘子急急走罷

今朝子母各西東。兩地淒涼一樣同。葵藿有心惟向日。楊花無力暫隨風

第四十四出 貼旦唱 懶畫眉

落花流水偶相逢。惡草佳禾自不同。休言落葉暫隨風。你要計就擒丹鳳。誤把山雞鎖玉籠 白 綱常奴肯壞。愿棄一微軀。持節芳名在。偷生狗不如。妾一身替母徃嫁高郎。幸得無人知覺。彼與我家有殺父之讎。妾肯將我節質青年被他點污。但愿我母脫離賊網。奴家今夜尋箇自盡。是我一場事了。且將房門關上。奴家曾聞古人說的話。邀月聽琴千古臭。投崖斷背

卷下 四十二

萬年香奴似落花流水春光短。天呵竟逐西風出畫堂 下 小外上唱 洞房春 引 平生豪氣。不爲酒困花迷。一見貞娘嬌媚。引得我似醉如痴。三載相思。一朝匹配。正是一對好夫妻 白 三春虛負青樓約。此日方酬紅葉詩。花酒頓消心上恨。從今永不害相思。今日且喜與貞娘相會。纔是人有善意。天必從之。丫頭安排酒來。與你新娘作樂。娘子開門來 貼旦內白 官人你且回去。豈不聞古人云。無測隱之心。非人也矣。身老母身亡。墳土未乾。屍骸未冷。就與官人忘哀作樂。心實不忍。待三日與官人配偶。不爲晚矣 小外白

今日早過了二日，我怎麼捱這三年來。這一日抵
的我。且回去 下貼旦上白 進這房來黑洞洞的，我將
這帘籠揭起，見桃席寂寞，奴家虛負二八青年。今日
捨生取義，人間夫婦之樂，終於不知了 唱 鳳過沙
嘆春來花滿皐鄰，偏我為春躭悮。可憐我二八虛
度。一宵零落因風雨，故人回首知何處。只落的孤苦
幽魂。無人作主 你要洞房花燭夜歡娛，俺只待荒
郊野草自埋沒。你錯認佳人金碧圖，枉污了淑女姻
緣簿。褰干妄想陽臺雨，教你醒來一場虛夢無尋處
情知烏鵲伴不得鳳凰雛。俺則怕奸賊點污了好

名譽我雖然上不的烈女圖做不的貞節婦寧將一命歸黄土且免使傍人將奴笑語白這天不知多早晚了我聽上一聽內打三更呀又早打三更了罷罷此是奴家盡頭處我將這三尺白線帶高梁上自縊身死免的玷辱奴身唱 前腔 不爭偷生違禮經支吾讒人罵我貪淫不良婦雖然不是他眼中人物也難免一場污辱總不如尋箇無常道路留一箇芳名傳萬古 紅顏一夕辭人世青塚千秋葬隴頭

第四十五出 淨扮丁頭上唱 紅綉鞋

歲歲春光虛待年年桃李空開半生無夢到陽臺白

日間猶閑可。黑夜裡怎生捱。跳不出侯門深似海 白
小女今年二十七。三九青春誰曉的。生來命蹇犯孤
辰。因此姻緣多間隔。夜來手脚幾曾閑。碌起忙忙只
到黑 末白 你忙甚麼來 净白 携壺燒火抱孩兒。挑水
煎茶掃田地。綠窓有分侍蛾眉。坦腹無緣招貴婿 末
白 似你這等貌醜誰要你 净白 非干醜陋不出門。就
里風流人不識。四寸三分玉笋纖。一尺二寸金蓮窄。
鬓邊兩朶野花香。胸前一對銀瓶墜 末白 你這等風
流。只是無衣服穿 净白 短壽命。你怎麼曉的。我愛穿
尋常粗布衣。最嫌脂粉污顏色。風流不在着衣多。着

情那曾入憔悴眼目裏人娶了箇新娘不知他是甚麼意思只是不容大叔進房裏歇到把小奴躁了一身汗。奉東人的命教我伺候他飲食這兩日悶倦的荒了。我且無人處歌舞一會爭奈我身子不方便丑上唱 前腔 二堪嘆人生年少。有幾箇花燭良宵。似俺孤眠長夜怎生熬。要尋箇風流婿。喫緊的粉牆高。又只怕鶯花容易老。白你在此間看着奴家歌舞。休笑話 淨白你唱的妙字底下加三點 丑白怎麼說 淨白妙小妙妙。咱兩箇合唱一會消遣春心看新娘還未遲。唱 月兒高 二句 三句 謾折長亭柳 小外上唱 [illegible]

影搖紅　爲多嬌三年奈煩。爲多情一夜無眠。眼睜睜盼不到星兒散。今日要將他飽看小外白好丫頭不聽你新娘使喚在此要甚麼淨丑跪白奴奉命來看新娘還睡里小外白你喚他起來歡會淨喚白新娘起來了。在床前打鞦韆耍里小外白胡說再叫一箇看丑看个新娘學提偶人耍里小外白叫院子再看末看呀呀死了小外氣倒淨丑末扶起末白大官人這箇女子不是貞娘小外白氣死我也。是誰末白貞娘生的端正窈窕。這箇身子瘦小。敢是他家使女錦兒小外白你怎麼認的末白小人與林沖家隔壁住。時常見他小 外白 被這婦人倒蓋過我了。呌丫頭將那死屍拖出去。枉費了我一場心力。卻怎生放得過他 唱 綠楊搓金線 不由我心中埋怨。三載辛勤事枉然。生死兩無緣。俺從來精細伶俐眼睜睜着鬼瞞。被他人賢賺。空費多少機關。婦人家倒哄了男兒漢。這番苦向誰言。這番苦向誰言。俏人兒幾時得見。末 唱 前腔 不須嗟嘆。休道人去臺空鳳不還。此事有何難。總然飛騰去。只在茫茫海宇間。婦人機見幾。曾慣涉水登山。冒風塵兩變不得桃花面。勸東人少要熬煎。勸東人少要熬煎。思意中人曾教重見 白

大官人不要煩惱。婦人脚小。走三日不過百里之程。馬上差人。連夜赶回。重諧花燭洞房之樂。有何不可

小外白　誰人可去　末白　虞候王進。新參五軍教師。早晚老爹處舉薦他一言。就着他下海。他可也去的

小外白　快喚將過來　末作喚科　外扮王進上白　轅門空屈節。享禄無由竊。曉起為官差。軍裝常不卸。喚小人那壁廂使用

小外白　如今反賊林冲妻張貞娘。受了我許多財禮。同隣舍王婆。逃走上滄州。必奔梁山。你不憚鞍馬驅馳。連夜赶回來。自有重賞

王進白　大人遣差。小人就去

小外白　左右將那寶劍來。這一口劍。

原是林冲的價直千金。你若趕回張貞娘來。將這劍施與你他。若不迴來。就將此劍誅之 王進白 小人無不盡心 小外白 與你這五兩銀子。權作路費。你近前來。聽我分付 唱 玉堂人 此事叮嚀託付你。莫憚馬上驅馳。手提寶劍忙尋覓。則怕紅粉佳人命有虧 合 想必只在中途里。趕上飛星及早回 王進唱 前腔 旦自寬懷莫憂疑。此去必有好消息。一朝華表鶴無跡。指日青鸞信有期 合前末唱 前腔 多情一去無蹤跡。望空山霧鎖雲迷。三春花信勞蝶翅。千里姻緣託馬蹄 合前 莫憚陽關道路長。遂行不顧馬

思鄉多情公子延襟待，曾領佳人會畫堂

第四十六出 旦上唱 天下樂

乍出閨門行步難，愁路途怯風寒 王婆上唱 千里尋夫渡遠山，須寧奈，莫熬煎 白 雨中花 旦白 薄倖不來春又暮，花落盡遭風雨，埋怨東皇無人作主，闊懷誰語 王婆白 汴京門外天涯路，差景淒京難度，離人遠拋骨肉，此恨憑誰訴 白 娘子走動些，休得遲慢 旦白 媽媽，孩兒乍出閨門，不曾行這山路，蹺間離了汴京，三日不曾住腳，奴家足脛腫痛，教我怎生行的 王婆白 娘子，沒奈何，死生所繫，須索前進 旦白 似這

等村坊荒落。風雨淒涼。好傷感人也呵 唱 錦庭樂

風兒催。雨兒疾。荒村人遠。芳草路漫漫。急煎煎心忙腳懶。不由人戰兢兢。愁怯怯。殘喘難延。行一步回頭顧看。捱一里如登天塹 合 愴惶進步難。跳不出狐蹤兔跡。虎窟龍潭 王婆唱 前腔 眼昏花。耳朦朧。時光漸短。白髮日拳攣。但行時呼呼氣喘。怎教人奮紅塵登紫陌。夙夜無眠。這光景怎禁磨難。這苦楚何曾經慣 合前 旦唱 前腔 山兒青。水兒綠。白雲冉冉。烟霧鎖重嵐 白 媽媽這山又高。奴家怎生過的去

三婆白 沒奈何將手攜着過去 旦唱 轉危坡將枯藤

手攀又怕那斷橋絕澗遥店　聽鶯環好鳥在枝頭

鳴唤麋鹿在岩前跳攛　合前　旦婆唱　前腔　上疊

攀登絕壁山危路嶮澗溜水潺潺望顛崖枯藤倒懸

巖青雲遮紅日古木參天聽林外樵歌呼唤更龐上

牧笛悲怨　合前　王進帶劍上唱　急急令　穿雲度

嶺出長安迢迢迢並頭蓮嘶風駿馬更加鞭驟驟驟

日御山　白　住住住高僑有令不必走使我請同娘子

去若還不去就用劍將頭割了去　旦　王妻跪哭將軍

奴家生長天地之間既不能報讐雠家又遠離鄉井

恩賜速死得全節義九泉之下感德難忘將軍將奴

粉骨碎身。只在此地 唱 普天樂 告英雄扶把奴

尧斷。死如歸是我心稱意。奴不欲棄綱常焉背變

奴只效虞姬覲鑒。怎肯做文君濁亂 合 傷心淚滿

就教我從容就死。亦不為難 末白 你既不回去。將軍

低過來 三春白 將軍休殺娘子。殺老身罷 末白 我怎

生殺你 王婆白 小娘子有三從四德。節孝雙全。奴是

老朽無用之物。情願受死 唱 前腔 老身軀雖

賤。替貞娘把閻君口見。賀婆意。惜佳人綠鬢朱顏。言

軍將咱頭斷。殺了他油頭粉面 合 前 末白 嗐世間有

此節義婦人。高家父子姦惡。不知害死了多少好

我拳髭帶髮堂堂丈夫。不如這兩箇婦人節義顛倒助桀為雲末唱

前腔

請夫人你把愁眉展放寬心且把前途盼。我存仁義肯從他逆理違天。這一口吹毛利劍。稍與你東君為念合

前白

賢良媽媽。貞節娘子。請起來。我是禁軍教師王進。曾與你武師有交。不爭我害了你。萬代罵我不仁不義。這口劍原是你丈夫的。你稍與武師。多道深意我也不敢回京了。向延安府經畧帳下。投差疑实去也

尾聲

寒鴉聲裡夕陽曉。娘子你雨露荒村宜早眠。今夜里淒凉大家都難度遣

兵火紛紛人跡稀。莫將清淚洒征衣。

頓開金鎖蛟龍走。摔碎玉籠綵鳳飛

第四十七出末扮李逵上白

家住沂水董店東殺人放火慣行兇好使短柄宣花斧。獨占山東黑旋風。自我是梁山泊好漢黑旋風李逵是也。只因聖上聽信小人暴虐不已。科索江南河北軍民受倒懸之苦。逼迫俺英雄豪傑。嘯聚梁山為寇。今有馬軍總領林武師。啓往宋大王。領五萬鐵甲嘍囉。要打汴京。捉拿高俅報讐。今我領三千勇士為先鋒。一者掃清地界。二者救天下蒼生。三者與林大王報讐。小嘍囉。你看林大王來了不曾生上唱 水

底魚　闖劍長鎗人。雄馬又強。連天風浪。威名振八方。白怒髮冲冠殺氣橫。出師今日有聲名。馬蹄到處天關破。霜刃磨來斷不平。我是梁山馬軍總領。林冲是也。自從被高俅陷害的我無駐足之地。不得已身陷綠林。到今半載。想起前事。可是傷情。大丈夫不能留芳百世。亦當遺臭萬年。人言說的好。過後思君子。無毒不丈夫。使李逵先整搠五千人馬報復冤讎。入山嘍手生擒虎。括海撩衣活捉龍。小嘍囉聽吾將令。即時下山　唱

四邊靜　英雄抱屈聚山丘。群小覓封侯。巧計竊君權。不肯為民憂。合同擒四囚。先索高俅。

扶持宋明君。必斬倭臣頭 李逵唱 前腔 尉狼當

道逞奸謀。君子盡皆愁。奸國害生民。銅馬遍神州。合

前白 喚那前部先鋒過來。我分付你 生唱 前腔

忠臣孝子不須憂。惡黨莫容留。節婦與高年。勸奬禮

宜周 合 前白 傳吾將令。忠臣孝子。義夫節婦。自當禮

待。不必驚疑。踐邑擾良。當吾者死。風雷迅急。直抵汴

京。揮鞭可使黄河斷。羅馬能將嵩岳平。發號嚴連

金鼓振。殺人血染寶刀腥

第四十八出 旦上唱 接雲鶴

風塵烟雨兩三程。嬌柔不耐脚根疼。王婆白 娘子走

動。捱到那箇村里歇。息歇息再行 旦白 媽媽遠着霜
林似醉。雲鴈成行。一派好秋景也 唱 集賢賓 婁
京滿懷思故里。望前村秋色雲迷。落盡殘霞孤鶩飛。
正思鄉賓鴻天際。心如箭急。捱不到山前平地。無靠
倚。萬苦千辛。總然爲你 王婆白 娘子前邊烟林攢簇。
鴉鵲哀鳴。那壁廂有賣酒人家 唱 前腔 昏鴉數
點投林亂飛。是誰家茅屋疎籬。日暮山空酒旆底 內
作喊聲 旦驚 唱 驀聽的虜馬頻嘶。行人遠。跡轉山坡
征旗畫戟。無靠倚。萬苦千辛。總然爲你 淨丑末趕散
旦下 唱 水紅花 征夫流水馬行疾。首冲天殺氣。

敢勇兒郎排隊展旌旗。展旌旗也喋 前腔 將軍躍馬吐虹霓。有拔山虎勢。敢勇兒郎排隊展旌旗。展旌旗也喋 生白 前邊是甚麼去處 淨丑白 馬青到曹州地界了 生白 不要安營。乘其戰勢。直抵汴京。只因煞曜離金闕。故使罡星下九天。戰馬頻嘶揚排外征。夫塞滿蓼花灘 旦上作哭白 王媽媽。你往那里逃命去了。拋閃下奴家進退無門。怎生是好 唱 鶯啼序 忙忙綠野人跡稀。教奴逃生無計。唬的我小腳兒難移。舍生合當取義。縲離了當途虎狼。又滿目荒原荊棘 合 無依倚。萬死千生。總然為你 唱 招君去國。六悲啼。那討這般滋味。嘆一身骨肉爲泥。雖然遭剛刀粉碎。顛真魂重遊故鄉。遇祭掃還知寒食（合前）琥珀猫兒　南來征騎。北隨飛翼。西墜紅輪。東流逝水。休道死無知。神遊故國（合）悲感。扯斷合歡。分析連理（白）奴家悔不在家尋箇自盡。同母一處葬埋。今遇賊兵隔散。王婆郤往何處去了。我不如在此鷄林中。還尋一箇自盡（唱）前腔　緑珠頓碎。銀瓶沉墜。紫玉塵埋。彩雲嘆息。苦恨難消。閑愁如織（合前）（旦作吊介）

（丑扮上）（白）擧頭三尺有神靈。報應無差月鏡明。晚夜夢中緣底事。繫腰紅粉託尼僧。夜來伽藍祖師夢中嘆老僧。今日午時三刻。林下有一節婦尋死。急急救他一命。若還有悞。雖免雷誅。我向林中看一看。呀真箇松樹上有一箇娘子自縊。向前救他（作救旦[illegible]）等白娘子似你這等如花似玉的。你如何在此尋死（旦唱）

聽走的我渾身無力。唬的我一絲兩氣。王婆婆猛科裡因兵逃避。閃的我孤身無計。因此上捨生取義。因此上捨生取義（唱）

掉角序

自從他鸞分鳳離。到如今鴈斷魚稀。有何人兔死狐悲。我怎聽燕語鶯啼。因此上似鴛鴦棒打散。也無會期。鮫鮹淚濕。欲自盡在鴉林。效雲鴻死無再。匹麟筆名題

尾聲

好教我伴孤雲傷心無滿。只落的對寒烟長吁短氣。方信道明月清風是奴舊相識〔白〕妾身是東京人家女子。同着嫜母往滄州尋訪丈夫。路遇賊兵隔散。進退無門。因此尋箇自盡〔尼姑〕々娘子你好痴。豈不知螻蟻貪生。為人何不惜命。况人生一死。再不得回來。你肯跟我白雲菴中出家。圖一箇流水白雲常自在。身心脫了俗家緣〔旦白〕蒙師父慈悲。小妾情願為尼

既入空門不畫眉。普陀烟裡現芳姿。金刀一落人間髮。玉體全披下界衣。明月殿堂持戒善。清風庭院步蓮遲。日長讀得楞伽嚴。閑折花枝獻祖師

第四十九出 外上唱 顆顆珠

海內亂紛紛。天恩一布。招撫不臣民 白 下官乃是洪太尉。我想高俅父子。乃纖線微才。斗筲小器。假齊雲之伎。得依日之光。祿享千鍾。官居極品。意尚不足。罪豈勝誅。今被亳州太守侯蒙所奏。齊魏之患。本由太尉高俅所致。又讒害人豪。謀奪妻小。逼反林冲糾合宋江等數萬。橫行山東。官兵莫敢攖其鋒。奏准朝廷。詔旨下降。赦林冲等不死。除宋江等安撫使。林冲加舊職二級。將讒人高俅父子。拿送軍司。問成死罪。着下官解送軍前。招致群雄。撫綏百姓。叫左右。高俅父

外奉聖旨。取日已捉住了。送大理寺監候。問了不曾

末白稟老爹。招已明白。下囚車先往電一前去了。老爹

奉聖旨不可延遲。即便起身。外白既是去了。下官即

日起身 唱 折桂令 猛驚回一枕蝴蝶。賢相無聞。

逆黨堪嗟。緣木求魚。守株待兎。打草驚蛇。亂紛紛蠅

蚊競血。惡狠狠螻蟻爭穴。白想那林冲與高俅 唱 一

箇豪傑。一箇奸邪。不如我且做[illegible]景。且做乜斜 有

權休恃權。有勢莫倚勢。還着與本人。念彼觀音力

第五十出 生上唱 金蕉葉

謀動干戈。要把金城打破。念九重天子舊恩波。不肖

我傷心淚落 白 千里長驅到汴京。喊聲動地鬼神驚。非傷往日君臣義。欲報生身子母情。念我沖驅兵長入。兩贏童貫三敗高俅。已到黃河兩岸。安營下寨。選日攻城。昨蒙恩詔下降招安。吾輩各要加封將高家父子送入軍前。許我報讎。因此不敢驚動萬乘。爭奈高俅不見解來。左右傳吾將令。兵不許前進。亦不許後退。看有甚麼人來 末上唱 玉交枝 干戈不靜。列長圍兵薄禁城。都只為天樞要路生讒倖。九重宮天子憂驚。親傳聖旨詔群英。須當解甲趨朝命。請從軍疾忙罷兵 白 門候軍士報知林將軍。朝廷遣官轅門外邊（生接見末白）皇上已知將軍忠心貫日。寃氣冲天。為親復讎。非敢要主。昨日先頒恩詔。今日解送讎家。就當解甲休兵。大丈夫忠孝兩全。身名俱美。（生白）萬歲。萬歲。萬萬歲（唱）

剔銀燈　謝吾皇洪恩招撫。念林冲草莽微軀。背君罪犯身當戮。奈無知含寃負屈。丈夫要忠孝不孤。就死呵身安意足（白）洪大合我林冲荷蒙聖上寬宥。敢不欽遵。爭奈高俅與我有不共戴天之讎。尚未得雪。實乃小臣終天之恨（末白）將軍放心。高家父子已拘囚在轅門外。聽候區處。吩左右押將過來（淨丑綁外上）（唱）

懶畫眉　閶闔

小子本微寒。一旦峥嶸握重權。想東門黃犬事堪憐。老外小外抱哭介唱今日父子臨刑憲。要想當年鄉美難淨丑白拿高俅父子到來外作跪介上白兀那高俅。你本是閭閻無賴。市井平民。專一趨謁豪門。浪遊京國。一丁不識。習彈唱以為糊口之資。寸箭無功。徒圓情而作進身之路。既叨相位。敢竊君權。黷貨殃民。嫉賢害政。倒顛國是。敗壞官箴。逼的俺子母死別。夫婦生離。隣母驚散。途中女使含冤地下。只想你久常富貴。今日我也捉住你了外白林大人令已拿住讎人了。煩惱怎的生白大人請坐。聽我將這廝平日所為客說一遍（唱）【正宮端正好】享富貴受皇恩，起寒賤居高位，秉權衡威振京畿，恃恩持寵把君王媢，全不想存仁義。【滚繡毬】起官夫造水池，與兒孫買地基，苦求謀都只為一身之計，縱奸貪那里管越瘦秦肥。趨附的身即禁鋼，忏的命必危。始賢才善親小輩，只想着徇私讎，公道全虧。你將那九重天子渾瞞昧，致的四海生民總亂離，更不道天網恢恢。一備秀才巧言詞，取君王一時笑喜，那里肯放忠良使萬國癱瘓？只待顛倒豪傑把世迷，隔靴空搔癢，反症卻行醫，滅絕了天理。（白）洪大合這廝欺君誤國，還勝似古時那幾箇奸黨外白林大人似那幾箇奸黨生唱滚繡毬 你有秦趙高指鹿心屠岸古縱犬機待學漢王莽不臣之意欺君董卓燃臍但行處絃管隨出門時兵甲圍入朝中百官悚畏伏一人假虎張威望塵有客趍奸黨慣劍無人斬佞賊一任你狂為 煞尾 金甌底下無名姓青史編中有是非你那知變理陰陽調元氣你止知盜賣江山結外夷枉辱了玉帶金魚掛蟒衣受祿無功愧寢食權方在手人皆懼禍到臨頭悔後遲南山竹罄難書罪東海也臭不遺萬古留傳教人唾罵你白還要罵你這

厮幾句。恐。防污了經。好言語。小。嘍囉拖將出去。割腹剜心。碎屍萬斷　怒執金戈離位永許。忽承冊詔下皇都。寬饒若不分明辯。枉作人間大丈夫

第五十一出　净扮尼姑上白

臉是尼姑臉。心還女子心。空門誰得識。就里有知音　末白　你是出家人。你知道甚麼音　净白　你道我不知音。我記的鎖南枝。山坡羊。鎖心的清江引。也有一百箇　末白　你就唱箇清江引我。聽　净白　我唱你聽　唱

清江引　口兒里念佛心兒里想。張和尚李和尚王和尚。着他墮業根。與我消災障。西方路兒上都是謊。

末打白　好出家人。尋想和尚　淨白　休打休打。打麼了

胎。佛說法輪常轉畜生育。佛會僧尼是一家　末白　出

家人。也說這風月的話　淨白　風月風月。隨心塵尊。後

墻上送生。前門里接客　末白　好尼姑。你也接客　淨白

短壽命的。我接的都是香客　末白　香客不往東嶽廟

城隍廟去。他來這里做甚麼。淨白　世上有這等好事

的人。小門閨怨女。大戶動情。要姻緣成好事。到此會

佳期　末白　你也還有師兄　淨白　師兄喚做妙聰。自我

便是妙好。自幼學些禪機。見性如同月皎。白牛兒

在靈山。喂他波着溪邊水草。養的牛兒撒歡。極樂

中斷擾。標着阿南比丘。纏着、沙彌長老。也是曇越知音。就把菩提樹放倒。手圖着一顆摩泥。生死門中鏡覽。我和他採戰千遭。霎時間群魔淨掃。那一會水底燈昏。醒來鐵饅頭難咬。不覺的色象成胎。我把舍利子洛去了多少（末白）你這等好事。不如還俗了罷（淨白）恨起來也要還俗。爭奈宿孽未了。短命的俫來這里胡行亂走。胡說亂道的。我這長老。是東京來的統制娘子出家。自從舊長老下世。如今俺做了長老。把俺這白雲菴姑子。曾的服也不敢睜。從時拜認的乾爹乾娘乾兄乾弟。好風月的遭遇。會歡和的五戒都被

他業薄了。害他利害。把俺這姑子們。活活躁殺了宗

白 休要言。你師父來了 末下 旦上唱 江波漫 引

萬物總歸塵。未知誰是念佛人。妙體本來無處所。通身何必問根因 白 因果報應。獨善身。寂然常定本非真。回頭須入如來境。倒駕慈航送渡人。自離了東京來到白雲菴出家。不覺三載。每日焚香拜斗。受戒參禪。打坐煉魔。修橋補路。獻花 供果。喫齋念佛。祝讚亡故婆婆生天。從軍夫主早回。替嫁錦兒。生則受福。死則爲神。此時冬節。萬花凋落。止有梅花初綻。叫妙好折兩枝梅來供佛 淨白 師父。止有梅花着了雪霜。不似前

日好看 旦白 你不曉的。這梅花與松竹爲友。想是他
無有松竹作伴。恰似愁人清瘦了一般 唱 二犯江
兒水 梅花清瘦。這兩日梅花清瘦多。因別故友。似
香肌憔悴。改變了風流。我比花枝還瘦的醜。身心似
拙鳩。看花面帶羞。到此淹留。夢遠魂遙。畫眉人不由
我題在口。俗緣罷休。我待把俗緣罷休。愁懷依舊。頭
不開愁懷依舊。把好姻緣做了冤讎 淨打坐 旦白 妙
好你做甚麼里 淨白 我這里參禪打坐 旦白 你曉的
甚麼禪機 淨白 先除六賊。然後証果。旦白 你就說先
除六賊。然後証果我聽 淨唱 前腔 六根清淨出。

家人六根清淨。斬三屍斷七情。把諸塵不[illegible]。求底燈
明靈光顯時山無影。閑看幾卷經。饑飡一鉢羹。滄海
三盈。鏡月初生。若真空是極樂境。家公喚醒。幾回把
家公喚醒。猿猴拴定破。工夫把猿猴拴定。合彌陀總
歸如來境　白　師父。你看那壁廂離梅軒頗遠。有幾株
竹子。比梅花又瘦的瘆。我折兩枝來插。在淨水瓶裡
旦白　那竹子生來有節。出土凌雲。比梅花又傷感人
也　唱　前腔　蒼筠風韻。看了那蒼筠風韻。他因何
淚淚痕。為湘妃心血。江水招魂。戕比娥皇還可憫。蕭
寺且潛身龕。香夜夜焚。風雨黃昏。靜掩柴門。再不上

晚糚樓調朱粉。夢中未真。憶才郎夢中未真。杳無音信。曾去了杳無音信。把好夫妻隔着戰塵 淨白 師父且歸禪院。乜那一簇人來了 旦白 真箇有人到來 並下 生上 唱 前腔 孤村茅店。恰離了孤村茅店。踈林淺水灘。過斷橋孤塚。古木寒烟。趲行車馬途路遠。不須辨那風播。只見白鶴伴彩鸞。鍾磬聲喧。叔竹陰繁。出家人委實的大性懶 末白 老爹這去處。就是華藏世界 生唱 人間洞天。分明是人間洞天。上方佛殿。早來到上方佛殿。對金身好將心意還 白 不想今日又到白雲菴。想我經年軍馬趲到此處。多虧神聖指

詩曾許還得安身之處。重重修整。今日幸蒙朝廷敕
我無罪。復加二級官職紋制之職。特來還我舊處。左
右喚院主出來打掃禪堂。請高僧誦經。叫各色匠役
興工。院主何在（淨上白）老爹做好事。佛堂上停下半日。
待小尼打掃伽藍殿。請老爹上香（生行見劍白）呀此
劍是我那寶劍。昔日被高俅白虎堂上奪將去了。把
我裴宣殺死。此劍因何在這塔里。睹物懷人。感起我
無限之恨。想是庵中隱藏着高家奸細。喚那院主過
來我問箇端的（淨驚白）老爹不干小奴家之事（末唱）
叱（淨白）諕昏了我也（生白）不干你事。卻是誰（淨白）是

我新長老的劍生白你叫你那長老來。我問他旦上

白既赴龍華會。俱是佛家僧。住持參拜老大人生白

一見此僧恰似面熟。不由我心上慘傷。兀那長老。你

是那里人。因何出家。這劍那里得來旦白相公問貧

僧家鄉姓名。出家緣故。相公請坐。貧僧告訴唱鶯

集御林春　你問我姓氏家鄉。說起令人痛傷生白

不必煩惱。你一一說來我聽旦唱念我夫主。官居在

汴梁生白親不親。故鄉人。美不美。故鄉水。覩物添新

恨。還家感舊遊。這劍是何人的劍旦白若題起寶劍

根由。則為豺狼當路。更九重天上聽讒譖。把我分鸞

侶折鴈行。丧萱親在故園。因此上萬里長城覓兒郎。歷盡了水遠山長。這淒涼斷腸。剗地裏士馬紛紛塞戰場。因此上掛搭在禪堂 生唱 黃鶯兒 聽訴你衷腸。頓教人淚兩行。誰知先把慈親丧 白 娘子你看我是誰 旦擡頭哭 生白 娘子我就是林沖 哭唱 娘子在這方。鎬兒在那廂。從前受盡多磨障 合 願禮蕉台。頭斯守。永遠效鸞凰 旦唱 前腔 溫郎鏡韓壽香。再相逢出綉裳。這場喜事從天降。盼良人孟姜憶賢妻五羊。從今勾抹相思帳 合前 尾聲 歸家重整鮫綃帳。玉枕相逢不下堂。和你滿斗焚香答上蒼 生

白　吩左右。伽藍殿香薰了不曾　末白　稟老爹伽藍殿香薰停當。粧修聖像。煥然一新。做了七晝夜羅天大醮。打發僧道俱已去了　生白　既是停當了。收拾車馬。與你奶奶同同京去。追薦我屈死的母親。并女使錦兒。酬謝大恩人智深哥哥。及王婆王進　夫婦十年別鏡臺。相逢此處果奇哉。人有好事天加福。自有前程暗裏來

第五十二出　末上　白

準備廳前應對。輪流草卜招呼。勸君莫笑馬前卒。儘有上人看顧。小人乃是林統制家中一箇院子。今日

三月清明佳節。老爹與奶奶團圓歸故里。恩有寢詞官。要在老奶奶墳上拜。且使小人向祖塋享堂內陳設牲醴。準備筵席。一面請晉智深老師陳舜王媽媽這早晚敢待來也。正是宿草新墳驚夢短。落花流水占春長。粟陳貫朽成何濟惟愛兒孫一炷香。老爹來了。生上唱

念奴嬌

孤雲歸岫。鴈來巢。柳絮桃花零落。何日青山依舊好。更風流容貌。馬鬣荒凉。麒麟環抱。兒女合當拜掃。旦上唱親恩難報。紙錢燒盡還少。僧上接唱鬢毛偏染霜華早。千里思鄉回棹。王生上唱經歲離別人易老。又十三秋過了。共作相見

生白 下官敬請哥哥媽媽。何不早降 僧白 貧僧聞知兄弟歸來日久。老母墳邊欠祭 旦白 此一番與老安人燒一陌紙錢，就與官人娘子慶賀團圓。都要各遍一盃酒 生白 偶得舍利子數珠一串。夜明珠一顆。送與哥哥。觸手鮮圓。正好臨風古尚念佛。通宵光亮。不須對月了殘經。敬備蒜條金二百兩。奉酬嫂母。更有些微禮。差人往延安府。報謝王進去了 唱 臨江仙

哥哥你看回首春光如昨。故園松菊猶存。門庭蕭落暗消魂。花開新信息。香冷舊黃昏 僧唱 千古含愁身是夢。三年無改家門 王婆唱 飛花歷亂撲清罇 旦唱

遣人分野酌。孝子奠孤墳。丑白 叫院子香紙祭儀停當了不曾 末白 祭儀停當。等老爹上香 生白 將香過來。哥親不孝林冲。託明主之恩。復前人之業。已誅讎黨。得雪深冤。痛恨母親苦死。此乃不孝所致。養兒一場。只落的一陌黃錢。作何用。處愁耳怕聞猿聲。紙灰化作蝶飛揚 唱

綉帶兒 空蕭索荒原孤塚。何處去問親音容。可嘆你死葬由人。郊郭落得哀淚洒西風 旦唱 思窮。兩行清淚袖揾紅。把前情向誰相控 生唱 登光寵難酬祖宗。恨人間望遠下林冲何用 僧唱

前腔 我和你金蘭契平生志同。也消得四暮重

重。紫霧生彩變岩前。彩雲飛龍出池中。相逢與君恩覩意怎窮。淚盈襟爲娘悲痛 王婆唱 空撇弄人。如偶棚。只落的墳前松楸樓鳳 生白 錦兒孤墳恰好亦在此間。我每同祭奠上一盃 生旦王婆同唱 前腔 想着那别離日。腮邊淚傾。急逼處替死從容。不爲效燕侶鶯儔。甘將冰伴兔跡孤蹤。難同。青年貞烈氣冲虹。與天長端光飛動。驚春夢。牕前曉風恨。人生無多日眉峯難縱 外奉聖旨上唱 太師引 皇恩重。册書捧。荷朝廷聖旨秉至公。只因你一門忠孝。感天恩極品加封。忠臣節婦君見寵。也消得禄享千鍾。爲臣義與君建功。管取你璉臺上附鳳攀龍。白聖旨一道。跪聽宣讀。奉天承運。皇帝詔曰。朕惟帝王之紹基天下。必以褒崇忠孝為先。況孝者所以事君。忠臣多出於孝子之門。朕聞統制林沖。典兵機而屢成築纂之勳績。讒佞而兩上艱危之疏。幾不免於虎口。非敢逆天龍鱗。誓化同僚宋江等。數萬來歸。心本無他。功有足録。特封尔為都統兼管軍務。破虜將軍。妻張氏奉姑於事勢窮迫之日。堅志於威權凌雲之餘。封為洛陽郡夫人。殤女錦兒。視死如歸。代母無悔。封為義烈貞姬。母李氏。喪夫守節。教子成名。封為賢德夫人。焉明幸忠孝於一門。播馨香於千古。臣子之道兼全。褒封之典宜舉。詔書到日。主者施行。望闕謝恩。山呼萬歲。萬歲。萬萬歲。生唱 本序 如今不復嘆離鸞。兩露洪恩又得重霑。分破愁懷心已遂。斷肉還生何憾。堪憐。親舍佳婿。兒歸故里。恨無一滴到黃泉合。惟祝願。君臣喜慶。夫婦團圓。旦唱 前腔 天轉。風和日暖。聖明時花草偏榮。故園庭院枯木逢春。方表自忠孝長存一念。追遠。白髮慈親。清霜烈婦。荷恩當寫上凌烟合前 僧唱 前腔 重看。舜日堯天。男兒當自囊錐脫穎出人前。蒙聖德天降徵書。高官榮遷。萬歲山呼。人臣喜慶。大家齊賀太平年 合前王婆唱 前腔 尊前刮目相看。離人重會。故園松竹報平安。人尋如花卸花開雲變。堪羨節孝佳人。忠貞烈女。天教再整舊衣冠 合前衆唱 古輪臺 慶合歡。鸞膠重整斷琴絃。並頭蓮長池塘面。雙飛彩燕。對舞玄鶴。章喜共離患難。憶前春比梅清減。惡姻緣化作好姻緣齊吹鳳管。共品鸞簫。永盤桓。鳫行鴻續。夫隨婦唱。金盃勸酒賓朋燕。況烟望天遥拜。五雲端。禎祥叠現

前腔 遭遙。豈料艱危得保全。從此後華屋安居。幾遺留戀。暮樂朝歡。故舊親識相見。喜有紫誥朱纏。

袍象簡。更那襴袍紗帽伴玉仙。蓬萊閬苑。高歌把酒
破愁顏。休辭沉醉。難逢一笑。無多歡宴。福壽永團圓。
但願人長遠。幾更滄海變桑田 尾聲 人君聖輔
臣賢。眼見的河清海宴。端的是日出雲開又見天
惡濟惡二虞候
正 毒加毒是高俅
苦中苦錦兒替
死不死貞娘愁
名 義逢義花和尚
冤報冤豹子頭

新編林冲寶劍記卷下終

寶劍記後序

或有問乎松淵子者世鮮知音何以謂之知音也曰知填詞知小令知長套知雜劇知戲文知院本知北十法知南九宮知節掐指點善作而能歌總之曰知音問者乃笑曰若是者不惟世

鮮且無之矣予曰予不見中麓
寶劒記耶又不見其童輩搬演
寶劒記耶嗚呼備之矣園亭揭
一對語云書藏古刻三千卷歌
擅新聲四十人有一老教師亦
以一對褒之年幾七十歌猶壯
曲有三千調轉高久負詩山曲

海之名又與王渼陂康對山二詞客相友善壯年謝政鎮日延賓備是數者謂之知音蓋舉世絕無而僅有者也問者更大笑絕倒曰有才如此不究心經術童子不使之讀書歌古詩而乃編詞作戲與平日所為大不相

蒙中蘗将如斯已乎盍勸之火其書而散其童子曰此乃所以爲中蘗也古来抱大才者若不淂秉時柄用非以樂事繫其心往往發狂病死今借此以坐消歲月暗老豪傑奚不可也如不戒然當會中蘗而問之問又不

之耆遂書之以竢知其心者

嘉靖丁未閏九月同邑松澗姜大成序

寶劍記後序

或有問李梅谿子曰吾鄉知音。
人〻以謂之知音也。曰不然。填詞知
以合。知長長知雜劇。知戲文。
知信乎。知以下流。知南九宮。知
節拍指點。以善凡而延歌搶之
因知音。曰若乃嘆曰。吾是者不

臨安錄。止今之矣。吾曰。字不見
中武峩寶劍記。卽久不見全壹
惟吾鐵演寶鈿記。卽鳴呼。備
之矣。園亭揭一笑語云。若花
古劉之合以忠。顯瘟新都四十
人有一老教師。亦以一笑夜之。
年幾七十。亂撥哇。曲首一二句

詞謔意。以負詩山曲海之名。又與王渼陂、康對山二詞宗切友善。壯年謝政。鎮日匠賓。備是以好事謂之知音。暮景此絶無而僅有者也。可謂丈夫嘆絶倫。因。有寄如此。不定以經術。量學不足之談於鄙古詩。而乃稱詞之賤。云古日而為大。不知其家。中藝能如引已筆。畫之勤之火之書而散之意墨。予曰。此乃所以為畢禁藏也。古來拾大手者。若不得宗時稱周。紀以示予繫之以。法之發。往稱死。今借此以

消寒月。瞻花寄傑。莫不可
如。如不奇然當會中囊而問
之。因並録之答。遂書之以饑
歎之笑而者
嘉靖丁未閏九月同邑松澗
姜大成序

書寶劍記後

音律之學余未之能深知也罷官後閒嘗命筆直以取快一時耳非作家手也乃對山康子持去刻諸梓云往年乙巳春東山中麓李公以其所製傍粧臺百首寄余余不自量輒敢次韻序而並刻之不自知其不可也後

獲公序真有西埜子樂府品題南北下上今古極爲精當余聞之殊增愧汗自恨不獲早領公言鹵莽至此貽笑人人固知其不能免矣昔人謂詞爲詩外一重天豈非然哉豈非然哉乃令使者至辱公手書以新製寶劒記見示且命爲之序乃倩歌之憑几

而聽之既于是仰而歎曰噫乎至圓不能加規至方不能加矩一代之奇才古今之絕唱也雪簑子序之悉矣余復曷言出腹心讓才美書諸其後如此公如不棄得以托名不朽章矣章美山林盲叟復不自量得隴望蜀公之六經註疏想已著成局便無惜見

教俾瀕朽之人得以飫聞至論豈

不廑尤爲一大幸也

嘉靖己酉秋九月九日漢陂八十二

山人王九思書

徐文長四聲猿

〔明〕徐渭撰　〔明〕袁宏道評點

明萬曆四十二年（一六一四）鍾人傑刻本

四聲猿引

徐文長牢騷骯髒士當其喜怒窘窮怨恨思慕酣醉無聊有動於中一一於詩文發之第文規詩律終不可逸轡旁出于是調

謔褻慢之詞入樂府而始盡所爲四聲猿漁陽鼓快吻于九泉翠鄉淫毒憤於再世木蘭春桃以一女子而銘絕塞標金閨皆人生至奇至快之事使世界駭

咤震動者也文長終老縫掖蹈死獄負奇窮不可遏滅之氣得此四劇而少舒所謂峽猿啼夜聲寒神泣嬉笑怒罵也歌舞戰鬭也遼之九旭之書也腐史之

列傳放臣之離騷也顧其詞風流則脫巾嘯傲感慨則登樓悵望幽幻則塚土荒魂刻畫則地獄變相較之漢卿實甫作喁喁兒女語者何啻千里袁中郎先

生未識文長名見四劇驚嘆以爲異人海内始知有文長此太玄之於桓譚也予因得中郎所點評者圖而行之或謂點評詞受其妍媸不礙板乎圖奚爲圖

以發劇之意氣也北拍在絃而
不在板予固審所從矣
錢塘鍾人傑瑞先撰

四聲猿目錄

四聲

漁陽意氣

暮雨扣门

秋風匡塞

四聲
四

玉樓春色
古歙汪修画

徐文長四聲猿

公安袁宏道中郎評點

總目

狂鼓史漁陽三弄　語氣雄越擊壺和筑同此悲歌

（外扮判官引鬼上）咱這裡筭子忒明白善惡到頭來撒不得賴就如那少債的會躲也躲不得幾多時却從來沒有不還的債咱家姓察名幽字能平別號火

珠道人平生以善斷持公在第五殿閻羅天子殿下做一箇明白灑落的好判官當日禰正平先生與曹操老瞞對訐那一宗案卷是咱家所掌俺殿主向來以禰先生氣槩超羣才華出衆凡一應文字皆屬他起草待以上賓昨日晚衙殿主對咱家說上帝舊用一夥修文郎並皆遷次別用今擬召劫滿應補之人禰生亦在數中汝可預備裝送之資萬一來召不得有誤時刻我想起來當時曹瞞召客令禰生奏鼓爲歡却被他橫睛裸體掉板掀搥翻古調作漁陽三弄、

借狂發憤推啞粧聾數落得他一箇有地皮沒躲閃此乃豈不是踢弄乾坤提大傀儡的一場奇觀他如今不久要上天去了俺待要請將他來一併放出曹瞞把舊日罵座的情狀兩下裡演述一番留在陰司中做箇千古的話靶又見得善惡到頭就是少債還債一般有何不可手下與我請過禰先生就一面放出曹操并他舊使喚的一兩箇人在左壁廂伺候指揮（鬼領台旨下）引生扮禰淨扮曹從二人上（曹從留左邊）（鬼稟上爺禰先生請到了）相見介禰上座判下

陪云先生當日借打鼓罵曹操此乃天下大奇下官雖從鞫問時左證得聞一二終以未曾親覩爲歎（判）立云又一件而今恭喜先生爲上帝所知有請召修文的消息不久當行而此事缺然終爲一生耿耿這一件尚是小事陰司僚屬併那些諸鬼衆傳流激勸更是少此一樁不可下官斗膽敢請先生權做舊日行逕把曹操也扮做舊日規模演述那舊日罵座的光景了此夙願先生意下如何（禰）這箇有何不可只是一件小生罵座之時那曹瞞罪惡尚未如此之多

罵將來冷淡寂寥不甚好聽今日要罵呵須直搗到銅雀臺分香賣履方痛快人心（判）更妙更妙手下帶曹操與他的從人過來曹操今日要你仍舊扮做丞相與禰先生演述舊日打鼓罵座那一樁事你若是喬做那等小心畏懼藏過了那狠惡的模樣手下就與他一百鐵鞭再從頭做起（曹衆扮介）（禰）判翁大人你一向謙厚必不肯坐觀就不成一場戲要當日罵座原有賓客在座今日就權屈大人爲曹瞞之賓坐以觀之方成一箇體面（判）這也見教得是（揖云）先生

告罪却斗膽了也判左曹右舉酒坐襕以常衣進前將鼓曹喝云野生你爲鼓史自有本等服色怎麼不穿快換校喝云還不快換襕脱舊衣裸體向曹立校喝云禽獸丞相跟前可是你裸體赤身的所在却不道驢膝子朝東馬膝子朝西襕你那顏丞相膝子朝南我的膝子朝北校喝云還不換上衣服買甚麼嘴襕換錦巾繡服扁縧介

點絳唇俺本是避亂辭家遨遊許下登樓罷回首天涯不想道屈身軀扒出他們胯

【混江龍】他那裡開筵下榻，教俺操槌按板把鼓來撾。正好俺借槌來打落，又合着鳴鼓攻他。俺這罵一句句鋒鋩飛劍戟，俺這鼓一聲聲霹靂捲風沙。曹操，這皮是你身兒上軀殼，這槌是你肘兒下肋巴，這釘孔兒是你心窩裏毛竅，這板仗兒是你嘴兒上獠牙。兩頭蒙總打得你潑皮穿，一時間也酹不盡你虧心大。且從頭數起，洗耳聽咱（音查，自己稱呼）。（鼓一通）（曹）狂生，我教你打鼓，你怎麼指東話西，將人比畜？我這裡銅槌鐵刃好不利害，你仔細你那舌頭和那牙齒。（判）這生果是無禮

〔禰〕

〔油葫蘆〕第一來逼獻帝遷都又將伏后來殺使郄慮去拿唉可憐那九重天子救不得一渾家帝道后少（痛語）不得你先行咱也只在目下更有那兩箇兒又不是別樹上花都總是姓劉的親骨血在宮中長大却怎生把龍雛鳳種做一甕鮓魚蝦〔鼓一通〕〔曹〕說着我那一樁事了〔禰〕

〔天下樂〕有一箇董貴人是漢天子第二位美嬌娃他該甚麼刑罰你差也不差他肚子裡又懷着兩三月

小哇哇既殺了他的娘又連着胞一搭把娘兒們兩口砍做血蝦蟆（鼓一通）（曹）狂生自古道風來樹動人害虎虎也要害人伏后與董承等陰謀害俺我故有此舉終不然是俺先懷歹意害他（判）丞相說得是（禰）你也想着他們要害你爲着甚麼來你把漢天子逼遷來許昌禁得就是這裡的鬼一般要穿沒有要喫沒有要使用的沒有要傳三指大一塊紙條兒鬼也沒得禮他你又先殺了董貴人他們極了不謀你待幾時你且說就是天子無故要殺一箇臣下那臣下

可好就去當面一把手揉將他媽媽過來一刀就砍做兩段世上可有這等事麼（判）這又是狂生說得有理且請一杯解嘲（禰）

【那吒令】他若討喫麽你與他幾塊歪刺他若討穿麼你與他一疋[illegible]麻他有時傳旨麽教鬼來與拿是石人也動心總痴人也害怕羊也咬人家（鼓一通）（判）丞相這郄說他不過（曹）說得他過我倒不到這田地了（禰）

【鵲踏枝】袁公那兩家不留他片甲劉琮那一答又逼

他來獻納那孫權呵幾遍幾乎玄德呵兩遍貫搶他媽媽是處兒城空戰馬逓年來尸滿啼鴉（鼓一通）曹大人那時節亂紛紛非只我曹操一人如此（判）這箇俺陰司各衙門也都有案卷（爾）

寄生草仗威風只自假進官爵不由他一箇女孩兒竟坐中宮駕騎中郎直做了侯王霸銅雀臺直把那雲煙架僭車旗直按倒朝廷胯在當時險奪了玉皇尊到如今還使得閻羅怕（鼓一通）（判）低聲分付小鬼令扮女樂鼓吹介（判）丞相女兒嫁做皇后造房子大

了些這還較不妨打鼓的且停了鼓俺聞得丞相有好女樂請出來勞一勞〔曹〕這是往事如今那裡討判你莫嘗叫就有只要你好生縱放着使用他〔曹〕領台命分付手下叫我那女樂出來〔二女持烏悲詞樂器上〔曹〕你兩人今日却要自造一箇小令好生彈唱着勸俺們三杯酒〔禰對曹蹋地坐介〔女唱

那里（妙甚）一箇大鵓鴣呀一箇低都呀一箇低都變一箇花豬低打都打低都唱鷓鴣呀一箇低都呀一箇低都唱得好時猶自可呀一箇低都呀一箇低都不好

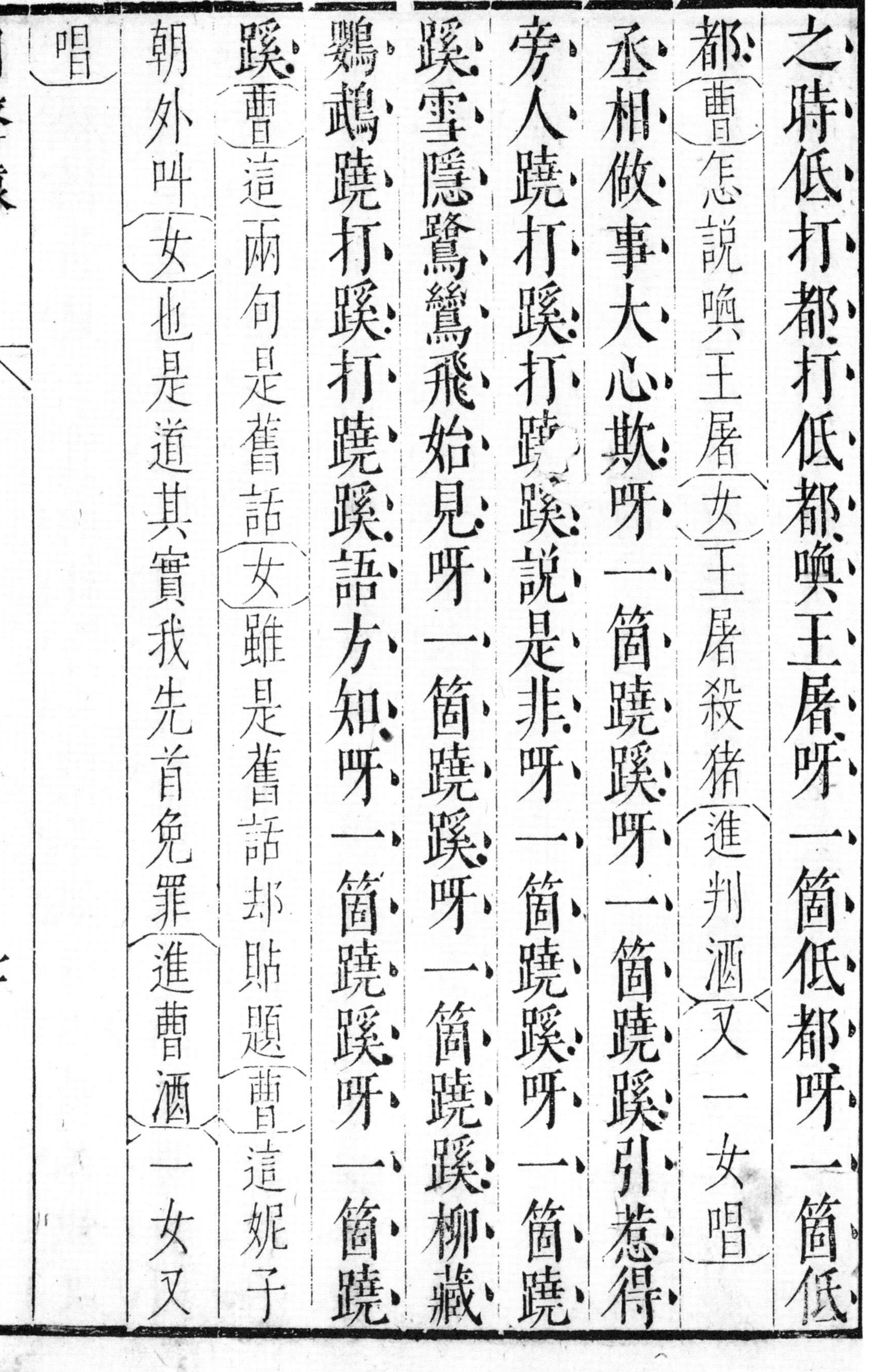

之時低打都打低低都嗅王屠呀一箇低都呀一箇低都（曹）怎説嗅王屠（女）王屠殺猪（進）判酒（又一女唱）丞相做事大心欺呀一箇蹺蹊呀一箇蹺蹊引惹得旁人蹺打蹊打蹺蹊説是非呀一箇蹺蹊呀一箇蹺蹊雪隱鷺鷥飛始見呀一箇蹺蹊呀一箇蹺蹊柳藏鸚鵡蹺打蹊打蹺蹊語方知呀一箇蹺蹊呀一箇蹺蹊（曹）這兩句是舊話（女）雖是舊話却貼題（曹）這妮子朝外叫（女）也是道其實我先首免罪（進）曹酒（一女又唱）

抹粉搽脂只一會而紅呀一箇冬烘呀一箇冬烘（又一女唱）報恩結怨烘打冬打冬烘落花的風呀一箇冬烘呀一箇冬烘（二女合唱）萬事不由人計較呀一箇冬烘呀一箇冬烘筭來都是烘打冬打冬烘一場空呀一箇冬烘呀一箇冬烘（二女各進酒）（判）這一曲纔妙合着喒們天機（曹）女樂且退我倦了（判笑介）禰起立云你倦了我的鼓兒罵兒可還不了

（六幺序）哄他人口似蜜害賢良只當耍把一箇楊德祖立斷在轅門下磣可可血唬零喇孔先生是丹鼎

靈砂月邸金蟆偃觀瓊花易奇而法詩正而葩他兩人嫌隙於你只有針尖大不過是口嘮噪有甚爭差一箇爲忒聰明參透了雞肋話一箇則是一言不洽都雙雙命掩黃沙（鼓一通）（判）丞相這一椿却去不得（曹）俺醉了要睡了（打頓介）（判）手下採將下去與他一百鐵鞭再從頭做起（曹慌介云）我醒我醒（判）你纔省得里（禰）

么哎我的根芽也沒大兜搭都則爲文字兒奇拔氣槩兒豪達拜帖兒長拿沒處兒投納繡斧金檛東閣

西華世不曾挂齒沾牙、咲那孔北海沒來由也說有些緣法送在他家井底蝦蟆也一言不洽怒氣相加早難道投機少話因此上暗藏刀把我送與黃江夏又逢着鸚鵡撩咱彩毫端滿紙高聲價競躬身持觴勸酒俺擲筆還未了杯茶（鼓一通）（判）這禍從這上頭起咳仔細鸚鵡賦害事（禰）

（青哥兒）日影移窻櫺窻櫺一鋪賦草擲金聲金聲一下黃祖的心腸忒狠辣陡起鱗甲放出槎枒香怕風刮粉惟娼搽士忌才華女妬嬌娃昨日菩薩頃刻羅

剎哎可憐俺禰衡的頭呵似秋盡壺瓜斷藤無計再生發霜（趣）簷挂【鼓一通】【判】這賊元來這每巧弄了這生【曹】大人這也聽他不得俺前日也是屈招的【判】這般說這生的頭也是自家掉下來的【曹】禰的爺饒了罷麽【判】還要這等虛小心手下鐵鞭在那裡【曹】慌作怒介狂生俺也有好處來俺下令求賢讓還三州縣也埋沒了俺【禰】

【寄生草】你狠求賢爲自家讓三州直甚麽大缸中去幾（妙）粒芝蔴罷饞猫哭一會慈悲詐饑鷹饒半截肝腸

挂兒屠放片刻猪羊假你如今還要哄誰人就還寃改不過精油滑（鼓一通）（判）痛快痛快大杯來一杯先生儘着說（禰）

葫蘆草混你害生靈呵有百萬來的還添上七八殺公卿呵那裡查借廒倉的大斗來斛芝蘇惡心肝生就在刀鎗上挂狠規模描不出丹青的畫狡機關我也拈不盡倉猝里罵曹操你怎生不再來牽犬上東門閒聽唳鶴華亭壩（快語）却出乖弄醜帶鎖披枷（鼓一通）

（判）老瞞就教你自家處此也饒自家不過了先生儘

着說（禰）（賺煞）你造銅雀要鎖二喬誰想道夢巫峽羞殺靠赤壁那火燒一把你臨死時和些歪剌們活離別又賣履分香待怎麼虧你不害羞初一十五教望着西陵月月的哭他不想這些歪剌們呵帶衣麻就摟別家曹操你自說麼且休提你一世的賢達只臨了這一椿呵也該幾管筆題跋咳俺且饒你罷爭柰我漁陽三弄的鼓槌兒乏（末扮閻羅鬼使上）（判）手下快把曹操等收監（鬼）稟上老爹玉帝差人召禰先生殿主爺

說刻限甚急教老爹這里逕自厚貲遠餞記在殿主爺的支應簿上爺呵會勘事忙不得親送教老爹多上覆先生他日朝天自當謝過（判）知道了你自去回話（鬼應下）（判）叫掌簿的快備第一號的金帛與餞送果酒伺候（內應介）（小生扮童旦扮女捧書節上云）漢陽江草揺春日天帝親聞鸚鵡筆可知昨夜玉樓成不用隴西李長吉咱兩人奉玉帝符命到此召請禰衡不免逕入宣旨那一箇是第五殿判官（判跪介）（玉帝有旨召禰衡先生你請他過來待俺好宣旨）（禰同

判跪二使付書介禰先生上帝有旨召你你可受了這符冊自看臨到却要拜還就此起行不得有違時

刻童唱

【耍孩兒】文章自古眞無價動天廷玉皇親迓飛鳧降鶴踏紅霞請先生即便登遐修葺了舊銜螭首黃金閣准辦着新鮮麟羔白玉叉倒瓊漿三奏鈞天罷校書郎侍玉京香案支機女倚銀漢仙槎內作細樂女唱

【三煞】禰先生你挾鴻名懶去投賦鸚哥點不加文光

直透俺三台下。奇禽瑞獸雖嘉兆。倚馬雕龍却禍芽。禰先生誰似你這般前凶後吉。這好花樣誰能搨。待棗兒甜口。巴橄欖酸牙。（禰）

二煞向天門漸不遥。辟地土痛愈加。幾時再得陪清話。歎風波滿獄君爲主。巳後呵儻毬馬朝天我郎家。

小生有一句說話（判）願聞（禰）大包容饒了曹瞞罷（判）這箇可憑下官不得（禰）我想眼前業景盡雨後春花（判）

一煞諒先生本太山。如雹目一似瞎。俺此後呵掃清齋圖一幅尊容挂你那里飛仙作隊遊春圖。（說至此愧殺老瞞）俺這里押鬼成羣鬧晚衙。怎再得邀文駕。又一件儻三彭誣枉望一筆塗抹。這里已到陰陽交界之處下官不敢越境再送（禰）就請回（判）俺殿主有薄贐令下官奉上伏望俯納下官自有一箇小果酒也要仰屈三杯表一向侍教的薄意（禰）小生叨向天廷要贐物何用仰煩帶回多多拜上殿主攜榼該領却不敢稽留天使

（判）這等就此拜別了各磕頭共唱

（尾）自古道勝讀十年書與君一夕話提醒人多因指（作意堪傷）

驢說馬方信道曼倩詼諧不是耍（禰下）

判曰　看了這禰正平漁陽三弄。

笑得我察判官眼睛一縫。

若沒有狠閻羅刑法千條。

都只道曹丞相神僊八洞（妙絕）（下）

音釋　歪剌牛角尖臭肉也故娼家以比無用之妓

獻帝取饑李傕以臭牛骨與之非操也借用耳

檾音傾

玉禪師翠鄉一夢　似偈似諢妙合自然

第一齣

生扮玉通上云南天獅子倒也好隄防倒有箇沒影的猢猻不好降看取西湖能有幾多水老僧可曾一口吸西江俺家玉通和尚的是也俺與師兄見今易世換名的月明和尚本都是西天兩尊古佛止因修地未證奪舍南遊來到臨安見山水秀麗就於竹林峰水月寺選勝安禪往過有二十餘載越覺得光景無多證果不易俺想起俺家法門中這箇修持象什麼好象如今宰官們的階級從八九品巴到一二不

知有幾多樣的賢否升沈又象俺們寶塔上的階梯從一二層扒將八九不知有幾多般的跌磕蹭蹬假饒想多情少止不過忽剌剌兩脚立追上能飛能舉的紫霄宮十八位絕頂天仙若是想少情多呵不好了少不得撲鼕鼕一交跌在那無岈無邊的黑酆都十八重阿鼻地獄那箇絕頂天仙也不是極頭地位還要一交跌不知跌在甚惡塹深坑若到阿鼻地獄却就是沒眼針尖由你會打會撈骨取撈不出長江大海有一輩使拳頭喝神罵鬼和那等盤踝膝閒

眼低眉說頓的說漸的似狂蜂爭二蜜各逞兩下酸甜帶儒的帶道的如跛象扯雙車總没一邊安穩謗達摩単傳没字又面壁九年却不是死林侵盲修瞎錬不到落葉歸根笑惠可一味求心又談經萬衆却不是生胡突鬭嘴撩牙惹得天花亂墜真消息香噴噴止聽梅花假慈悲哭啼啼瞞過老鼠言下大悟纔顯得千尋海底潑剌剌透網金鱗話里畧粘便不是百尺竿頭滴溜溜騰空鐵漢偈曰明珠歇脚圓還欠積寶堆山債越多此乃趂雹穿針一毫不錯饑王嚼

蠟百味俱空也希大衆回頭莫怪老僧饒舌咳也終是饒舌了俺且把這家話頭丟過且說那本府新到一箇府尹大人姓柳名宣教聞得他年少多才象似箇擔當的氣魄但恐金沙未汰不免夾帶些泥滓舊時俺三教中都按籍相迎老僧却二十年閉門不出因此也不去隨衆庭叅也不去應名受點似這等清閒自在正好俺打坐安心懶道人何在（丑扮道人上）見介（生）懶道人你來這佛堂前燒了一炷香却去把門兒頂上待我打一箇坐有隨喜的你說這小庵兒

是大殿分出的沒好遊樂處要遊樂請到大殿上去就回話者〔丑應作燒香頂門介〕〔生打坐介〕〔貼扮紅蓮孝服上云〕胭粉腰間軟劍盤未曾上陣早心寒柳老爺你熱時用得我蓮兒着只恐霜後難教柳不殘我紅蓮是箇營妓昨日蒙府尹老爺因恠玉通長老不去迎叅在我身上要設箇圈套如此如此儻得手下又教把那話兒妝回回覆他做箇證驗我想起來玉通是箇好長老我怎麼好幹這樣犯佛菩薩的事咳官法如爐也只得依着他做了來到此間不免敲他

四聲猿

門着做打門介生叫道上云懶道人這般風雨瀟瀟的天又將黑了什麼人敲門好回話你就回話了他道應出問介什麼人打門三問紅纏應云你開了我便和你說道打杭州人話右恠又是箇阿嬀們的聲音做開門介這們大雨天又黑了你着一身孝來我這庵里呵做舍子紅今日是清明我因祭掃亡過官人的墳墓來時轎兒歇在清波門裡不想路遠走得我脚疼坐得久了淹纏得天又黑雨又下我一面教小的見進去招呼轎子眼見得城門又關了連這小

的兒也不出來了前不着村後不着店幸遇你這貴
庵要借住一宵明日我回去備些小意思兒來謝你
道解的且待我告過師父告介生那婦人老也小道
上不過十七八歲一法生得絕樣的生這等却不穩
便叫他去可又沒處去也罷你把一牀薦蓆就放在
左壁窓檻兒底下叫他將就捱捱兒罷道鋪蓆介先
下紅做坐忽闖上問訊介生快不要快不要快到那
窻兒外去紅做肚疼漸甚欲死介生嘆道上云懶道
人快燒些薑湯與這小娘子喫想是受寒了道薑這

里没有要便到大殿上去討半夜三更黑漆漆着含要緊（又下）（紅做疼死復活介）（生喚道不應問云）小娘子你這病是如今新感的還是舊有的（紅）是舊有的（生）既是舊有的那每嘗發的時節却怎麼醫纔醫得好（紅）不瞞老師父說舊時我病發時百般醫也醫不好我說出來也羞人只是我丈夫解開那熱肚子貼在我肚子上一揉就揉好（生）看起來百藥的氣味還不如人身上的氣味更覺靈驗（紅又做疼死介）（生又叫道人不應介云）不好了這場人命呵怎麼了驗尸

之時又是箇婦人官府說你庵裡怎麼妝𦉪箇婦人我有口也難辯道人又叫不應也沒奈何了（背）紅入內（介）生急跳出場介紅隨上生大叫云罷了罷了我落在這畜生圈套裡了

（新水令）我在竹林峰坐了二十年慾河堤不通一線。雖然是活在世似死了不曾然這等樣牢堅這等樣牢堅被一箇小螻蟻穿漏了黃河塹（紅）師父喫螻蟻見鑽得漏的黃河塹可也不見牢師父你何不做箇鑽不漏的黃河塹（生）我且問你你敢是那箇營娼慣撒奸的紅蓮麼〔紅〕我便是待怎麼〔生〕你這紅蓮敢就是綠柳使你來的麼〔紅〕也就是又怎麼師父你怎麼這等明白〔生〕我眉毛底下嵌着雙閃電一般的慧眼怕不知道〔紅〕慧眼慧眼剛纔瀉了幾點〔生〕

〔步步嬌〕我想起潑紅蓮這箇賊衏衏、〔紅〕師父少罵些也要認自家一半兒不是〔生〕我與你何讐怨、梨花寒食天。粧做箇祭掃歸來、風雨投僧院。〔紅〕不是這等怎麼圈套得你上〔生〕又喬粧病症、急切待要赴黃泉遠、禪牀只教行方便、〔紅〕師父你由我吽則不理我也沒法兒誰着你眞箇與我行方便（生）折桂令叫道是滿丹田疼得似蛇鑽叫與他坦腹磨臍借煖偎寒我那時節爲着人命大事我也是救苦心堅救難心專沒方法將伊驅遣又何曾動念姻緣（紅）不動念臨了那着綦兒誰敎你下（生）不覺的走馬行船滿帆風到底難收爛韁繩畢竟難拴（紅）師父你若不乘船要什麽帆收你既自加鞭却又怪馬難拴（生）可惜我這二十年苦功一旦全功盡棄（江兒水）數點菩提水傾將兩瓣蓮咳這佛菩薩也不

護持了蠢金剛不管山門扇被潑煙花誤闖入珠宮殿將戒袈裟鈎挂在閒釵釧百尺竿頭難轉一箇磨磨跌破了本來之面紅你不要忒不知福你一箇葫蘆挂搭在桃花之面生恨云紅蓮這潑賤紅師父少罵此二生

得勝令你又不是女琴操參戲禪却元來是野狐精藏機變霎時間把竹林堂翻弄做桃花澗紅也麼蓮你爲誰辛苦爲誰甜替他人虧心行按着龍泉粉骷髏三尺劍花葫蘆一箇圈西也麼天五百尊阿羅漢

從何方見南也麼泉二十年水牯牛着什麼去牽紅
黄也麼天五百尊阿羅漢你自羞相見清也麼泉照
不見釣魚鈎你自來上我牽生當時西天那摩登伽
女是箇有神通的娼婦用一箇淫呪把阿難菩薩耍
時間攝去幾乎見壞了他戒體虧了那世尊如來纔
救得他回那阿難是箇菩薩尚且如此何况于我
僥僥令摩登渾慾海淫呪總迷天我如今要覓如來
何由見把一箇老阿難戒體殘老阿難戒體殘紅師
父我笑這摩登還沒手段若遇我紅蓮呵由他鐵阿

難也弄箇殘鐵阿難也弄箇殘（生）

〔收江南〕則教你戴毛衣成六畜道變蟲蛆與百鳥飡巧計奸心直便到日月天俺今來這畨俺今來這畨又幾回筋斗透針關透針關幾時圓滿面着壁少林北巘停着舟普陀東岈扱着胎錦江西畔到如今轉添業緣說什麼涅槃寂圓呀則一靈見先到柳家庭院（紅）師父俺如今也不添別緣老實說磨盤兩圓呀俺則把這幾點兒回話柳爺衙院（生）推紅出門介（紅）你閉門推出窻前月我既做梅花有主張（下）（生）元來

這場業障從這一不系見起可惜壞了我二十年苦功這呵怎麽放得他過俺如今不免沓一箇筋斗投入在柳宣教渾家胞内做他箇女兒長成來爲娼爲歹敗壞他門風這也只是苦眼的光景不費了修爲大事只是這柳的那廝輕薄未免得據了那話兒一定有幾句言語來問我的嘴俺也不免預備下幾句回答又别寫一紙帖見分付懶道人如此如此打發却端坐驅神竟奔柳家走一遭去（寫帖介讀介）自入禪門無挂碍五十三年心自在只因一點念頭差犯

了如來淫色戒你使紅蓮破我戒我欠紅蓮一宿債、我身德行被你虧、你家門風被我壞、(又寫一帖與道人介讀介)遺囑付懶道人如有柳府差人到庵可教他香爐脚底下取帖回話(念偈云)紅蓮弄得我似猢猻、我且向綠柳皮中縣一春浪打浮萍無有不撞着、則恐回來認不得舊時身、(坐化介)(道人上云)我昨而子去討生薑大殿上師父說則纔山下趕老虎解的不敢回來宿不知這阿媽怎的了呀阿媽不見了呀師父又坐化了恠也這是令子緣故我曉得了是一箇觀音指化師父去了呀香爐底下又有一箇帖子〔讀介〕呀元來這箇阿媽就是紅蓮那娼根是柳老爺使來幹這椿圈套俺師父走了爐了這箇帖兒就是回話他塞嘴的又有一箇帖子呀是我的遺囑〔讀介〕〔末扮柳差人上云〕領柳爺的分付教拿這箇帖兒與玉通長老問紅蓮這一椿事的嘴看他怎的回話〔見道人打話介〕〔道云〕俺師父爲這椿事性命都送了還故子問舍嘴哩〔末〕柳爺要在我身上討回話可怎的了〔道人云〕你擔帖來我看〔讀介〕水月禪僧號玉通多

時不下竹林峰可憐數點菩提水傾入紅蓮兩瓣中元來我道是走爐一些不差老牌回話倒有在香爐底下你自擔將去且任老牌我且問你這件事是舍緣故（末）有舍緣故你們的師父忒氣傲心高不去叅見俺柳爺故此使紅蓮那娼根來如此如此你們師父精拳頭救火着了手是那的緣故我且裱褙匠贖横披去回話去老道請了（下）道人云緣來果是這每我且報知殿上大衆把師父或是火化或入龕造塔悉憑他們心愿

〔清江引〕我在庵中打二十年餽齋飯長偷眼把師父看。他坐着似塑彌陀。立起就活羅漢。咳柳老爺則怕他放不過紅蓮案。

潑紅蓮砒粧蜜賣。玉禪師汞（音噴水銀也）飛爐敗。佛菩薩尚且要報怨投胎。世間人怎免得欠錢還債。（妙喻）

〔音釋〕科唱處凡生字俱是玉字蓋玉通師能耍者即扮耍不拘生外淨也

第二齣

〔外扮月明和尚頁搭連上內盛一紗帽一女面一僧

帽一褊衫百尺竿頭且慢逞強一交跌下笑街坊可憐一口兒西湖水流出桃花賺阮郎老僧且不說俺的來由且說幾句法門大意俺法門象什麼象荷葉上露水珠兒又要沾着又要不沾着又象荷葉下淤泥藕節又不要齷齪又要些些齷齪修爲略帶就落羚羊角挂向寶樹沙羅雖不相粘若到年深日久未免有竹節幾痕點檢粗加又象孔雀膽攙在香醪琥珀既然厮渾却又揀苦成甜不如連金杯一潑一絲不挂終成遶無邊的蘿葛荒藤萬慮徒空骨堆起幾座

好山河大地俺也不曉得脫離五濁儘丟開最上一乘剎那屁的三生瞎帳他娘四大一花五葉總犯虛脾百媚千嬌無非法本攬長河一搭哩酥酪醍醐論大環跳不出尾查尿溺只要一棒打殺如來料與狗喫笑倒隻鞋頂將出去救了猫兒所以上我這黃虀淡飯窩出來臭刺刺的東西也都化獅子糞倒做了清辣香林狗肉團魚嘔出來鏖糟糟的涓滴便都是風磨銅好糖成紫金佛面纔見得鉗槌爐火總翻騰臭腐神奇不會得的一程分作兩程行會得的呵踢

殺獼猻弄殺鬼會得的似輪刀上陣亦得見之會不得的似對鏡回頭當面錯過咳鴛鴦繡出從君看莫把金針度與人大衆你道俺是誰（內應）你是誰（外云）俺就是住下那箇水月寺玉通和尚的師兄本是西天一尊古佛今來再世改名做月明和尚的就是止因俺師弟玉通我相未除慾根尚挂致使那柳宣敎用紅蓮撥賺他却報怨投胎自陷做小姐爲娼喚名柳翠至今十有七載俺祖師憐憫他久迷不悟特使俺來指點回頭咳也好難哩這箇呵又像一件什麼

像醫瞎子的一般用金針撥轉瞳人則怕撥不轉撥得轉他到依舊光明又像吽獅子跌倒太行或者也跌得來只是跌來時不知費了我多少氣力但這件事不是言語可做得的俺禪家自有箇啞謎相叅機鋒對敵的妙法我猛可的照見這柳翠今日與那闖他的徽客鳳朝陽來西湖游耍那柳翠先來這大佛寺裡等他我待他來時自有箇道理（打坐介）（旦扮柳上云）一自朱門落教坊幾年蘇小住錢塘畫船不記陪遊數但見桃花斷妾腸妾身柳翠的便是從俺爹

爹喪過宦囊蕭索日窮一日直弄到我一箇親女兒出身爲娼追歡賣笑不幸之幸近有一箇相好的徽客喚名鳳朝陽他倒也嘲風弄月好義輕財靠着他纔過得箇日子今日約我到湖上看桃花教我先到這大佛寺等他我已到了他怎麽還不來〔淨扮僕上〕大姐俺朝奉剛到湧金門招財來報大公子中風病發俺朝奉趕回去略看一看霎時就來教大姐先上湖船也好略在寺裏等等待朝奉同上船也好〔旦〕曉得了你去回話去〔淨應下〕〔旦〕做遊行見和尚介云你

這長老從那裡來（三問三不應）（外舉手指西又指天）（介旦）一手指西一手指天終不然你是西天來的又胡說了也罷就依你說你從西天來下界何幹（外手打自頭一下手粧三尖角作厶字又粧四方角作口字又粧一圈作月輪）（介旦）那三尖角兒是箇厶字四方角兒是箇口字若湊合來是箇台字團圈兒是箇月字却又先打頭一下分明是箇投胎的說話我且問你你和尚家下界投胎與你何干你却捏這樣惟話咳是箇風和尚了（廻身唱）

【新水令】俺則爲停舟待客遶迴廊。沒來由撞見箇風魔和尚。我問他來歷處。他一手指天堂。又賣弄着西方。又賣弄着西方。臨了呵粧兩箇字似投胎樣。咳雖是箇風和尚却來的恠我不知怎麼又忽然動心起來一定要仔細問他便不遊湖也罷那師父你這投胎的話頭有些蹺蹊你好對我一說麼（外取紗帽自戴作柳尹怒介復除帽放卓上又自戴女面具向卓跪叩頭作問答起去介）（旦）這箇套數一法使人可疑待我試猜一猜看

步步嬌 他戴烏紗背北朝南向似官府坐黃堂上。這嘴臉便不像俺的爺臨了那幾步趨蹌却象得俺爺好。他迴身幾步忙仔細端詳眞厮像俺爺模樣。臨了呵又打發那紅粧似領伏兵去那裡做煙花將。師父我看你那紗帽與那女娘家臉子想必是一箇官兒差這婦人去那裡做什麼勾當麼我這猜的可也有幾分麼你說了罷麼外戴女面走數轉作敲門勢却倒地作肚疼自揉介却下女面放地上起戴僧帽倒身女面邊解衣作揉肚介旦這箇勢可却似這箇婦

人肚子上有些什麼緣故一箇和尚替他去舞弄這
舞弄呵有什麼好處這一出可又難猜
折桂令這一箇光葫蘆按倒紅糖似兩扇木櫳一付
磨漿少不得磨來漿往自然的櫳緊糠忙可不掙斷
了猿韁保不定龍降火燒的倩金剛加大擔芒硝水
懺的請餓鬼來監着廚房師父我也猜不得這許多
了你明說了罷外急扯旦耳環又作猜拳介旦敎我
還猜也罷你再做手勢來外指眉心介旦這又是頭
了外摇手又怒目指眉心介旦不是頭是惱了外戴

女面指眉心介旦惱這婦人了外下女面換紗帽又指眉心介旦又惱這官兒了卻怎麽外指自身又指頭介旦又是惱了外搖手介旦不是惱還是頭外又用手如前三次粧成胎字介旦又是擾胎了卻不通

江兒水既惱烏紗客還嫌綠鬢娘既然惱兩箇要投胎怎麽一箇胎分得在兩箇人的身上一彈兒怎分打得雙鴉傍這一胎畢竟誰家向況烏紗又是箇男兒相何處受一團兒撐脹這欠債還錢必是女裙釵消帳外取淨瓶中柳一枝又將手作一胎字雙手印

樸在柳枝上介旦做心驚介云呀終不然這胎投在我身上了我想起來這箇寃家對頭敢我也曾造下來

得勝令不合得在青樓幹這椿免不得堆紅粉將人葬我記得那一年擬賺了黃和尚我自來只拆斷了這橋梁敢有箇小禿子鑽入褌襠紙牌上雙人帳荷包裡一泡漿酸嘗不久來瓠犀子嚼梅醬藥方須早辦鯉魚湯帶麝香外大笑云都不中用費力費力高聲念云紅蓮弄我似猢猻且向綠柳皮中縣一春浪

打浮萍無有不撞着只怕回來認不得舊時身咥〔大

噴旦一口〔介旦大叫云〕我知道了我知道了早知燈

是火飯熟已多時〔丢下頭髻脫下女衣〔介〕外急向搭

連內取僧帽褊衫與旦穿戴外旦交叩頭數十〔介旦

園林好〕謝師兄來西天一場用金針撥瞳人一雙止。

撮琉璃燈上些些兒火熟黃粱些些兒火熟黃粱。

〔收江南〕〔旦〕師兄和你四十年好離別〔外〕師弟你一霎

時做這場〔合〕把奪舍投胎不當燒一寸香〔旦〕師兄俺

如今要將〔外〕師弟俺如今不將〔合〕把要將不將都一

四聲猿

齊一放（外）小臨安顯出俺黑風波浪（旦）潑紅蓮露出
俺粉糊粘糨（合）柳家胎漏出俺血團圝氣象此下外起
旦接一人一句（外）俺如今改腔換粧俺如今變娼做
娘弟所爲替虎倀穽羊兒所爲把馬韁綱靡這滋味
語語叶絶
蔗漿拌糖那滋味蒜秧擣薑避炎塗趂太陽早涼設
計較如海洋斗量再簸春白粱米糠莫笑他郭郎袖
長精哈哈帝皇霸強好胡塗平良馬臧英傑們受降
納彊吉凶事弔喪弄璋任乖刺嗜菖嗅瘡幹功德摳
塘救荒佐朝堂三綱一匡顯家聲金章玉璫假神僊

雲庄月窻真配合鴛鴦鳳皇顛行者敲鐺打梆苦頭陀柴扛碓房這一切萬椿百忙都只替無常補裝捷機鋒刀鎗鬭鉎鈍根苗蟯螂跳墻腓疼的假孀海棠報寃的几霜鴟鵂填幾座鵲潢寶扛幾乎做鵲桑乃堂費盡了啞佯妙方纔成就滾湯雪煬兩弟兄一雙鴈行老達摩褁糧渡江脚跟踹蘆蔣葉黃霎時到西方故鄉依舊嚼果筐鴈王遥望見寶幢法航撇下了一囊賊贓交還他放光洗腸（合唱）呀纔好合着掌回話祖師方丈（内鳴鑼鼓忽下）

大臨安三分官様　老玉通一絲我相
借紅蓮露水夫妻　度柳翠月明和尚
雌木蘭替父從軍　蒼涼慨慷堪題畫屏

第一齣

（旦扮木蘭女上）妾身姓花名木蘭祖上在西漢時以六郡良家子世住河北魏郡俺父親名弧字桑之平生好武能文舊時也做一箇有名的千夫長娶過俺母親賈氏生下妾身今年纔一十七歲雖有一箇妹子木難和小兒弟咬兒可都不曾成人長大昨日聞

得黑山賊首豹子皮領着十來萬人馬造反稱王俺大魏跖跋克汗下郡徵兵軍書絡繹有十二卷來的卷卷有俺家爺的名字俺想起來俺爺又老了以下又冉没一人况且俺小時節一了有些小氣力又有些小聰明就隨着俺的爺也讀過書學過些武藝這就是俺今日該替爺的報頭了你且看那書上説秦休和那緹縈兩箇一箇捹着死一箇捹着入官爲奴都只爲着父親終不然這兩箇都是包網兒帶帽兒不穿兩截裙襖的麽只是一件若要替呵這弓馬鎗

刀衣鞋等項却須索從新另做一番也要略略的演習一二纔好把這要替的情由告愬他們得知他豈不知事出無奈一定也不苦苦留俺叫小鬟那裡（丑）扮小鬟上（木）小鬟你瞞過老爺和奶奶隨着俺到街方上走一回者向内買諸物介引鬟持諸物上（鬟）大姑娘把馬拴在那裡（木）且寄養在對門王三家

【點絳唇】休女身擐緹縈命判這都是裙釵伴立地撐天說什麼男兒漢

【混江龍】軍書十卷書書卷卷把俺爺來塡他年華已

老衰病多纏，想當初搭箭追鵰穿白羽，今日呵扶藜看鴈數青天。呼雞餵狗，守堡看田，調鷹手軟，打兎腰拳。提攜咱姊妹，梳掠咱丫鬟。見對鏡添粧開口笑，聽提刀厮殺把眉攢（曲尽老景）。長嗟歎，道兩口兒北邙近也（的是鐘鳴漏尽），女孩兒東坦蕭然（之念）。要演武藝，先要放掉了這雙脚，換上那雙鞋兒纔中用哩。（換鞋作痛楚狀）

【油葫蘆】生脫下半折凌波襪一彎，好些難。幾年價纔收拾得鳳頭尖，急忙的改抹做航兒泛，怎生就凑得滿幇兒楦？回來俺還要嫁人，却怎生？這也不愁他，俺家有箇漱金蓮方子只用一味硝煮湯一洗比偌昝還小些哩把生硝提得似雪花白可不霎時間漱癟了金蓮瓣鞋兒倒七八也穩了且換上這衣服者（換衣戴一軍氈帽介）

（天下樂）穿起來怕不是從軍一長官行間正好瞞緊繃鈎厮稱這細褶子繫刀環軟噥噥襯鎖子甲煖烘烘當夾被單帶回來又好脫與咬兒穿衣鞋都換了試演一會看（演刀介）

（那吒令）這刀呵這多時不拈俺則道不便纔提起一

覷也比舊一般爲何的手不酸習慣了錦梭穿越國女尚要白猿教俺替爺軍怎不捉青蛇鍊遶紅裙一股霜搏演了刀少不得也要演鎗（演鎗介）

鵲踏枝打磨出苗葉鮮栽排上綿木桿抵多少月午梨花丈八蛇鑽等待得脚兒鬆大步重那撚直翻身戳倒黑山尖箭呵這裡演不得也則把弓來拉一拉看俺那機關和那綁子比舊日如何（拉弓介）

寄生草指決見薄硝弝兒圓一拳頭擒住黄蛇攥一膠翎拔盡了烏鵰扇一肐膊挺做白猿健長歌壯士

入關來那時方顯天山箭俺這騎驢胯馬倒不生疎
可也要做箇撒手登鞍的勢兒跨馬勢
么繡裲襠坐馬衣嵌珊瑚掉馬鞭這行裝不是俺兵
家辦則與他兩條皮生綑出麒麟汗萬山中活捉箇
猢猻伴一鑾頭平踹了狐狸塹到門庭纔顯出女多
嬌坐鞍轎誰不道英雄漢所事兒都已停當却請出
老爺和奶奶來纔與他說話向內請父母弟妹介外
扮爺老扮娘小生扮弟貼扮妹同上見旦驚介云兒
今日呵你怎的那等樣打扮一雙脚又放大了好怪

也好恠也（末）娘爺該從軍怎麽不去（娘）他老了怎麽去得（末）妹子兒弟也就去不得了（娘）你風了他兩箇多大的人去得（末）這等様兒都不去罷（娘）正爲此沒箇法兒你的爺極得要上吊（末）似孩兒這等様兒去得去不得（娘）兒俺曉得你的本事去到去得（哭介）只是俺兩老口兒怎麽捨得你去又一椿便去呵你又是箇女孩兒千鄉萬里同行搭伴朝食暮宿你保得不露出那話兒麽這成什麽勾當（末）娘你儘放心還你一箇閨女兒回來（衆哭介扮二軍上云）這裡可是

花家麼（外）你問怎麼（軍）俺們也是從征的俺本官說這坊廂裡有箇花弧教俺們來催發他一同走路快着些（木）哥兒們少坐待我略收拾些兒就好同行小鬟你去帶回馬來（木收拾器械介）（衆看介云）好馬好器械兒你去一定成功喝采回來好歹信兒可要長梢一封也免得俺老兩口兒作念偺昝要遞你一杯酒兒又忙劫劫的纔叫小鬟買得幾箇熱波波你拿着路上也好嚼一嚼有些針兒線兒也安在你搭連裡了也預備着也好連些破衣斷甲（一軍叫云）快着

些衆哭別先下末出見軍介云大哥們勞久待了請就上馬趲行作上馬行介二軍私云這花弧倒生得好箇模樣見倒不像箇長官倒是箇秫秫明日倒好拿來應應極末

【么】離家來沒一箭遠聽黃河流水濺馬頭低遥指落蘆花鴈鐵衣單忽點上霜花片別情濃就瘦損桃花面一時價想起密縫衣兩行見淚脫真珠線

如氣不揚何

【六么序】呀這粉香見猶帶在臉那翠窩見抹也連日不曾乾却扭做生就的丁添百忙裏跨馬登鞍靴揷

金鞭腳踹銅環丟下針尖挂上弓絃未逢人先准備
彎腰見使不得站堂堂矬倒裙邊不怕他鴛鴦作對
求姻眷只愁這水火熬煎這些兒要使機關
（么）哥兒們說話之間不待加鞭過萬點青山近五丈
紅闕映一座城欄竪幾手旗竿破帽殘衫不甚威嚴
敢是箇把守權官兀的不你我一般趂着青年靠着
蒼天不憚艱難不愛金錢倒有箇閣上凌煙不強似
謀差奪掌把聲名換抵多少富貴由天便做道黑山
賊寇犯了彌天案也無多些子差一念心田（指問介

【賺煞】那一答是那些咫尺間如天半趄坡子長蛇倒綰，敢是大帥登壇坐此間。小緹縈禮合參官，這些兒略覺心寒。久已後習弄得雄心慣，領人馬一千，掃黑山一戰，俺則教花腮上舊粉撲貂蟬。說話之間，且喜到主帥駐劄的地方了。俺們且先尋下了安頓的所在，明日一齊見主帥者。【下】

第二齣

外扮主帥上　下官征東元帥辛平的就是。蒙主上教我領十萬雄兵，殺黑山草賊，連戰連捷，爭奈賊首豹子皮躲住在深崖堅壁不出向日新到有二千好漢俺點名試他武藝有一箇花弧像似中用俺如今要輦載那大砲石攻打他深崖那賊首免不得出戰兩陣之間却令那花弧攔腰出馬管取一鼓成擒呌花弧與衆新軍那裡〔末〕同衆上跪見介〔外〕花弧俺明日去攻打黑山兩陣之後你可放馬橫衝管取生擒賊首俺與你奏過官裏你的賞可也不小違者處斬〔末〕得令〔外〕就此起兵前去

〔清江引〕黑山小寇眞見淺。躲住了成何幹。花開蝶滿

枝樹倒猢猻散你越躲着我越尋你見【衆】

【前腔】黑山小寇眞高見左右他輸得慣一日不害羞

三飡喫飽飯你越尋他他越躲着看【衆】禀主帥巳到

賊營了【外】叫軍中舉砲【放砲介】淨扮賊首三出戰【末】

衝出擒介【外】就收兵回去【衆】

【前腔】咱們元帥眞高見筭定了方纔斡這賊假的是

花開蝶滿枝眞的是樹倒猢猻散凱歌回帶咱們都

好看【帥唱】

【前腔】衆軍士們好消息時下還伊見每月鈔加一貫

又不是一日不害羞、管教伊三飡喫飽飯、論成功是花弧居多半、（到京內鳴鐘鼓作坐朝介帥奏云）征東元帥臣辛平謹奏昨蒙聖恩命臣征討黑山巨寇今悉已蕩平賊首豹子皮的係軍人花弧臨陣親擒見解聽決其餘有功人員各具冊書分別功次均望上裁（丑扮內使捧旨上云）奉聖旨卿勦賊功多特封常山侯給券世襲花弧可尚書郎念其勞役多年令馳驛還鄉休息三月仍聽取用就給與冠帶一同辛平謝恩豹子皮就決了其餘功次候查施行（木換冠帶介帥木謝恩介受詔書丑下木花弧感蒙主帥的提拔叨此榮恩只因省親心急不得到行臺親謝就此叩頭容他日效犬馬之報帥此是足下力量所致於下官何預匆忙中我也不得遣賀序別木今日得君提挈起帥下官也是因船順水借帆風帥先別下木

前腔萬般想來都是幻誇什麼吾成筭我殺賊把王擒是女將男換這功勞得將來不費星兒汗二軍追上云花大爺你偌昝就這等樣好了木二位怎麼這樣來遲二軍昝兩箇次候查功如今也討得箇百戶

到本伍到任望大爺攜帶（木）可喜正好同行（二軍）

（前腔）想起花大哥眞希罕拉溺也不教人見（伴）這才是貴相哩天生一貴人僥倖三同伴咱兩箇呵芝麻大小官兒擡起眼看一看（木）

（前腔）我花弧有什麽眞希罕希罕的還有一件俺家緊隔壁那廟兒裡泥塑一金剛忽變做嫦娥面（二軍）有這等事（木）你不信到家時我引你去看（下）爺娘小鬟上 自從孩兒木蘭去了一向没箇消息喜得年時王司訓的兒子王郎說木蘭替爺行孝定要定下他

爲妻不想王郎又中上賢良文學那兩等科名如今見以校書郎省親在家木蘭又去了十來年兩下裡都男長女大得不是耍却怎麽得他回來就完了這頭親俺老兩口兒就死也死得乾淨（二軍同木上）（二軍）花大爺且喜到貴宅了俺二人就告辭家去（木）什麽說話請左廂坐下過了午去（二軍應虛下）（木進見親介）（娘）小鬟快叫二姑娘三哥出來說大姑娘回了小鬟叫弟妹上介（木對鏡換女粧拜爺娘介）

（耍孩兒）孩兒去把賊兵剪、似風際殘雲一捲、活拿賊首出天闕這烏紗親遞來克汗〔娘〕你這官是什麼官〔木〕是尚書郎奶奶我緊牢拴幾年夜雨梨花館交還你依舊春風荳蔻函怎肯辱爺娘面〔娘〕我見虧殺了你〔木〕非自獎眞金烈火儻好比濁水紅蓮〔拜弟妹介〕

〔二煞〕去時節只一丟回時節長並肩像如今都好替爺征戰妹子高堂多謝你扶雙老兒弟同輩應推你第一班我離京時買不迭香和絹送老妹只一包兒花粉幇賢弟有兩匣兒松煙〔二軍忙跑上〕花大爺你元來是箇女兒俺們與你過活十二年都不知道二

些兒元來你路上說的金剛變嫦娥就是這箇謎子此豈不是千古的奇事留與四海揚名萬人作念麼

（末）

（三煞）論男女席不沾沒奈何纔用權巧花枝穩躲過後句蝴蝶戀我替爺呵似叔援嫂溺難辭手我對你呵似火烈柴乾怎不購鷺鷥般雪隱飛纔見筭將來十年相伴也當箇一半姻緣（二軍）他們這般忙俺們不好不達時務且不別而行罷（先下）鬟報云王姑夫來作賀（娘）這箇就是前日寄你書兒上說的這箇女壻正

要請將他來與你成親來得恰好（生）冠帶扮王郎上相見介（娘）王姑夫且慢拜我纔子看了日子了你兩口兒似生銅鑄賴象也鐵大了今日成就了親罷快拜快拜（末）作羞背立介（娘）女兒十二年的長官還害什麽、羞哩、（末）回身拜介

【四煞】甫能箇小團圞、誰承望結契緣、作相逢怎不教羞生汗、久知你文學朝中貴、自愧我干戈陣裏還配不過東牀眷、謹追隨神僊。價蕭史。莫猜疑妹子。像孫權。

【尾】我做女兒則十七歲做男兒倒十二年經過了萬千瞧。那一箇解雌雄辨。方信道辨（悲思伯樂）雌雄的不靠眼

黑山尖是誰霸占、木蘭女替爺征戰、

世間事多少糊塗。　院本打雌雄不辨。下

【音釋】凡木蘭試器械換衣鞋須絕妙踢腿跳打每一科打完方唱否則混矣行路扮一人執長鞭搭連弓刀作趕脚人每木唱一曲完即下馬人內云俺去買什麼或明云解手從人持鞭催衆走如飛三四轉共唱北小令趕脚曲木去從徑

路叉出　癟音鱉　指決音濟斤濟上聲　揞

音攢北人以把握爲揞　臉音歛不作檢

女狀元辭凰得鳳　詞華繡艷似女士風流

第一齣

女冠子〔旦上〕一尖巾幗自送高堂風燭僦居空谷明珠交與侍兒賣了歸補茅屋黃姑相伴宿共幾夜孤燈逐年饘粥瘦消肌玉翠袖天寒暮倚脩竹〔江城子〕依希猶記嫗和翁珠在掌恁憐儂一自雙榆零落五更風撇下海棠誰是主杜鵑紅〇生來錯習女兒工

論才學好攀龍管取挂名金榜領諸公若問洞房花燭事依舊在可從容妾身姓黄乳名春桃乃黄使君之女世居西蜀臨邛年方十二父母相繼而亡既無兄弟又不曾許聘誰家況父親在日居官清謹宦槖蕭然妾身又是女流經營不慣以此日就零替與舊乳母黄姑暫典本縣西鄉化城山中一所小房兒住下不覺又是八年且喜這所在澗谷幽深林巒雅秀森列于明窓淨几之外默助我拈毫弄管之神既工書畫琴棋兼治描鸞刺繡賣珠雖盡補屋尚餘計線

僨工援粲粗給但細思此事終非遠圖總救目下不過刼劑咳倒也不是我[illegible]桃賣嘴春桃若肯改粧一戰骨倩取噃手魁名那時節食祿千鍾不强似甘心窮餓此正教做以叔援嫂因急行權矯詔誅羌反經合道雖是如此說可也要與黃姑商議停當可行則行可止呵也還止喚黃姑介黃姑我請你出來對你有話說淨扮黃姑上

前腔半老來沒福夜夜伴嫦娥獨宿一條水牯半肩紅葉數聲朧笛孩兒歸牧相見介淨小姐你叫我可

有甚麼說話【旦】黄姑我這幾日日日動念我和你在這裡過這樣的日子可也不是了你曉得的我這般才學若肯去應舉可管情不落空却不唾手就有一箇官兒既有了官就有那官的俸祿漸漸的積趲起來摩量着好作歸隱之計那時節就抽頭回來我與你兩箇依舊的同住着却另有一種好過活處不强似如今有一頓喫一頓没一頓捱一頓麽你意下如何【淨】妙妙你若去應舉呵是決中的只是這女兒家的頭臉怎麼改換得【旦】這有甚麽難把俺老爺的舊

衣鞋巾帽穿上換了俺的裙襖髻圈兒人看着終不然不是箇男兒還是箇女兒哩〔淨〕這箇倒有理打諢介〔旦〕不要胡說了快去收拾老爺舊衣服出來我改粧你也收拾打扮箇大官兒起來就叫你做黃科我自取名做黃崇嘏一同起身去分付你那兒子小二哥看家裡便是〔淨〕我左右靠你一世了這老奴儕甘心做了只是俸祿與那抓來的東西可要和你平分〔旦〕這箇自然〔淨下收拾上二人換粧介淨向內云〕小二我如今與姑娘城上看親有幾日不回你好生看

守房子日逐價打柴放牛若沒有米便去問張大娘家借些喫不要和小二漢那箇短命終日去厮打我囘來時節有了不得的果品餅定帶來哩則怕你沒口得喫短命唉上路介旦

好補景

芙蓉燈對菱花抹掉了紅奪荷剪穿將來綠一帆風端助人掃落霞孤鶩詞源直取瞿唐倒文氣全無脂粉俗包袱緊牢拴髻䯼待歸來自有金花帽簇淨

前腔我原是哺乳傭權做長鬚役無非是助槳幫船靠一人之福他舊頭巾既影得娘行過我假度牒誰

查和尚禿包袱裹幾升脫粟待之官要分他俸祿。

淨才子佳人信有之。一身兼得古來誰。

旦延平別有雌雄鋏。他日成龍始得知。

第二齣

外扮周丞相引衆上 丞相平津東閣開私門桃李盡移栽況蒙天語張麟鳳肯放冥鴻不網來某家周庠是也原以邛南幕中留司府事蒙蜀王主上簡拔累官得至丞相俺主上好學右文今年又該校選進士輪是某家叨知貢舉前月已移文挂榜約在今日取

齊入試想必也都到在這裡伺候了皁隷開了門把牌去招這些秀才進來〔皁隷應介〕〔旦扮崇嘏末扮賈臚丑扮胡顏上進見遞手本介〕〔外〕諸生上年這場屋中主司命題大約遵奉前規你每諸生條對可也多循舊套況本朝向來以詞賦取士近日樂府就是詞賦之流我如今要一洗這頭巾的氣習只摘蜀中美談雅事爲題令諸生各賦一樂府就當面吟咏我也當面品評却又是我先倡起句諸生續成我起的句到臨了用一柴字諸生接句用一纔字到臨了却要

真主試

用一債字兼之江水出在蜀西岷山其樂府牌名就用北江見水諸生可要努力莫負聖明求賢的盛意與主司延訪的苦心起來過一邊聽唱名就領題按手本唱名介黃祭酒你的題是賦得相如脱鷫鸘裘〇二〇題〇風〇流〇閒〇逸當酒為文君撥悶賈爐你的題是野老送少陵櫻桃胡顏你就是賦得少陵許西隣婦撲棗黃祭酒過來聽我首倡

北江見水鷫鸘裘帶忙解下鷫鸘裘帶望杏花村裡來提向黃公一擲除却茅柴續將幾字來旦當一壺

茜眞珠酥滴纔何事跑穿鞋要引佳人笑口開怕甚
損了遠山眉黛虧殺他跟着措大走遍天涯還消得
領雉頭裘付酒家酬債（外）細玩此詞眞箇手神艷逸
神僊中語也且這兩箇難韻尤押得妙不信場中還
有這們一箇敵手哩賈臚過來你是野人送櫻桃與
杜少陵

前腔浣花溪外茅舍遶浣花溪外是詩人杜老宅何
處野人扶杖敲响扉柴續將纔字來（末）送櫻桃摘下
纔一籠美人腮破胭脂幾點歪呢不死鸚哥無賴恰

遇詩脾渴在。感故老情懷。正好飽明珠捹一嘔了杜鵑詩債。【外】纔字也押得穩中間兩三句與那結尾呵也似有神助胡顏過來你的是什麼【丑】是少陵許西隣婦撲棗【外】你聽我念

【前腔】西隣窮敗。恰遇着西隣窮敗。【丑】宗師別的起句都是什麼鷫鸘裘浣花溪何等的富貴花錦偏我胡顏恰似什麼窮敗窮敗宗師你的主意分明是於我胡顏要如保赤子了【外】如保赤子怎麼說【丑】如保赤子是點一不中【外】一法迂遠【丑】也不遠矣【外】胡顏可眞

箇是胡言老孀荆。一般敘。那更兵荒連歲。少米無柴。續將纔字來（丑）少米無柴的讖語可一法不好這婦人也窮到一箇絶妙之田我胡顏的不中可也到一箇絶妙之地了（外）快來（丑）少米無柴。這婆兒呵與我一般般苦。是纔不合我棗樹傍他栽棗兒又生不乖。都挂向他家摇擺。終久擺落在他堦。我人情又不做得。（外）得字不押韻了（丑）韻有什麽正經詩韻就是命運一般宗師說他韻好這韻不叶的也是叶的宗師說他韻不好這韻是叶的也是不叶的運在宗師不在胡顏。所以說文章自古無憑據。惟願朱衣暗點頭。

〔外〕也要合天下的公論〔丑〕咳宗師差了若重在公論

又不消說不願文章中天下只願文章中試官了〔外〕

咳都象你呵我那得這許多工夫聽你閑話趲快些

〔丑〕擺落在他堦我人情又不做得好難割愛我明年

呵。一攬果帶生摘賣如今且忍着疼捨肉身燈債〔外〕

這胡顏詞氣便也放達可也忒出入可取處只是不

遮掩着他的眞性情比那等心兒裡驕吝麽却口兒

裡寬大的不同他還陶融得也取了罷那胡顏取便

取了你我還替你改幾句就是舊規做程式一般你就念我的起句來〔丑〕〔前腔〕西隣窮敗恰遇着西隣窮敗老孀荆一股釵那更兵荒連歲少米無柴那秀才續將來〔外〕况久相依不是纔〔丑〕公然好似我的〔外〕幸籬棗熟霜齋我栽的卽你栽儘取長竿凋袋〔丑〕忒像他的意了都打盡了却怎麽好〔外〕打撲頻來餔餐權代我恨不得填漫了普天饑債〔丑〕恰像公然好似我一丢兒也照依胡顏姑取罷〔外〕這生可也忒放肆〔丑〕善戲謔不爲癸擺子

〔外〕怎麽説〔丑〕虐〔外〕這秀才胡説你再想得詩經中一箇詵字來麽〔丑〕有伊其相詵贈之以牡丹〔外〕却怎麽讀〔丑〕芍藥〔外〕也虧他記得這一場中等第少不得黄崇嘏是第一賈臚是第二胡顔姑置第三我今日就奏聞主上諸生明日都到午門外看榜准備遊街赴宴崇嘏呵管取明日欽除可也要預備下一頂稱頭的紗帽不得稽誤謝恩

外 匠斧驅牛萬首囬　最難拽動棟梁材

今朝細定黄郎格、　畢竟百花梅是魁、先下

弔場三生各敘寒溫問鄉貫客寓約看榜赴宴介末丑又共恭喜黃介同下

第三齣

喜遷鶯旦冠帶外扮吏衆上名魁金榜擬咫尺天顏從容日講忽拜參軍來陪司戶付與簿書教掌青幕藍衫易着綠水紅蓮難做班鷺遠縱舉頭見日却袖冷爐香菩薩蠻侍臣牧吏元無二紅蓮幕裡三年寄水鏡一輪明朝朝挂訟庭督郵雖氣岸要見何妨見只作戲場看折腰如軟綿我崇嘏自叨中狀元之後

不想適遇新例凡上第者俱要試以民事竟除授成都府司戶參軍這箇官雖是簿書猥瑣却倒得展我惠民東吏之才在任不覺又是三年也不敢素飡尸位我這座主周公朝廷因他多才就以丞相兼攝府事昨日一連發下三起成獄巳久稱冤奏擾的百姓下來我夜來看他緣由委可矜疑只是干證都死的死了放的放了可誰與他證明也罷我如今取他出來自別有一箇區處皁隸你去監房裡取昨日丞相周爺發下那三起奏本的犯人出來聽問〔皁隸下帶

小生貼末上介吏唱名介（黃天知烏氏眞可肖）（旦）你這三起犯人都成獄久了兩起是該帶板的誰開你的板（小生貼應云）昨日奏本下來蒙丞相周爺略略的審一審都叫打了板送到爺這裡（旦）黃天知你上來當時那毛屠出首你僞造印信的事是怎麼緣故你從實說上來（小生）爺小的就在雞鳴驛前住見那驛丞的關防花碌碌的好耍子小的不合叫那會篆刻的人照依那關防刻一箇小記印見（旦）那刻印的人如今在那裡（小生）累死了小的長去毛屠家把這

印票兒支取猪肉後來小的與一箇大財主叫做夏葛爭地基夏葛買出毛屠出首小的這箇印記麼說小的僞造下印信要圖謀驛丞自做後來又有一箇光棍叫做昌多心說這箇小印記兒入他罪不得他既有這樣踪跡就好改做大的出首他那夏葛會布置幫他的又多小的就辯不得了爺是這樣的寃枉

旦 你那印兒有多大

小生 有半截小指兒大

旦 那篆文純是驛遞衙門的字樣可也還刻有你自家的名字在上面

小生 有自家的名姓在上

旦 你這肉帳必

有箇筭絕之時這許多支肉的票兒還是誰收了【小生】左右是主顧家小的與他筭絕了帳從來不問他討【旦】皁隸你去毛屠家對他老婆說說有一起強盜供着你與他有姦說打劫的金珠首飾都窩藏在你家裡爺教我們來搜你你把大箱籠不要動他的把那小麓兒匣兒都與我搜將來連那婦人帶來見我皁應下介【旦】烏氏上來你實說【貼】老爺婦人那本坊北首裡有箇大財主叫做古時月是箇輕財學好的人可與俺丈夫賈大往來得密又有一箇姜松也是

箇大財主這可是箇歹人長來勾引婦人婦人不合罵了他一頓後來姜松爲頭做春社丈夫在他家喫酒回來到半夜之時五竅都儻血恁從救也救不得就死了姜松就買出隣舍誣捏婦人與古時月有姦謀殺了親夫就成了這椿大獄（旦）可惡這臣謀弒君子謀弒父妻謀殺夫是遇赦也不赦的你家不合與古時月往來這情是眞的了罵你這樣歹人在這裡做什麼吽劊子手進來把這婦人綁起來就押出去決了（生扮劊子手上綁貼介貼哭押下介）（旦）吽打梆

叫我黃科出來〔淨上〕老爺你今而殺那箇婦人忒利害如今叫黃科那裡使用〔旦〕黃科你與我快跑到決那婦人的所在但聽得有人說屈你便就悄悄問他箇詳細儻得些實話便就傳說俺爺教把婦人且放了連那箇替他稱寃的人通拿來見我快去快去〔淨應下〕〔旦〕那眞可肖你怎麽說〔末〕爺小的是江南人打着鼓兒沿街唱的唱到這臨邛臨邛卓家失了盜那夥做公的沒處拿眞賍實犯聽着一箇慣說謊的叫做瞧不實說小的不是唱的是先前幹了歹事假唱

來縣在臨邛只要遇着歹人依舊幹歹事了那夥做公的就假粧做賊的哄小的搭伴幾遍慣小的不肯去後來他因各衙門比併的謊了麽就把小的充做箇賊拿了那各衙門又喫那大衙門比併得未完慌了巴不得把小的充做箇真賊是這等樣兒（旦）你倒說得有理可惱這些做公的只是我如今還去拿他他人多都走掉了我如今見放你出去你到黑夜裡去到那做公的各人家門首把石灰畫一箇小圈兒爲記我便好霎時間多差了人認着那石灰圈兒一

齊都拿來打他一箇死可不好〔末〕小的可認不得這夥做公的家裡〔旦〕胡說他要哄你搭伴更不邀你到他家裡喫頓兒酒飯麽〔末〕邀是苦苦的邀小的小的可也抵死的不去〔旦〕這等便就拿不得人審不出寃枉來依舊帶去監了〔末〕大哭云我早知道這麽樣便就喫他頓飯兒也罷了〔旦〕還不帶去監了〔末〕哭下旦向吏云那裡豈有箇門兒也不上是箇平素虧心要搭伴做歹事的人麽我纔套他說你旣不認得做公的家裡可不好出你他寧可就監去了這眞情不就

立見了麼外爺是神見旦叫把這眞可肖帶回來皁叫上介旦把這眞可肖打了肘本該就放了你你且在丹墀裡少待待見等那兩起來問明了我一總放你末磕頭云爺就是青天皁帶老旦并匣子淨帶貼丑扮小廝同上皁云蒙爺分付去到毛家搜得匣子并這婦人帶來回話淨黃科纔聽老爺分付就狠跑到法塲裡去看的無千待萬都說屈的多獨有這箇小廝便合着掌口裡則念說阿彌陀佛屈死了這人這箇業障是我做的黃科見他說得古怪就一把扯

他到背靜的所在仔細哄他他怎麼肯說那時節綁的婦人纔押到我就大聲叫劊子手説爺叫把那婦人放了叫把這小廝綁起殺了他纔嚇呆了纔說出箇眞情來〔旦〕這一着虧你呵〔淨〕指〔丑〕云老爺你自家問他就知道了〔旦〕你那小廝是誰家的小廝〔丑〕小的就是姜松家的小廝〔旦〕姜松在家麽〔丑〕在家〔旦〕着兩箇好皁隸快跑去拿了姜松來若走了就是你兩箇皁隸替死〔皁〕應下〔旦〕問〔丑〕云你左右洩漏了實說便免你死〔丑〕小的主人一向要姦這烏氏哄烏氏罵了

一頓又恠他到肯與古時月好以此便懷恨在心〔旦〕他果是與古時月通姦麼〔丑〕這也是屈他的後來遇着做春社衆客都散了俺主人可獨留烏氏的丈夫賈大又喫酒叫小的臨了那一大鍾酒放上一把砒礵與他喫了就叫小的扶他回去交與這烏氏這塲官司便就是這樣起了小的遇着爺今日也該死了沒得說了〔旦〕下去〔旦〕看匣笑向吏云這黃天知票印見一一都在可果然半截小指見大麼他的眞名字又果然刻在上頭豈有要圖謀假驛丞做又僞造印

信把名字兒都不隱藏又用到大戶家裡黃天知你
這樣票兒敢在別鋪子上也用他支東西麼小生是
阿爺旦這箇一法說不通分明是小哇子捏塑着泥
冠帶假做箇什麼丞相兒麼將軍兒麼大家耍的勾
當把來當了真就是不喫飯的人可也不信呵可憐
可憐可惜那毛屠夏葛與那昌多心都死了造化了
他皂隸把黃天知與烏氏的肘都替我打了把那毛
屠的老婆撥着皂帶中淨扮姜松上見介旦姜松上
來旦指丑云你認認看這是誰中淨這是小的家的

小廝吽做姜邦爺不消說了小的該死了〔旦〕皁隸把姜松採下去打一百姜邦打五十〔打介〕〔旦〕就釘了肘發監〔收監介〕〔旦〕黃天知烏氏還討箇保候奏請纔好發落眞可肖情輕就好放了〔向吏云〕做三角文書明日囬話周爺你這三箇人聽我說

〔紅衲襖〕黃天知那（絕調）據花房的蜜蜂兒也號做王排假陣的靈寵兒也呼做將咳這是假的呵豈有三分來大的店票花紋樣好扭做九品來眞的衙門銅印章況他眞名氏又不隱藏扮一箇大蝦蟆套着小科蚪

見當古來也有這樣的事若不是逼勒封虞也不過是剪桐葉爲圭戲一場

【前腔】那烏氏雖是你新樣粧引惹出老姜也是那古時月累及你孽障如今人可討愛烏因屋休承望惟失火殃魚你自當烏氏你虧了這姜邪若沒姜家這一小邪就是我黄爺呵也難主張咳我看世情反覆一似敲枰也誰肯向輸棋救一將

【前腔】那眞可肖你雖是打鼓的千門信口腔倒是箇把柁的三老遥憐長你隨他大海掀風浪只拿定小

峩嵋一葉去當這夥做公的呵他來圈套你入火忙你可大門兒也不去上你果若是從前有一點歹行虧心也巴不得弄一座冰山又肯捨太行（小生貼末同叩頭唱）

【前腔】爺你是箇魁青天又挂着月一堂精渾水巧辨出魚三樣說什麼枯木花重開在鐵樹上端的是返魂香早超生向地藏王這陰德把什麼量俺小的這三箇螻蟻呵要報德把什麼償最難的是大海般世界狂瀾也誰似爺抵柱中流把灔澦當（旦）早隸該保

的保了該放的放了（三人同叩頭謝介大呼云）願他萬代公侯百年長壽五男二女七子團圓（外叩頭云）吏典也從不曾見爺這樣的神明

旦共笑參軍東帶忙、　炎天大叫簿書狂、

當時若只供香案。只好坐看峨眉六月霜。同下

第四齣

傳言玉女（外扮周丞相上）要選乘龍虎榜偶然得宋若侍襄王定賽賦高唐夢秦樓弄玉誰好伴他騎鳳端詳惟有這箇門生共老夫失偶多年素有向平五

岳之想所以誓不再娶止因前荊生有一男喚名鳳羽一女喚名鳳雛至今未曾婚嫁正在縈心向年偶知貢舉取了那黃崇嘏薦爲榜首如今見做司戶參軍他才學旣是出群吏事又十分這等精敏他日必是遠到之器可恰好又不曾定妻我這女孩兒鳳雛年方二十小他三歲且喜他倒也伶俐端方古人重擇壻若果擇壻不與黃郎却與誰人我前日發下三椿疑難的事一試他訪得他都問過了今日必然來回我的話我可又要把文藝中事面試他代筆可不

把這女壻當面就選定了〈望時牌介〉如今已是展牌了他怎麼還不來叫辨事官〈末〉扮辦事官上〈外〉去書房裡取黃參軍前日申文要拿那起做公的說干礙禁衛衙門須得我進過本若寫稿成了趂閑拿來我看〈末應下取上呈外看介〉〈旦同淨上〉

〈前腔〉日側休衙正好松間吟弄一紙紅帖又傳遞摠門縫今日馬頭向相府沙堤擁連忙回話前朝的牒送下官前日蒙相府發下三椿事來都已問明了不免得回話黃科這文書有些機密的說話在裡頭你

自拿去隨我進來見兩跪一揖遞文書介前日蒙老師發下黃天知等三起事門生都問明了呈遞文書回覆外都問明了好耶收上來起來皁隸閉了門參軍到後堂坐坐旦又兩跪一揖坐介外看文書云這三起事都問得絕妙理寃摘伏麼可也如神老夫前日也有些疑所以上略審審就打了他的板可怎麼得如賢友這般精細綁那婦人何等的奇把强盜唬毛屠的妻子可乘此就搜了他的票兒何等的巧那眞可肖蹤影兒也都沒處尋了耶可就在他自巳身

上套出一箇不搭伴的眞情何等的這般敏捷張釋之治獄天下無寃民後來于定國民也自謂不寃非子而誰（起揖介）老夫可敬伏敬伏就照依賢友的問麽覆本發落就是了（旦）豈敢老師引進免責而已（外）昨日賢友申文要拿做公的與那瞧不實也依賢友寫本了叫黃老爺那人進來脱了圓領衙內去取箇攢盤俺們坐一坐參軍老夫恃愛下可還有幾件事見要勞賢友一勞（旦）不敢謹領命（外）我前面造了文翁與諸葛武侯的祠堂大門外的扁取做蜀天雙柱

文須一對門聯那楊雄王褒司馬相如譙周陳子昂
李白杜甫杜便是流寓的人物了這七才子也共一
箇祠堂扁便就取做七才子祠也着得一對門聯前
面去訪卓文君琴臺少一箇詩扁又有一箇遠債我
先世鄉中近日立木蘭的祠諸友可又來討上梁文
起揖介這幾件可都要借光於賢友手下取筆墨過
來旦老師尊命不敢不領只是當面這等妄誕便可
眞是班門弄斧了容門生領去做了呈稿請教外你
是倚馬之才正要當場一逞不要謙手下研墨先寫

大字起小厮拿大杯來酌三杯助興旦寫蜀天雙柱
介外細看介
梁州序石銘瘞鶴銀鉤作蠆這兩種較量起來呵畢
竟楷書難大子雲一字專亭取桂蕭齋誰似你銅深
款識鐵屈珊瑚幾撇斜披薤旦寫七才子祠介外看
介指尖尤有力壓磨崖絕稱泥金糝綠牌旦籠韋誕
成頭白門生焉敢學王郎恠題麟閣還要了相公債
外多勞旦望老師點化外再要怎麼妙小厮再進三
杯斟我的陪有勞做二祠的門聯旦做介寫介外看

念介文德武功照映錦江玉壘鼎分刀布低回碧草黃鸝又念七才子聯介作者七人星聚文中龍虎兀然千古雲横天半峨嵋外又好眞可與七才子爭雄

前腔三賢遺愛七雄洸泒功德文章絶代許多豪傑憑將四句題該越顯得梁間燕雀碑底龜螭都拱護神靈在四楹金彩上定有瑞芝開叫小厮數一數這兩聯多少字丑應云四十箇字外生奪却四十顆明珠做挂壁釵旦這月露形風雲態門生這樣的歪對句不過是小孩童圖夜散書堂快老師今日呵金谷

老借乞兒債〔外〕小斷再滿斟三杯送黃爺好等他發興做詩就絶句也罷〔旦〕做卓文君琴臺詩外念介寡鵠芳心不自持求凰舊事冷多時琴臺一夜山花血月上峨嵋叫子規〔外〕拍手大叫云妙不可當賢弟你就是撑着眞珠船一般顆顆的都是寶〔外〕

〔前腔〕琥珀濃未了三杯眞珠船又來一載儼絲桐送嚮出墓田黃葉看音調這般凄楚呵眞箇是清明杜宇寒食棠梨愁殺他春山黛一堆紅粉塊得你這一首詩呵恨不甃琴臺說什麼采石江邊弔古才〔旦〕老

佳句

詞宗令門生代。況文君自合吟頭白。因此上難下筆險做了賴詩債。這遭該上梁文了〔外〕這四六一法是你的長技〔旦寫介〕〔外看念介〕伏以藐然閨秀描眉月鏡之嬌突爾戎裝挂甲天山之險替父心堅似鐵秉虎豹姿羞見女態從軍膽大如天擲蓂莢葉歷十二年移孝爲忠出清干濁雙兎傍地難迷離撲朔之分八駿驚人在牝牡驪黃之外英靈振古壇廟宜新黃金鑄雪骨冰肌紫氣駕雲鬟霧鬢芳蒐紅幟定依娘子之軍碧水黃陵何忝夫人之廟棟梁伊始香火長

存〔外〕看畢云尤妙尤妙

〔前腔〕他從軍輩本是裙釵你上梁文細描英邁比曹娥孝女多一段刼營攻寨看他年朱欄字蘇黃絹碑陰定賞殺中郎蔡〔外〕替粧這樣大門面只好了老夫〔旦〕豈不壞了老師名頭〔外〕紅羅新挂處誰不道豫章材正好架百尺高樓把五鳳臺〔旦〕門生呵眞醉矣渾無奈又騎着匹瘦馬向天街驀何日了木蘭債〔外〕怎麽說這箇話〔旦〕門生醉了纔那上梁文少六箇兒郎偉可不就是少木蘭債一般〔外〕上梁文一字千金那

見郎偉不消也罷了〔旦〕轉身驚介云險些兒做出來
對外云門生果是大醉了敢斗膽告辭〔外〕你怎麼說
這樣敗典的話老夫也若不俗耶你敢是小看老夫
沒有潤筆之資像如今人討白詩文的麼我有也我
已曾分付取四疋葡萄錦四疋燈籠錦四枚玉管薛
濤箋便沒多了只有五十又收拾一大盒子青城山
的雪蛆好備你酒渴詩枯之用也再不要你做詩了
只管放心喫酒〔旦〕老師這般說門生便醉死也不敢
告辭了〔外〕若眞醉了便我那小書房兒裡有一些些

大的箇花園兒我和你去散一散小厮叫廚下把那
俗品不要來了只討些些笋菜兒來好下酒〔旦〕到書房
看花稱好介內作琴聲旦作聽介云老師那裡有人
彈琴〔外〕哦這就是我的小女叫做鳳雛他從小而有
些些小聰明讀得幾行書也彈得幾曲琴又下得幾着
棋子他不曉得俺們在這裡叫介小厮傳進去說有
客在這書房裡賢友我那鳳雛可又因刺繡什麼花
樣也漸漸的學畫得幾筆水墨花草翎毛〔旦〕這等說
將起來明日就是箇曹大家與謝道蘊耶〔外〕羞死人

正是耶我聞得這三件是賢友的長技（旦）只是箇要子其實不高（外）小厮你傳進去叫取小姐的琴出來就把他的畫兒也拿一張出來與黃爺瞧一瞧（丑取上送旦介旦看介云）甚妙耶眞是寫意全沒一點那閨閣之氣（外）拿紙來央送黃爺畫一角兒好拿與小姐做様子（旦）這箇又是班門弄斧了（外）小厮斟一大杯跪着若黃爺不畫便你不要起來（旦）快起來門生就畫（旦畫外看云）果是高名不虛傳送進去小姐看拿琴過來一法了了我的夙願小厮拿酒過來照前

跪倒旦不必門生就彈做彈琴介外這調也像似鳳求凰旦正是老師知道耶外說什麼司馬相如可惜我衙裡沒一箇卓文君旦作驚悔介云門生果是醉了或者打賭賽也還勉强得幾杯老師可容門生對這麽一局可數着子見奉老師的酒何如外好大話你就筭定自家不輸了旦門生醉中失言可有罪了該罰外也罷拿棋來可也只下一角見兩人不過四十着圖快些着介外輸介旦老師該飲五杯門生代兩杯外恠物恠物件件的高得突兀

【節節高】分明是楚陽臺九層階。一層高矣一層賽琴天籟畫活苔棋吾敗這師生名分憑君賴筭來我合在門墻外【旦】老師怎麼這般戲謔【外】你雲龍兩物一身兼孟郊怎受得昌黎拜【旦】又辭云日側了【外】斟酒過來送黃爺

【前腔】你休辭日影歪再三推左右歸衙也了不得文書債煮園芹薤魚腦腮鋪薏稗那葡萄疋錦只好做囊詩袋萬分酬不盡珠璣數【旦】老師於門生這般擡價呵譬如錦川片石有何奇一時間僥倖得南宮拜

門生這番真告辭了〔外〕罷我也不淹畱你了
〔尾聲〕你遇着簿書閑花月再興高時打着馬兒來我、
又試取烏鬼黃魚了這鐔琥珀醅〔旦〕謝別出〔介〕〔外〕叫
官兒來把纔説的潤筆那些東西送到黄爺衙裡去
〔末〕俸物〔介〕〔外〕低聲分付〔云〕我在書房裡等回話你就
打梆進去〔末〕應〔介〕〔外〕虚下〔末〕送〔旦〕至門外稟〔介〕辦事
官稟上參府老爺曉得俺丞相今日的酒麽〔旦〕這也
不過是畱待我詩文的意思有什麽曉不得〔末〕不是
俺丞相爺有一箇小姐鳳雛未曾許配爺可仰慕參

府是一箇文學的魁星風流的佳壻極欲仰攀命辦事官宛轉傳達他說在書房裡緊等着回話望乞就賜尊裁旦大笑云可怎麼了可怎麼了也罷既然說我老師等着回話便我不免就這官廳裡寫幾句回話麼勞老辦替俺轉達末是謹領旦作下馬入廳寫介末喚淨云黃大官你把這些瀾筆的東西一件件收下我可就要進去回話哩淨接介旦封詩付末介云有勞耶末不敢旦我祟皦一向的遮掩呵似折戟沉沙鐵半銷老師呵你可該自將磨洗認前朝我呵

天元不曾許我做男子這就是東風不與周郎便小姐孤負了你且銅雀春深鎖二喬旦淨同下末打梆介外他怎麼說了末遞書云蒙爺分付辦事官這件事就依着爺的說話宛轉傳達與黃參軍黃參軍可就在門外官廳裡寫了這回話叫辦事官禀上爺外拆書讀介云一辤拾翠錦江湄貧守蓬茅但賦詩自着藍衫爲郡掾永拋鸞鏡畫蛾眉立身卓爾青松操秉志鏗然白璧姿相府若容爲坦腹願天速變做男兒外大驚云呀元來他是箇女身天下有這等奇事

這一樁姻緣就是湖陽公主一般事不諧矣也罷我鳳羽孩兒見應試科明日該挂榜了若是鳳羽得僥倖呵我就强他做箇媳婦嘗取他推不得我且暫打聽一覺聽早晨傳臚的消息（同末俱下）

第五齣

（旦上云）我昨日不想有這椿事遮又遮不得只得向東君漏洩了那一段梅香則纔那周大哥又報狀元及第我今日既該謝酒又該去拜賀可把什麼嘴臉去見這老師呌手下備馬我要到周爺那裡去（作上

馬介

半吽鷓鴣這馬兒忙我心兒懈只因把梅花忒漏得消息大皁作高唱介旦皁隸恐驚林外野人家你馬前唱道的休得要高聲賣皁到了旦下馬入官廳候介外上且喜孩兒鳳羽果報了狀元黃郎這箇媳婦不怕不是他的

前腔這報的忙我笑的懈重重喜事來得太孩兒與那崇嘏呵似兩顆珠一樣泣鮫人撒千金南市裡都撞着回回賣吽辦事官你與我快請黃參軍來末黃

參軍來謝酒又爲作賀在衙門外伺候多時了（外）怎麽不早說快請進來（末出請旦進介）（外望見旦便詫云）好耶你昨日上梁文說欠木蘭債我也疑這話元來你就是木蘭我如今要奏過朝廷問你箇欺君的罪（旦纔跪云）望老師包容始終天地之德（外）哄你起來作揖參軍如今可另有一箇題目要你做你可推不得（旦）豈敢（外）老夫因愛你文學麽與那爲人故此開了這一場日你如今既做不得女壻可做得我的媳婦麽况鳳羽僥倖是男狀元你是女狀元你是他

的先輩他是你的後輩這箇也粗粗對得過了若要包彈除非說我做宰相無能父子間文學又不濟消受你叫一聲公公丈夫不起這便也由你了（旦）又跪（云）老師這般說叫門生措身也無地了只是門生這一椿欺妄如今在老師面前站一時也羞不過若是做了媳婦卻終身要奉侍公公這羞可怎麽羞得了（外）你且說那木蘭那等事是英雄們纔幹的可是榮不是辱你怎麽這沒顛倒見了我如今就要上箇本討一箇人替你那參軍天下都要聞知哩何況我公

公一人叫寫本的（小生扮寫本生上）（外）你就寫一箇
本稿把這黃參軍的緣故連我要娶他爲大爺的媳
婦這一段話也帶在上頭料聖上必允你送與李先
生看過謄清就奏上罷我不閑也不消拿來看了（旦
作羞態又跪云）說不得了門生謹領老師的尊命了
（外）這般說你與我那女兒是姑嫂了耶（叫丫頭介）梧
葉兒快叫小姐取過新禮服冠髻來與嫂嫂插帶收
粧待大爺回來就好成親（旦又跪云）老師忒倉猝了
些另擇一箇日子罷（外）今日桂榜日子再要怎麼趂

今日定了這椿事省得你回去又番悔〔貼〕貼帶丫鬟奉粧物上相見介〔旦〕換粧介衆吹打迎生上〔生〕前腔看挂名的忙落名的的懶馬嘶金勒驕何太我杏園折得狀元紅這杏花一任他十字街頭賣〔生〕見外貼旦背立介生問云那是誰〔外〕你一向在殤前別館中這件事我不好差人來報你這箇就是你的通家兄弟黃參軍他元來是箇女身我纔是昨日要把你妹子招他爲壻他極了纔說出來〔生〕驚云天下有這等奇事如今又改了粧怎麽〔外〕因他做不成女壻麽

我就改箇題目要配與你做箇媳婦他也推不得了我就叫你的妹子幫他改了粧專待你來成親古人說金榜題名洞房花燭今日却不是天然的妙合女見你就請嫂嫂過來拜親不要害羞【生】爹爹忒倉猝了些改日罷【外】元來你兩箇一對兒都是這樣假乖快拜叫賓相贊禮【中淨扮賓相上贊禮介云】女狀元和男狀元天教相府配雙鴛試看比翼青霄上一樣文章錦繡翩【生旦交拜介中淨贊云】雲母屏風燭影深長河漸落曉星沈嫦娥應悔偷靈藥碧海青天夜

夜心生旦貼交拜介贊云荷葉羅裙一色裁芙蓉向臉兩邊開亂入池中看不見聞歌始覺有人來外畫眉序我當日總文裁孩兒與黄郎呵不過是座主通家鴈行輩今日呵喜鰲頭交占與鳳侶同諧誰承望桃李門墻翻奉侍舅姑者艾衆合狀元罕有雌雄配天教付女貌郎才生前腔希慕與吾儕當初呵本兄弟通家兩稱謂誰知道假龍公尾銳隱蚌母珠胎今才識下月嫦娥還誤認上科前輩生旦合狀元何處表雌雄配只爭箇紗

帽、金釵。（旦）

（前腔）非是我撒喬乖、只爲寒居忒蕭索、期宮袍奪錦免門逕關柴、愧相公招跨鳳仙才、惹蕭史做乘龍佳客、（生旦合）狀元你我旣雌雄配、雙雙咏柳絮花魁、（貼）

（前腔）快壻稱爹懷、誰料叅軍亦吾輩、總先生設席、奈弟子弓鞋。改新郎做嫂入廚房、遣小姑爲婆嘗羹菜（旦衆合唱）狀元險誤我你做雌雄配、不笑殺了蝶使蜂媒、（中淨扮內相捧旨并諸賜物上）俺奉蜀王爺的旨宣賜那女狀元和周丞相的乃郎新狀元成親俺打着馬兒行來這就是丞相的宅子了不免進去宣旨（報介）排香案（介）中人衆跪宣旨（介）皇帝詔曰朕適覽卿奏此事特奇及問婚期乃即今夕朕轉聞兩宮亦並驚喜茲會旨合賜濯錦江水所染鴛鴦段二十疋眞珠十升鳳凰一母將九雛紫玉簪一條八寶粧金釵二股南粤翡翠千翎助卿嘉舉崇嘏原職便勑銓除以卿子鳳羽代之嘏可朕嘉悦其奇且念伊三載奏最可封夫人秩三品追比古懷清事例加號奇清君歲給精粟百石懿哉嘏可文學優長吏事精敏

久淹蓮幕、已及瓜期、選驗九方、貴略馬于牝牡、守貞
十載、誰知烏之雌雄、天上佳期、人間好事、狀元雙占、
爾既自致二難、參郡交除、朕特成其四美、中欽旨向
外云爺纔分付、叫俺傳語丞相、兩狀元代爲兩參軍、
這是四美、又宣介故茲詔諭、宜悉朕心、謝恩、謝介衆
見中中略謔、且告辭外畱中中云爺叫看成了親等
着回話怎麽好稽畱外這等便明日備小設薄禮謝
勞罷中那裡要謝只要問你家的兩狀元討首號詩
兒罷了笑介中下丑與淨取笑諢介丑

【滴溜子】難道女兒假粧男出外況二十年來又妙齡正當少艾竟保得沒些兒見破敗。黃大官你緊跟隨怎地瞞必知大槩。我試問那海棠可依然紅在。【淨喝介】走放屁

【鮑老催】你梅香儱愡賴把嫦娥做自巳般看待。他可象你這般麼廚房中雜伴瓜和菜。梅香姐【丑】我不叫做梅香叫做梧葉兒【淨】梧葉姐你看我這老漢你就説真是一箇漢子麼【淨扯開胷膛露妳子與丑看介】我扳開領扯妳頭和伊賽。那小姐呵我從前乳哺三年

大休說道在家止許我陪他就路途中誰許箇男兒帶〔外〕那兩箇這般舞手舞脚的在那壁廂說些什麽子〔丑〕禀老爺緣來這箇黄大官也是箇媽媽纔梧葉見因見他妳頭大細問他他纔說出來〔外〕又添出一件古怪了你把他的話對我說看〔丑〕

〔滴滴金〕梧葉兒呵摸着他老蚌殼雙珠碍大得來果珍李上加脬柰他胷膛不彀挂兩隻癐丁當槳皮袋他說那小姐呵別無盛价在家出路都是他包代他是一箇鴛鴦樣占盡了奴儕〔外〕媳婦你過來再仔細

說這箇緣由梧葉兒說得不明白【旦】這媽媽元先呵

【鮑老催】是箇西鄰粉黛，來，乳哺媳婦到初學拜。不想俺椿萱都歸蒿薤。【外】我到一向失問尊公是誰【旦】先人就是黃使君名喚做黃彥【外】耶元來是先輩名臣這老者死後你便怎麽就與那媽媽兒過活又怎麽相隨直到如今【旦】這媽媽也姓黃媳婦就叫他做黃姑與黃姑入深山似僧尼戒。十年酬却詩書債。從來相伴惟他在。肯許箇蒼頭代。【外向衆云】二十多年伴着一箇老婦人更見他徹底的澄清又是名臣的後

喬我一聞此語不覺耍手舞足蹈〔外衆合向旦唱〕

〔雙聲子〕木蘭代向邊榆塞郎這箇黃令愛〔向淨唱〕牡丹驪須綠葉蓋出這箇黃姑惟幇襯來成文章伯似天上謫下人間界做織女黃姑本銀河一帶〔合〕

〔尾聲〕這姻緣眞不歹小可的動了龍顏喜色誰信道繡閤金針翻是補袞才

〔外〕辭凰得鳳今如此〔貼〕坦腹吹簫常事矣

〔生旦〕世間好事屬何人〔淨丑〕不在男兒在女子〔下〕

〔音釋〕䟕上聲　籠上聲　三老蜀人呼舟子也　社

詩長年三老遥憐汝　峩嵋蜀人呼船然也

沾平聲　索音灑　脬音抛　𤄼音鱉

長樂鄭振鐸藏書

新鐫女貞觀重會玉簪記

二卷

〔明〕高濂撰

明萬曆黄德時重刻本

新鐫女貞觀重會玉簪記上卷目録

新鐫女貞觀重會玉簪記卷上

歙西 黃德時 重梓
蘂雅齋主人校

第一齣

沁園春 末上開場

陳女姱容。潘生俊雅。姻親指腹。柰兵戈驚散。子母天涯。女娘指引。寄跡烟霞。張公借宿。詞調空誇。王郎鬧會惹嗟呀。潘生投觀。天遣會嬌娃 ○ 堪佳。羨女才華。暗寫情詞悉出家。豈知才郎邂逅。詞章入手。相思情逗。到此難遮。鳳鸞方就。姑意曾差。秋江逼試淚如麻。榮歸處。夫妻子母。重喜會蒹葭。

第二齣

【一剪梅】（外上）白髮蕭蕭今已老，歸閑甘守林皋，夢回青瑣戀王朝，欲報劬勞，且教子勤勞。

【鷓鴣天】解組歸來十有年。黃花白柳思蕭然。燈前殘卷堪遺訓。花下新詩近滿編。追往事。淚空懸。姻親曾結射屏緣。如今眼底天涯濶。安得魚鴻遠寄箋。○老夫潘凤。昔年明經。官叨府尹。荆妻吳氏。景入桑榆。孩兒必正。時稱瑚璉。學業雖勤。尚愧升堂入室。姻親有約。應憐倚樹攀蘿。今聞上國徵賢。不免請夫人上堂商議。叫孩兒去赴試。有何不可。夫人有請。

【前腔】（老旦）繡窗風雨促殘年，鶯花又遍春園，青襟朝暮喜承歡，志在鼇盤，樂在斑斕。

三月鶯花轉綺林。隔墻紅杏得先春。玉鈎未許驚飛燕。静院人閒白晝深。(相見科)(外)夫人。我孩兒功名之事。每掛于懷。家室之宜。常存念想。我自開封府與同僚陳老先生十分契合。指腹結姻。他女我男。曾以玉簪鴛墜為聘。今經一十八載。別来歲久。未得諧姻。一向杳無音問。不知親家晚景如何。兒媳閨訓如何。使我時常憂念。(老旦)老身每每在心。無如奈何。数年前陳旺曾来問候。我們一向無人遺荅。深慚報稱。(外)夫人。如今春選徵賢。且把婚姻之事不要説起。只索打發孩兒赴京前去。如何。(老旦)甚好甚好。孩兒那里。(生扮潘必正上)

【菊花新】(生)絳桃春暖魚龍變。向芸牕志絶韋編。功名二字總由天。誰羡乘軒服冕。

春風桃李遍紫荆。花舘琴書不絶吟。家訓喜存詩禮在。晨昏問學早趨庭。(相見科)(外)孩兒。雖登鶚薦。未躍龍門。即今春来會舉。汝可早向長安。訪學朋儕。因而入試。奪取功名。書香步武。那時替你迎娶

家室。以遂于飛。有何不可〔生〕爹爹在上。若論功名之事。當遵台命。婚姻成否。何必掛懷〔外〕既然如此進安那里〔丑扮進安上〕抱琴聽月露。洗墨惹烟雲。受得燈窗苦。方成館閣人。稟上老爺奶奶。有何分付〔外〕進安。你可急去收拾琴劍書箱。跟隨大相公長安赴試。休得遲悞〔丑〕知道了。腰懸三尺劍。箱捲五車書〔下〕〔外〕孩兒。今日黃道良辰。你可就此拜別

【園林好】〔生〕念咫尺驕驄遠遊。棄瀟瑟庭幃景幽。此去雲山迤逗。揾不住淚雙流。按不下苦心頭

【江兒水】〔老旦〕習學時方就。功名志欲酧。我兒那上林試展攀花手。未行先問歸時候〔外〕休因離別重回首。快着絲鞭馳驟。豹尾鑣頭佩玉爭先左右

【五供養】〔生〕胷中自剖。論所學孰先孰後。詞傾三峽水

氣吐五湖秋我那親行景入夕陽衰柳闊河空有夢
離恨倩誰收腸斷雲霓淚沾紅袖（丑挑行李上科）
【玉交枝】（丑）行囊簇就相公門兒外蘭橈待舟征帆早渡
潮時候休因離別綢繆（老旦）進安大相公呵樟亭風露不慣遊
河橋車馬當先後（生）望白雲頻瞻故丘（外）上青雲名
揚鄉舊
【川撥棹】（老旦）難消受夢初回風雨稠（外）但得你身占鰲
頭占鰲頭繼簪纓佐袞旒（母子唱連科）且登臨莫强留（老旦）
我那兒把音書頻寄脩
【尾】（衆）淚痕別處添紅豆客路不堪回首（老旦）我兒莫把鬧

心在歸處留

離别相看淚兩眸　飛花啼鳥恨悠悠

出門幾搯風帆起　人在眼前天盡頭

第三齣

【新水令】（淨扮兀朮上）一聲長笑海天秋。擁旌旄龍争虎鬭。鑿門占旺相。據地阻咽喉。百萬貔貅。看帝業歸吾手。

【西江月】（淨）兩眼星吞烱烱。一身虎賁昂昂。殺聲直欲暗天光。那管銀河翻浪。直欲中原無主。更教四海驚慌。旌旗電閃下長江。若個争先攔擋。〇自家兀朮四太子是也。自與宋家南北分逆。志猶未滿。直欲一統中原。方遂吾意。時下風高馬壯。不免叫把都兒們整頓弓馬擄掠南朝。得些金珠子女粮餉貨物。獻與我主。有何不可。今日黄道吉日。衆把都兒們。就此起程

（北普天樂）（淨）錦雲聯繁華境看花柳開相映鶯鶯啼處鶯啼處畫閣朱扃淡悠悠水遠共山橫（合）呀看旌旗掩映刀鎗耀日明聽馬前合喇千里千里血染猩猩

（北朝天子）（衆）鴈南飛入雲兎深藏茂林聽轟雷喊吶齊爭勝翻天倒浪閙嚷嚷哈吽急睜睜如狼狼吹嘌幾聲打鍻鼓幾聲好撒飊撒飊撒撒飊樓紅粧曉来未醒打辣酥堪消悶

（北普天樂）（淨）奪山河為吾境拚殺得天花淨長江上長江上萬馬爭鳴嚇死人陣陣也金兵（合前）

（北朝天子）（衆）見山城幾墩見樓臺幾村那壓埃滾滾

人逃奔天昏地黑哭哀哀嗽聲我這裡笑咍咍把弓刀整擺霜蹄幾程列戰舸幾程窸珊窣珊窸窣珊鼓兒打咚咚的鼕怕甚麼人不順

（淨）把都兒們傳下號令。天色已晚，就此安營。明早殺上前去。

衰草白連天　村村絶火烟
從教南渡馬　盡化作啼鵑

第四齣

【念奴嬌】（淨扮陳夫人）（旦扮陳小娘）繁華過眼似夢中喚醒世間當今休說朱門緋綮戟如今庭樹蕭森人遂儇遊家遭歲歉積苦盈方寸（旦）眉愁黛鎖有恨向誰評論

〔千秋歲引〕〔老旦〕我兒你看春去閑堦風作軟。花飛無力。一望處田園荒廢。門庭蕭瑟。提擁當年車馬盛。如今誰問閑消息。想吾生富貴等浮雲。今方識。〔旦〕鸚鵡洲。鳳凰闕。煙波外愁恨疊。看高處双丸摧殘朝夕。總子岦興亾驕魏晋。又早見爭戰仇吳越。到如今萬事屬何人。空悲切〇〔淨〕老身錢氏。嫁自陳門。夫君曾拜開封府丞。黃泉早逝。老身雖封淋品。白首其貧。夫君在日。曾與同寮府尹潘公。十分交好。彼此指腹結親。玉簪為聘。如今天涯分散。我想男女俱各長成。杳無人至。必定這一節事已付東流去了。教我做娘的每每掛懷〔旦〕母親自古道一富一貧。乃見交情。一貴一賤。交情乃見。我與你父喪家寒況經年遠。此事不必提起只索苦守便了

〔花落寒窗〕〔淨〕盼庭柯幾度憂煎。走蕭蕭敗葉翩翻。你看含香春信望斷。隴頭人遠。想寥落白頭增嘆。此言夢惹魂牽。使人腸斷。心剜。

【前腔】（旦）嘆人生萬事由天，又何須苦苦，埋冤此身。飄泊一似湛露浮烟，那些個翠遮紅掩，赧言淚漬愁添，只憂春老庭萱。

【不是路】（末扮院公上）急報堂前，驟擁貔貅萬騎烟，你看連天暗，轟轟雷殺氣怎遮攔。（淨旦作悲）淚潸潸，難中霜雪重重見，教我子母孤单去向難。（末）休嗟嘆，眼前生死須臾險，急忙迸竄，急忙迸竄。（衆作走科）

【皂角兒】（淨）我兒我年老了，拚一命先歸九泉，只愁你孤身誰看。行不動去國艱難，你嬌怯怯幾曾經慣。（丙吶咸擂鼓科）（末）你看你看，聽奔雷鶩飛電馬，和旂鎗和劍，浪滚風翻孤身

遭變便死又難念娘兒怎生割捨地北天南（眾扮達兵上鬧）

（散）

【清江荷葉】（淨）你看那人荒鼠奔如波走誰敢又爭鬪弓刀齊擺開鎗劍分先後（把都兒們）你看錦繡江山咱統守海海滴溜溜姐姐哈喇喇錦繡江山吾統守（再殺上淨同院子上）

【皂角兒】（淨末）哭啼啼淚眼枯乾叫嬌兒在何方追趕（淨叫嬌蓮）叫不應愁恨沖天死和生教我怎生打探（又叫嬌蓮）（嬌蓮）莫不是虫投人死投鬼逃得過今朝難野樹深山（合內作喊聲）

〔前腔〕（旦）亂紛紛地滾天翻。軟怯怯孤身羞面。雁聲孤月。露江烟。鶯啼。怯風愁雨怨。（叫娘科）小到如今誰投奔水程長山程遠地。冷雲寒。兒遭分散。娘歸那邊。綉鞋兒不禁嬌顫。寒壯江南。（內作鳥鑼擂鼓聲）（眾作悲科）母親。叫他不應。生長閨門。那知遠路。今日天色已晚。不免向深林中躲過今宵。再作區處

深林暫躲虎狼侵　香閣那知困此身

自古怕逢離亂世　天教魔殺不平人

第五齣

〔縷縷金〕（丑扮女上）夫和子兩分開。大家逃難走。命難捱。偷生併就死。不尷不尬。天呵長途草滑濕。麻鞋越。將我躭

待（作跌倒叫痛）（旦急走上）沒柰何

前腔（旦）行不上路途難、前村無去所、況孤单、路上老娘娘。帶我一帶（作跌科）（丑）方纔我起得來。你又跌了。羅羅起來起來。我與你同走一程你往

何方去、休教落難（內鳴鑼介）（丑）快走快走身遭離亂死生間、反

為你牽絆（丑咂）自古人生面不熟。你是何人我是誰（下）（旦跌倒起哭）

宜春令（旦）遭兵火走亂離、似絮隨風身、無所歸路途

未慣、脚跟兒先遭、狼狽烏衣巷落香泥、紅亭路鶯愁

花雨、悲啼、遇難如今有誰堪寄

前腔（貼扮隣女上）聽哀怨聲、慘悽前面是好一位女娘。為何在此啼哭。不免上前

問他相見科女娘家在何方住居（旦作悲科）（貼）看他愁緒有

萬千憂在眉間住、果是何来（旦）奴家是官家閨女。因遭兵火，子母分散。自幼不出閨門

那知途路前後無投。在此尋個自盡（貼）却原来是家破無依、那些個

人来投、主、女娘。奴家欲畱你在家安置。因有兒夫内外不便。今見女娘如此苦楚。况且干戈未

息。也難前進。不免在此村中。有一女貞观。皆是女姑出家。我引你進庵暫住。意下如何（旦）若得如此。

就是重生父母。再養爹娘。敢問大娘高姓排行。（貼）奴家就是观隣。張氏二娘（貼）尋思、

你且向空門暫時投寄（旦）女貞觀在何處（貼）就在前面。轉過小溪流水外。朱門低

掩綠楊西。此間就是。有人在此

（宜春令）（老旦）香三炷理六時聽人聲又早堂前報知張二

娘。稽首。此位女娘子何来（貼）他是官家子女。因遭兵火。子母拆散。迷失途路。奴家偶然門首相見。特

引投師掛搭（旦）奴家就頓拜為弟子（老旦）你做弟子不打緊。只是一件空門滋味、捱

黄、蘗苦、守着閑時序、（旦）師父在上。奴家情願皈依。身伴還有金鳳釵一雙。鴛墜一對在此奉上老師。聊作薪水之費（老旦）女娘子。說那里話。但願你受着五戒三、皈、說什、麼琛縞金翠、須知、這都是千里有緣、能會（貼）既然如此。老師父請上待他叅拜（老旦）先拜了三寶然後拜我。我且問你家中。姓甚名誰（旦）奴家姓陳小字嬌蓮。潭州人氏年方一十六歲。未曾適人（老旦）既然如此。我替你取個法名叫做妙常。在此焚修。你可跪下。先拜了佛（旦作拜跪科）

金字経（旦）皈依佛願、洗着清淨心、九品蓮、臺度、化身身也麼身、慈航共法雲親見祇、園佛世尊（老旦）你可皈依了法。

前腔（旦）皈、依法願悟着頑、空與色空、淨住迦維教闡弘弘也麼弘心生萬法中願、心滅無生法亦、空、（老旦）你皈

依了僧

前腔（旦）皈依僧、普度着三千及大千、了義三、乘共四禪禪、也麼禪、淳脩建法筵、頂拜着三、世能脩大聖賢

（貼）妙常拜了師父（旦）師父請上。受弟子一拜

猫兒墜（老旦）看他儀容脩潔、舉止大人家、粉褪紅銷兩淚麻、從今休戀舊繁華、（旦）嗟呀、我到好了我母親不知他生死、天涯張二娘。你可請上。奴家從此頂拜為姐妹

前腔（旦）重生骨肉恩德竟無涯、奔走髡鉗幸有家、（貼）妙常黄臺休怨抱無瓜、瀟洒、且向空門中暫度年華、

（旦）梗跡萍踪賴有依（貼）頂君從此證菩提

老 不是三生曾有約　誰教今日會蓮池

第六齣

（末扮院子上）兩歇雲頭點。蟬老枝上声。江関逢溽暑。無地避炎蒸。自家乃張知府院子。王安是也。俺老爹。因赴任金陵城中炎熱。着我先在城外。尋箇僧房道院。洗澡乘凉。叫我不要說出官府。假說是箇相公。行到此間。近前有箇寺院。上寫勅建女真觀。且是清幽。不免徑入。有人在此麼（淨扮香公上）是誰。地遠紅塵飛不到。松関鶴唳有人来。客官稽首（末）老人家拜揖（淨）何處到此（末）俺是河南相公。到此遊學。欲借上方乘凉洗澡。安歇數宵。少避炎熱。自當酧謝（淨）既是遠来相公。待我通報观主。迎候。你去請来

（老旦扮尼姑上）

【金瓏璁】（老旦）洪爐誰大冶。煮乾坤烈火難遮。松影下避炎熱。對南薰方打叠。且高卧南柯蟻穴。誰到此又傳

接

(長相思)晝垂簾。夜垂簾。三炷清香佛座烟。心閑身
亦閑。晝幽然。夜幽然。竹下清風琴上絃。龍團身自
煎。何人到此(淨)有事禀上。河南一位相公。欲借閑
房安宿数宵。房金重謝。不知容否(老旦)我們出家
的。當以慈悲為念。方便為門。有何不容。
来時通報(淨)知道了(小外扮儒冠上)
(清平樂)(外)炎輝飛鞚。汗濕征衣重。静院風迴松影動
星槎互入仙宮。
花徑陰陰長綠苔。朱扉隱隱竹門開。仙家亭館無
人到。應問漁郎何處来。此處就是(末)正是(外)快通
報(老旦)相公稽首(外)觀主拜揖(外背言)王安。這觀
主半老佳人。瓊姿玉粒。好一似雨過櫻桃。隔年老
酒。意味自佳。快到寓取香絹来送觀主(末)晚得了。
香燃金篆。火絹剪白雲綃(老旦)女童辦茶来。供佳
客(小旦上)竹裡茶烟濕。松多客座清。茶在此間
(奉茶科)(老旦)敢問相公仙鄉何處。尊姓頗聞

【鎖南枝】（外）河南郡是故園王、通姓名曾選元（老旦）失敬失敬原来是位秋元（外）遊學泛吳船尋閑到禪院蒙下榻信有緣更欲借蓮池濯凢念敢問觀主出家幾年。如今青春多少

【前腔】（老旦）離家舍今有年五旬虛度塵世間（外）高姓祖居（老旦）法成家姓潘和州歷陽縣（外）這觀是何年盖造（老旦）唐高祖創善緣久崩頹是我重建、

【前腔】（旦扮道姑上）穿蘿徑進鶴軒我把秋波偷轉屏後邊何處客臨軒歛衩且相見相公稽首（外）仙姑拜揖（旦）師父稽首。此間相公何来（老旦）此位是河南王相公他放棹入桃源投棲過庭院（旦）相公請坐（外）好一位仙姑也。在此出家（旦）念蒲柳甘棄捐媿荒涼何因欵劉

院。(淨上)陳師父，悟真庵主師兄。送貼佛金来。立侯相見。特来通報(旦)相公。小房有客不得奉陪。繞逐飛花来別院。又隨芳草下閑庭(下)(外)適見姑姑敢是一箇神仙(老旦笑)不是

【前腔】(老旦)他是人間種、休猜做天上僊(外)敢問高姓法名青春多少(耆)妙常姑、陳方幼年、(外)敢是高徒(旦)是我愚徒(老)他瀟洒出塵凡、(外)敢是同房禪居在別院、他是金莖露、玉井蓮、不是照凌波夢中見、天色已晚。請過清芬軒少坐晚齋(淨)湯已燒下。請相公洗澡(外)避暑到仙家，香烹冊竈茶(老旦)坐深松尌下。日影已西斜。香公。小心伏事相公(下)(外)多謝多謝(外吊場)香公你多少年紀(淨作聾科)(外)多少年紀(淨)我八十三歲(外)在此幾年(淨)在此三十餘年(外)身上衣服誰管(淨)但得茶飯不缺足矣。那討衣服(外)王安那里(末)小人伺候(外)快取二疋布来。送香公做衣服穿(末)知道了布在此(外)香公收下王安迴避(淨)多謝相公(外)我問你適纔小道姑。他出家幾年了(淨)多承布施。如今

說起話長。你定要問出子眼。不要管他。請去洗澡(外)你說與我知道。還有好處(淨)這等千箇好處。到不如一箇見領。笑留。這道姑叫做陳妙常。年方一十七歲。他父在日。官拜開封府丞。靖康兵亂。母子逃難。分離。以此投庵出家(外)他房在那里(淨)直在西首盡頭。白雲堂下就是。請相公洗澡安宿

(外)溪溜合松聲　殘霞美晚晴

(淨)要知今日話　難盡此時情

第七齣

定風波(外)日染嬌紅雲染綠。溫泉晚試新粧束(老旦)朶朶誰教香剪玉。輕盈瀟灑。怕逐風飄泊(相見科)

(外)夫人。你看孩兒方去。時序易遷。門庭池上荷花。又早開成雲錦。可喜可喜(老旦)奴家夜來分付丫鬟製酒。與相公賞花。未知完否(外)既有酒。將酒過來(老旦)丫鬟那里(丑)來了。亭覆琅玕綠。盃傾菡萏

紅酒在此間（外）夫人。你看紅蕖紫蕚生芳浦。醉扶落日嬌顫楊家女。額點胭脂心帶苦。西風豈是憐香主（老旦）怕聽夜半池塘雨。飄泊紅粧知幾許。曉看風送木蘭舟。愁断柔腸惜遊子

【園林好】（外）看天機錦雲暗香喜玉宇風摇艷粧照水輕盈嬌樣似越女出瀟湘似神女赴高唐

【江兒水】（老旦）月墜胭脂冷風摇翡翠狂人歸何處菱歌唱銀塘暮雨空凝望兒郎貌比花相像隔絶白雲青嶂把酒樽前不覺玉淚臨風惆悵

【步步嬌】（淨扮陳母）（末扮院公）離人去國愁孤往長途倦足行不上（淨）院公潘親家家中到也未曾（末）蒹葭倚傍在何方前村就是他門巷（淨）拭淚整殘粧不知他們肯認我窮形状

老身陳母是也。身遭兵火。自與女孩兒拆散。無處棲身。只得同院公遠奔潘親家家中相依。院公他家在何處(末)迤邐行來。想是在這箇村方。男女數年不來。一時忘了。待我問一聲。村上大哥。潘老爹家在何處(内應科)前面大門樓就是(末)多謝了

(不是路)(淨)院公你試問行藏。先進他家要酌量。你太和他講。孤窮姻戚來相傍。(末)知道了到華堂。懃勤頓首來投上。(外)起来你是誰家到此歔說交頤淚兩行。(末)小人是陳家陳旺。(老旦)正是陳親家中旺官、親母安否知何(末)言之不盡。他們親自到門墻。(老旦)為何到此。莫非謊說敢為虛誑。敢為虛誑。(外)(老旦)急走趨蹌。迎候尊親(末)入草堂。深深拜。匆匆相接愧愴惶。(淨)淚汪汪。故園兵火遭蜂攘。膝下嬌兒失鴈行。孤身無倚。遠投玉樹憐

飄蕩敢叨恩養敢叨恩養（相見科）（老旦）親母請上。你且定息。試說一番。

（刷銀燈）（淨）驟然起兵戈攘攘摟塵飛東奔西撞嬌兒拆散知何往待尋取那知他去向思量孤身女娘平白地分開虎狼

（前腔）（外老旦作悲科）我媳婦孤身在那方痛殺我夢勞魂想變中幸得親無恙權且住柴門村巷思量孤身女娘平白地分開虎狼（淨）令郎公子謂何不見

（老旦）堂前遊子赴春闈　兩月音書不見歸

（外）今夜燈前添舊恨　（淨）思兒念女淚雙垂

第八齣

（臨江僊）（旦扮尼姑）松風驚枕簟。琴窓人坐壺天。（丑淨小旦扮尼姑上）晝長日赤苦煩煎。看荷来水殿。追燕入湘簾。

（旦）鍾磬草堂深。鮮韡森森笋作林。（淨丑小旦）燕子雙飛来復去難禁。滿腔心事對誰云。（衆）陳姑稽首。（旦）衆師父到来。請坐。（丑）陳姑。晝長人靜。重門難守。錢財竟沒来方。酒食何曾入口。夜間畨来覆去。思量我也曾不得出乖露醜。（旦）師兄。你說那里話。我與你苦守清規。謹遵教相。終成正果。今日無事。羣集在此。不免請師父出来。談経說法。洗濯塵心。有何不可。（小旦）正是正是去請。（淨科）不要去請。我沒工夫聽經。適纔報恩寺桂公。約我施主人家看経。回来床上一話。我自要去了話。（旦）休得閙說。快請師父。（請科）（小旦）衆徒弟。請師父出来講經則箇。（老旦）来了。

（好事近）（老旦）花影上簾櫳。畢竟非色非空。閑闊方自坐

圞中又請談經說頌

（衆）師父稽首（老旦）徒弟們到來。今日請老身上堂要講何経（旦）衆徒弟閑暇。欲聽法華旨要。以此洗心焚香伺候（老旦）善哉。善哉。此経非同別典。乃我西方祖師。洪開方便。普度含靈分品三十八門解救百千萬劫。真箇是字字慈航。行行彼岸故云假饒造罪如山重。不須妙法兩三行你聽我講說

（梁州序）（老旦）禪機玄妙法流净土一似蓮開朶朶天空雲净真如月印秋波二十八門玅品普度羣迷五蘊三支苦行行開孽鏡你須把孽根磨早辦慈航出愛河（合衆唱）蒙指點當參悟免沉輪萬刼千迴墮齊合掌念彌陀（合掌謝科）

（前腔）（旦）芳心氷潔翠鈿塵鎖悭胭脂把人躭悞蜂喧

蝶嚷春愁不上眉窩（作科）（背）暗想兮中恩愛月下姻緣不知曾了相思簿身如黄葉舞逐流波老去流年竟若何（合前）

前腔（淨丑）嘆浮生盡着塵疴逐飛丸朝朝暮暮看鏡中消息素改婆莎我把芳年虚度老大蹉陀衣食渾無措空門来托鉢做尼姑也只是當年沒柰何（合前）

前腔（老旦）笑狂生直恁奔波這妙法眼前因果悟無明無着夢想全無你偏戀那火宅煎熬幻海淪胥忘却来生路是非鍾磬外白雲孤一卷經銷香一爐（合前）

衆徒弟門在此。把這講過經卷，細玩佛意。不可屈度我去打坐片時（衆）請老師自便（老旦）坐深人境

寐。鍾鼓又黄昏。香公。燒佛前晚香。琉璃内添上些
油。不可忘了（内應）曉得（下）（旦）列位師兄。聽了半日。
身躰疲倦。我們松棚下。閑玩一番。多少是好（衆）使
得使得（旦）你看一輪明月斜掛松梢。萬籟無声。花
陰滿砌。可愛人也（淨）真箇可愛。可愛。只少四箇夫
夫。同賞新篁池閣（衆）休得取笑（淨）尼姑尼姑。原有
夫夫。只要赴些錢財。来帶這項皮盧

（節節高）（旦）氷輪映碧蘿。晚涼多。一聲鍾磬禪堂暮。松
陰坐。展素羅。藤床卧。天街幾點流螢度（淨小旦）久聞陳姑彈得好
琴。求。聽一曲。女童取琴過来（取琴科）試操玉露。汙耳。汙耳（旦）欲聽瑤琴。月下彈
彩雲暗逐飛瓊度

（外）玉檻銀光散不收。紅亭花老似含羞。風来借得些兒便。一曲琴声何處幽。小生步月閑吟。忽聽琴
声清婉。儼若白鶴冲霄。青鸞逸駕之韻。不免上前再聽一番（呀）此處角門半開。挨身進去（做看科）原

来松棚之下。陳姑與衆彈琴可愛可愛（衆）方纔彈得絕妙。再彈一曲如何（旦）使得使得

（前腔）（衆）天風蕩玉珂。瀉銀河。凉生玉指聲凄楚。哀如訴。惹恨多。牽愁大王盤。倒影穿簾幕（外作聽科）（旦）為何琴絃急絕。敢是有人盜聽（衆）僧房那得人来（旦）空門雖是隔紅塵。怕花陰深處人難躲

（淨丑小旦）夜深了。我等告回（旦）如此多慢了（淨小旦）避暑過南軒。人歸月滿天（旦）莫教春鬪鳥。驚起日高眠（下）（外）美哉。美哉。天下有此絕色。豈不是仙人掌上飛来。玉真宮中謫下。可惜投入空門。不免乗月題詩於墻上面。聊寄離情。仙姑明日經過。必然看見。王安那里（末）纔做故香夢。又聽主人聲。有何分付（外）快取文房四宝過来（末）知道了（取科）（外作寫科）一曲霓裳衆香霧摶。夜。深偷向月中看。今明人坐天香窟。何事空門虛合歡（放筆科）

（尾）新詩怎得人酧和天大樣相思害我詩詩千萬做一
箇嬾人勾引他

閑亭吟罷露華濃　相見渾如一夢中
玉漏敲殘花外月　金徽聽徹柳邊風

第九齣

（滿庭芳）（生）身倚寒窓時逢春暮滿目殘紅初褪梔花
浪裏飛鯨又困風雲回首雲泥江樹那看魂斷清明
且持持倚倚病瓓應自惜連城
東風故拍遊人面。柳絲似綰離人慣。歌管春回處
處声。鳳凰山隱黃金殿。人望故園天漸遠。欲寄音
書無箇便尋春且唱踏莎行。蝸名休掛些兒念。小
生潘揩。向音會試開科。辭親赴選。两場已進。頗自

浔意。不想病染離亭，難終策問。正是鍾毖山林俱合命。人間寵辱不須驚。幸得身安。不免到西湖上。遊玩一回。

多少是好

（一剪梅）（外末扮秀才上）捎駒幾度建康城，堪厭風塵，還逐風塵。（净扮秀才）飛花點點怯殘春，羞對遊人，還逐遊人。

（外）帝城宮闕五雲間，萬国冠裳集禁班。（净）春暖千門喧鼓吹。天開十里好湖山。（外净末相見科）（净末）我等在此會試。未得揭曉。好難排遣。弟作小東。敢請二兄同往湖上一遊。如何。（外）使得使得。前面一人。好似吾輩朋友。不免上前相見。（相見科）（生）三位高姓大名。（外）小子姓孫，名桂。（末）小子姓胡，名士元。（净）小子姓元，名伯通。俱領鄉薦。今來會試場畢。先生高姓大名。（生）潘必正。和州人也。在此赴試。（净）既是同袍。況對此妙景。同遊一樂如何。（生）多謝。（净）請了。

（甘州歌）圖畫天然，看欝葱佳氣，鳳舞龍蟠，丹崖翠壁，

掩映浪花雲片千尋金碧山間寺幾曲笙歌水上船
香塵滚紫陌連避秦人住在桃源穿花外出柳邊六
橋紅雨襯金韉
(前腔)松濤路逶旋看雲深霧鎖上方宮殿爭馳車馬
香風暗送紅衫僧房雲惹茶烟起村店風摇酒旆懸
花爭笑人競喧綉幢珠珞恍疑僊山如舊景自妍春
風吹鬢入流年
(前腔)山深路渺漫更扳蘿捫壁直上層巒雲霞鏡浄
乘空便欲驂鸞湖烟乍起風色冷山樹凉生日影偏
烟先外樹杪間棲鴉時帶夕陽還花村渡柳岸船一

袞風月老漁竿

〔前腔〕天開玉鏡寬又何嫌風雨雪月花殘四時堪賞有多少古今傷感遊魂暗擲芳塵去好夢還番花鳥邊休回首憶故園汴州誰肯復番連山含瞋燈火懸天涯聚散各依然

〔生〕天色已晚。明早竭誠拜謝〔淨〕明日就是李生東道。敢請吾兄仍續舊遊〔外〕多謝多謝

〔生〕湖上山光半有無〔外〕水雲高下影模糊

〔末〕到城燈火家家夜〔淨〕明月還將醉客扶

第十齣

〔番卜筭〕〔小外〕鷓鴣方花枝駈駿嘶歸路咫尺巫山路轉

迷應愧題紅句

松関風動炎光薄。人坐清閑。清閑。腸斷花間與夢間。昨宵拾得人間恨。空自熬煎。熬煎。拴鎖離情琴上絃。下官張千湖是也。因赴任建康。船到中山地方。天道炎熱。借宿僧房。恐人知我是地方官長。只得假說姓王。在此暫住。昨夜乗月閑吟。忽聽仙姑彈琴。令人整整想了一夜。聞得他住西房。不免探望一回。多少是好。苔深令路滑。花容碍人行。白雲深鎖處。雖大杳無聲。有人在此麼

番卜筭(旦)花影轉疎櫺。鳥語驚幽夢。忽聞窓外有人聲還自慙迎送

相公稽首(外)仙姑少礼(旦)有失迎候。罪過。萬千(外)輕謁禪堂。無任慙懼(旦)不敢。請坐告茶(外)仙姑。你昨夜瑤琴一曲邀殘月。松梢露滴声悲切。歸去洞房更漏永。巫山有夢和誰說(旦)相公。我意絮沾泥心錬鉄。從来不愛閑風月。莫把楊枝作柳枝。多情還向章臺折(外)小生戲談。無煩介意(看科)卓間棋

枰甚精。敢是仙姑能棋(旦)畧知一二(外)請教一盤(旦)香公那里(淨)纔燒佛座香。却掃堂前地。忽聞花外呼芘他又来至。相公。有何分付(旦)看棋枰過来我與相公下棋。一面看若茶来吃(淨)是擬卓奕科你兩個不要不分皂白(旦)咄。快去看茶。相公請先(外)學生借了

(黄鶯兒)(外)花院手閑敲戰楸枰兩手交争先布擺裝圏套雙關那着(旦)我輸了一子了(外)這单敲這着(外)思科(旦)相公用心聲遅思入風雲巧笑山檢從他柯爛不識我根苗(旦)相公輸了(外)果然輸了還饒一子

(前腔)旦 換局更難饒你熱心機我冷眼瞧其間有路應難到(外)待我點眼(旦)你推開那着點破你這着雙關那怕你能单吊笑鳴蜩縱横羽甲千局總徒勞

(外)又是學生輸了(旦)相公故意相讓(淨)江心烹玉液。山頂採雲衣。茶在此間請茶(科)(淨)請問相公輸贏若何(外)仙姑連勝二局(淨)出奇。我說你敵他不過(外)香公迴避(淨)且貪閒處睡。不管是何非(下)(外)仙姑手中佳扇為何無人題寫(旦)欲求足下濡染未敢輕瀆(外)看文房四寶過来(寫科)碧玉簪冠金縷衣。玉如肌。從今休去說西施。怎如伊。香膩梔肥不付粉。最偏宜。好對眉兒共眼兒。覷人痴(旦)(接看科)詞章雖妙。只是言語太狂。我這裏清淨堂前不捲簾。景幽然。閑花野草漫連天莫任言(外)獨坐洞房誰是伴(旦)一炉烟。閑来窓下理琴絃。小神仙。相公

(貓兒墜)(旦)新詞艷逸望郵始投機爭柰禪心愛寂寥鸞臺久已棄殘膏相告休錯認蓮池比做藍橋

(前腔)(外)芳心玉潔羽服剪霞綃可惜姱容空自老(外背)蜂媒羞訂鳳鸞交(外揖科)輕造望恕却風流少年才調

(尾)是非、偶尔空談笑(旦)好收拾作家腔調這等沒担兒相思你去別處挑(外)小生就此告辭(旦)冐犯恕罪。恕罪

(旦)金焦落日映紗窗　一局棋消夏日長

(外)明日驕驄卜歸路　夢魂猶自惜餘香

(外)王安那里(末應科)王安。我在此不便。可作速打牌。到建康報說。二十三日到任。快去。(末)知道了(外)(下)(末云)我老爹在此數日。想是與那道姑無緣。只得去了。正是巫山隔渺茫。空做襄王夢(下)

第十一齣　村郎鬧會

(新水令)(老旦扮尼姑上)風揚旛影似龍飛焚寶篆瑞烟初起敲鍾驚幻夢說偈警沉迷三寶皈依皈依請大衆齊臨會

殿隱黃金相。雲開寶月[illegible]。[illegible]經來白馬。洗鉢起黃龍。自心三宝在。回首萬緣空。接引菩提路。龍華起梵宫。自家觀主是也。為因今日九天雷神降生。不免喚出衆徒弟們做些功果。倘有施主仰参十方。徒弟們那里(小浄扮道)們。来㷔香酧愿也好迎接(姑上)纔離蕭圃座。怂趣竹径来。鳥啼春去也。花落满蒼苔。老師父稽首(老旦)衆徒弟到来。今日是九天降辰。喚你們出来。做些功果倘有施主們。来燒香酧愿。也好迎接(衆)知道了。香公。一邊敲鍾擊皷。大啟佛會(小旦扮耿小姐末扮門公小丑扮梅香)

(上)唱

(探春令)(小旦)日映朱門松影裏香霧靄瑶池鏡臺初學畫蛾眉羞步快軟腰圍

你看松几株柳几株。紅白蓮花香满池。離巢燕學飛這邊低那邊低。花剌茸背扯住衣向前還自遲進只通報(丑)知道了。老師父稽首耿爺小姐。来還香愿(老旦)快請快請。小姐請坐(小旦)為因上年曾

許花旛。香油燈燭。特備白銀十兩在此了還。伏乞領納回向。以了心願(老旦)小姐請坐。待我寫疏正名(大淨扮王公子帶衆家人上)

(縷縷金)(淨)乘駿馬走花街好尋鬧處哄鬧中来此是女貞觀車闐馬隘人人促擁拜蓮臺且停驂看佛會小使。這观内許多人擁。想是做什麽道塲。你通報歷陽縣中。第一有名撒漫使錢的王公子来看佛會(相見科)(老旦)公子失迎。多罪。多罪。請在鶴軒少坐待以小姐還了愿心。請過燒香(淨)不妨。不妨。你自了你家的事。不要管我(老旦)疏已寫下。請小姐燒香

(步步嬌)(小旦)昮蕤沉檀深深拜瞻禮曇花蓋(老旦)掛了旛(小旦)好旛好(旦)旛幢五色裁絲絲綉出真堪愛合掌叩如来顛增福壽如山海(老旦)請過清芬軒告茶

〔祈桂令〕（淨衆）好一似玉天僊何處飛来髻綰鸝簪髩鞞鸞釵愛殺俺蝶引蜂猜花枝般嬌顫燕子的形骸好一似紫鸞簫吹出鳳臺却便似白羽扇飛下瑤階打動我的情懷牽惹我的情懷如醉如呆紫遊韁悞入悞入天台

〔大淨下〕〔老旦〕佛殿上此時無人。不免同小姐去。看今日陳。設道場一回〔旦〕這是观音佛

〔江兒水〕〔旦〕紫竹觀音坐白鸚歌時往来〔小旦〕這些是什麼景像〔老旦〕這是釋迦極樂西方界〔小旦〕這辟廟是什麼神像〔老旦〕這是十八尊羅漢歸南海〔小旦〕這壁廟是什麼菩薩〔老旦〕這是五十三參形容畋〔小旦〕這些景像好怕人来。為何也有披枷帶鎖在地下受苦的。是為何也有旛幢宝盖迎過橋的〔老旦〕

為善的就是那旛幢宝盖迎的。這是地獄天堂形
為悪的就是底下受苦楚的

械早發慈悲免受輪迴孽債（小旦）那辟廂又有人来了（老旦）請過白雲樓下

看荷花吃些素齋（小旦）使得

鳫落得勝令（淨）（衆）我為他動春心難擺劃我為他睬下了相思債你看他笑盈盈花外来哄得我鬧嚷嚷魂不在赤緊的害張生消瘦些這一會病相如渴不解恨只恨隔幾重離恨天苦只苦扯不攏的合歡帶疑猜莫不是菱波襪在巫山外若得箇和也麼諧小我把他做活觀音常跪拜（淨）他又在那辟廂去了。我們月提過去（小旦上）（老旦）鵲軒花開茂盛。去看一廻

【僥僥令】（衆）看鶴軒花滿臺（小旦）那花外有人来忙把輕羅遮羞態怕人瞧頭懶擡到不如歸去来（下）

【收江南】（淨上）呀彩雲飛腸斷呵害殺我好難捱我為他魂靈兒飛上楚陽臺那嫦娥全然不採他待要去来我怎留他轉来沒情趣的冤家心忒歹（淨下）（老旦小旦）攪擾多時說此告別

【園林好】（老旦）喜今日軒車遠来（小旦）蒙款曲清香寶齋（旦）厚德不勝感戴重稽首拜如来重回首別蓮臺

（小旦）多謝了（老旦）多簡慢了。待老身遠送出門（小旦）路上有客（老旦）不妨（回首作別公子科）相公暫別不得奉陪了（淨）請了去了沽美酒（淨）那冤家歸去來俏多情今還在只見幾朵花落東風點綠苔珮環聲歸僊宅单相思今空害丢下了一天丰采並沒有半分恩愛我呵捨得個羨犹快犹（衆小使唱）爹又添些苦犹（淨）小使們怎麽苦犹（衆）小的們替爹不割捨得（淨）不割捨什麽東西（衆）呀空丢下這許多風流搖擺（淨）唗這相思害殺我也（下）

第十二齣

菊花新（生）兩度長安空淚洒無棲燕傍誰家夢魂化蝶入桐花飄蓬人在天涯

毘陵城下水悠悠。不洗古今愁。這裡蓬窓人靜。誰家玉笛横秋。意如中酒。情如傷劍。葉落誰收。欲傍夜歸未得。更於何處藏羞。以正偶因下第。羞慚滿面。難以回家。久居武林。不是長策。我有姑娘。初年

出家。金陵女貞觀。我今迢遞到此。相投寄跡半年。
那時節再作區處。迤逦行來。此處是女貞觀。不免
經入則箇。有人在此
麼(老旦扮道姑上)
(太平令)(老旦)山徑幽棲誰過松關驚犬吠經堂掩卷忙
來至(老旦作驚見科)(生)是我必正姪兒(旦)乍一見忽驚疑(我兒為何到此)
(前腔)(生)有話難題骨肉相看兩淚垂困龍失水難歸
去因此上遠投棲(老旦)我兒且坐卜(丑)進安搕頭
(前腔)(旦)心下猜疑為甚堂前人語沸忙來庭下探消
息為甚事動悲啼(相見科)(旦)這一位相公何來(老旦)是我的姪兒。因下第羞歸。遠投觀
中。骨肉相看。不勝淒慘。姪兒你把下第的事兒一一與姑娘說知(生)姑娘請上。聽姪兒拜稟
(桂枝香)(生)滄濱飛電魚龍驚變馬頭芳草長驅浪裏

風雲爭戰（生）誰想我兩場已進。似枯魚病鶴々々空懷霄漢挨着寒鷄茅店到禪關借樹棲凢鳥兮燈習蠹篇

（前腔）（老旦）一自風塵兮面常對雲山增嘆汝父母雖隔今日見我姪兒來呵喜天涯瓜葛相逢儼千里連枝重見（生哭科）（老旦）不須淚漣々々有日眉揚額點且自雕蟲刻篆我這裡儘清閑有竹堪留客無魚可當餐

（前腔）（旦）相公看你眸含星電氣吞霜劍逐驕腸汗湿征衫且依聖水洗乾塵面聽池中雨聲々々有日雲泓霧捲龍蟠虎變且停驂盡醉三更月休瞻萬里天

（前腔）（丑）松庭竹院、銀塘玉檻、綠依依柳色、輕柔紅拂拂荷香、嬌軟、看清幽滿簷〻〻〻湘雲遮、簟薰、風吹面、相這、炎天、寄榻權消暑、行囊暫息肩、

（老旦）既然如此。我兒在此住下。攻習些詩書。待下科再去赴選（生）多謝姑娘盛情（老旦）香公那里（淨）開念一声佛。不墮衆悪門。覌主有何分付（老旦）這相公是我姪兒。囙下弟到此。暫借雲房攻習書卷。以待下科上京赴選。你可收拾東首碧雲樓上。請相公安息

鶴軒西畔轉清幽　萬竹涼生月滿樓
且看好山消旅況　莫教花落惹新愁

第十三齣

（梨花兒）（淨扮王公子上）風流子弟身飄蕩飄蕩身才風流樣

自從見了那紅妝 嗏 上床直想到大天亮

夜々春風醉碧桃。夢魂長戀紫鸞霄。朝來又倚金鞍馬。騎傍銀箏看阿嬌。自家王公子是也。自從見了女真观那燒香小姐。每夜思量。終朝作念。想與他乘鸞跨鳳。羞殺我逐路無媒。要思量竊玉偷香。恨殺他侯門似海。不免叫小使出来與他商議多少是好。小使們那里(丑末扮小使上)聽得爹々叫。萬事無成到。萬事無成見爹(淨)呸。罷了罷了我待要你幹事。你到說萬事無成。我到也成不得了。討板子過来(丑末)爹小的姓草頭萬名事。小的姓口天吴名成。豈敢譏誚着爹(淨)既是你的名姓也罷。(內作叫罵科)是誰在外邊高声大嚷(淨)衆作慌滿場跪科)(淨)不好了。娘来了来了(作捧頭跪在地科)是我分付小使們出庄外討租。不敢胡嚷(丑末)娘進去我多時了(衆)爹你走起来。你也忒怕得緊(淨)我何嘗怕着誰。我是天不怕来地不怕。溧陽縣中惟我大。上山打虎如打牛。入水来騎龍如騎馬。官司隊裡我為尊。跌倒場中有声價(丑末)娘又来了(淨)(作跪怕科)若還聽得說娘来了。驚得渾身骨頭搾。

（丑末）好箇不怕的（淨）咄。我只怕這耍兒。此處娘来。不好說話。我有一事。與你商議。你跟我到後園假山上去。且尋方草路。細說落花風。我兒。前日女貞觀。見了那一個燒香小姐。好不想殺了我。你兩箇怎生得一箇計策。成就得此事。我重重賞你。（丑）爹這不打緊。些須小事。何勞費心。小的今晚就成得。（淨）好兒好兒。你怎麼這等會幹。（丑）爹ゝ幹得我快活。我也要幹得爹ゝ快活。（淨）你且說来。（丑）我們斗上一二十人。明火執扶。爹ゝ裝做大王。趕到耿家。拿住小姐。爹ゝ與他成事。小的們搶擄此家財可不是一舉兩得。（淨）啐。做出事来。（丑）爹ゝ自去項釭。（末）你不要費心。那箇小姐嫁了王尚書去了。到是那女貞觀中。有一箇年幼道姑。其實標致。天下無比。（淨）如何那日我不見他。（末）他有病。不出見你。小的們知道他从了。你聽我道。那道姑芙蓉印額蕊蕾籠腮。兩眉兒簇ゝ春山。一臉兒溶ゝ夜月。櫻桃半顆。摘得下。对人未語朱唇。瓠子初開。攞得齊欲笑含羞。象齒凝脂。十指春纖。鸞雨笋抽芽。嬌顫雙尖。香跡印泥蓮落瓣。穿一領白羅鶴氅。鐶似那雲鴛来月殿嫦娥。帶一項碧玉霞冠。真箇是水托出

湘波仙子若教他待月西廂。活描出箇崔鶯〻影
身。假使和親北塞。認不出王昭君子妹。秋波一轉
鉄世尊也要留情。笑口半開。木羅漢從教惹病。妖
〻嬈〻。天生成風和揚柳舞千條。嬝〻停〻。人世
上春援桃花開萬朵齊〻整〻要裝做箇色相悃
霞〻輕〻盈〻。自脫不得風塵脂粉。有人勾引動春
心。不教他那煤入天台。若箇好速成鳳侶。真勝似
那當年金谷。果然標致。不是虛傳。（淨）作跌倒（科）（丑）
爹。為何跌倒了。（淨）說得我趄了罷。你兩個就替我
去叫他來。（丑末）說不得。這自在話。成不得。爹要成
此事。可尋疑春庵王師姑與他相好。不免爹〻央
他去做媒。此事可諧。（淨）既然如此。我們就到凝春
庵去

水底魚兒（淨）芳草萋萋。凝春庵在那裡。行行不見。轉
教雲樹迷。

前腔（丑末）轉過長堤。臨溪又過西。白雲堆裏。紅日掩朱

扉此處就是了（净）既到了。你就去通報（丑末）有人在此

字匕雙（小净扮道姑上）自家生来最嬝娜（丑）真箇（净）終朝吃蔬念彌陀（丑）難過（净）和尚道人都要我（丑）好貨（净）門前那個又来拖（丑）是我

（小净）原来是一位相公相見科（小净）相公何来（净）我是溧陽王公子。今日到此。别無話説。一事相煩休得推阻。女貞觀道姑陳妙常。十分美貌。我欲求他為婚。特浼姑姑作伐（小净）阿弥陀佛。他是出家之人。怎麽説得這一句落地獄的話。我不管這等閑事（下净作扯科）你来你来。你若成得此事白銀五十兩。就在此間謝你（小净）拿来我看不是哄我（净）你既不肯。我去作成别人（兩下作扯科）（小净）休得取笑。你有何分付。我明日就去

（四邊靜）（净）人間牛女天河隔望君寄消息即欲駕星

嬌鸞臺早粧飾（合）黃金白璧芳恣豔質成就好姻緣何須論相值

（前腔）（小淨）武陵有路雲遮隔乘鸞事難必抱布結盟言鳳卜在朝夕（合前）

（丑）婚姻事豈是偶然（淨）須得要用心說来（末）媒妁口。不用你言（丑）下聘禮只要五百。謝媒錢到要一千（末）怎要得這許多（淨）也不少。準匕還你一錢

第十四齣

（菊花新）（生扮潘必正上）白雲紅樹隔鄉關鴈字飛飛枕簟寒好夢又驚還剪西風敗葉姍姍

夢裏脩書話別離。故園應自望歸期。天涯塵染舊征衣。裏柳幾株遮恨少。白雲一片帶愁飛。纔見薔

薇又紫薇。小生潘必正。下第羞歸。來投女貞觀中安宿。偶見仙姑修容光彩。艷壓奪人。此心覊絆。不忍輕去。鄉土之思。每懷縷縷。正是迷花緣為看花至。戀却彩雲忘白雲（淨扮香公上）纔出白雲堂。又到清幽處。不見讀書声只聽長虛氣。潘相公稽首（生）香公到来。有何話說（淨）陳姑烹茗焚香。特請相公清話片時。望乞不拒（生）既然如此。我就此同行

【出隊子】（生）方添離恨方添離恨忽聽花前寄好音緩尋芳逕過閒庭又聽金聆犬吠迎一陣香来窓前桂陰（淨）陳姑那里。潘相公請到了

【前腔】（旦）急趨迎進出簾迎進草率相延辱過存相公稽首（生）仙姑少禮何勞過招（旦）竹間禪舍草簷擸惟有清香共苦茗白鶴雙雙松下自鳴

相公從到小庵，未及煑茗奉款。茲具一茶，伏乞矜許。[生]多謝。[旦]徒弟道寧道成那里。[小旦丑扮妮姑][丑]天生眼瞎，又兼折脚，不會念經。只好捧盒。[小旦捧茶上]纔烹蟹子，又煑雲頭。琥珀淨香，清風數甌。茶在此。[旦]問相公請茶。[丑]相公。前日有一位相公，比你畧老些兒。也来与我師父講話。想是調戲我的師父，乞我師父夾臉巽了。八百八十八箇巽頭，抹乾十七八碗殘唾去了。你休得又蹈前轍。你若惹我。、、利不打緊，隨即奉承。[旦]啐。休得胡說，快進去[丑]我真箇肯不是取笑。若說謊生疔瘡。[下][生]好一箇所。在這是仙姑建造的。[旦]不敢

二郎神[旦]我這裡芳院靜，滿地松陰絕點塵。惟唔露蟬聲葉底頻。湘簾花影，一樹紫薇紅韻。竹塢烟消陽羨春，分磁鉢可消煩紊。[生]仙姑還是自幼出家長大出家。[旦]別家園自幼年寄入空門

玉簪記上卷　十三

集賢賓（生）慱山雲裊鷄舌焚，聽深樹啼鶯，獨守長門枕，自温，那消息有誰曾問，你看紅新綠嫩，可惜老嬌香膩粉，蜂衙蝶陣鬧嚷裏，也都只為着傷春。

黄鶯兒（旦）芳草掩重門，住仙山，欲避秦，門前怕有漁郎問，清閑此身，林泉片雲，鎖窓不管春愁恨。相公你莫恠我說，免勞魂，巫山路遠，空費夢中心。

猫兒墜（生）水雲聚散，簾外倚斜曛，無限相思隔暮雲。背唱科從教病害，客邊人衾枕，儘今宵淚漬啼痕。

尾（净扮尼姑上）青鸞遠報，陽臺信，相公那辟廂傳言立請。觀主着我来請相公，立等。上上（生）回首桃源雲霧深。既然家姑呼喚，就此告辭。多擾

了（旦）多簡慢了

（旦）一炷清香一盞茶　塵心原不染仙家

（生）可憐今夜凄涼月　偏向離人窻外斜

第十五齣

【點絳唇】（小外扮于湖上）星掛毛頭，將衰天運誰能救，為國躭憂，須早辦，親爭鬬。

裂土分茅一郡間，君恩民命兩相關，從來為國心如血，好把胡鈎日下披。自家建康太守，張于湖是也。近聞兀朮宣分兵，南擾緊要地方。倘一時兵到，如何是好。昨日分付各所官兵，約定今日下操，不知可曾完備否。左右的那里。（應）（外扮二所官上）腰下雪寶劍，馬前雲繞旗，百年承祖蔭，敢不報明時。（所官見外）近聞兀朮南迁侵擾地方，昨日分付整頓兵革，今日下操，可曾完備否。（應云）已完備，請老

爺下操〔迎〕下操衆軍士見科〔外〕汝等听我分付

解三醒〔外〕操時節人人要精鍊鬪時節個〻要爭先國家重難軍休怨也只為保疆原騰〻火發心上炎赤眼吞胡星斗寒〔合〕親征戰親征戰不降胡擒不生還

前腔〔所官〕論吾儕世隆爵頭又豈敢自愛餘年旌旗滾〻雲電閃看劍戟雪霜寒假饒他犯逕來胡馬我這裡伏劍爭先雪大冤〔合前〕

〔扮探子上報〻〕〔外〕報甚事的〔探子〕報達虜南侵事甚是凶勇〔外〕你說上來

番鼓兒〔探子〕喧金鼓喧金鼓裂火滿空燒胡虜南來勢

傾不小〔外〕有多少人馬〔探子〕萬馬奔雷那、兮多多少〔外〕衆將官就此起營　奮勇當先把腥羶迅掃〔衆下〕

〔前腔〕〔達賊上〕轟轟雷陣、轟轟雷陣、旗鼓震山嶽浪滚長江血淹芳草、〔淨上〕前面是什麼地方〔衆〕老鸛河了　老鸛河邊金陵將、到整頓弓刀安排牙介〔外領衆上〕奮勇當先把腥羶迅掃〔作對陣科〕〔末〕問来將何人〔衆達應〕我是兀朮四太子親自領兵、你那里何人敢来對敵〔末〕我這里建康太守張爺親自領兵〔作對陣科衆連敗下〕

〔清江引〕〔外上〕胡奴萬馬齊奔走兵卒休追後我疆并我原、四境還吾守喜孜孜凱唱膚功奏

胡馬犯天關　聞聲心膽寒

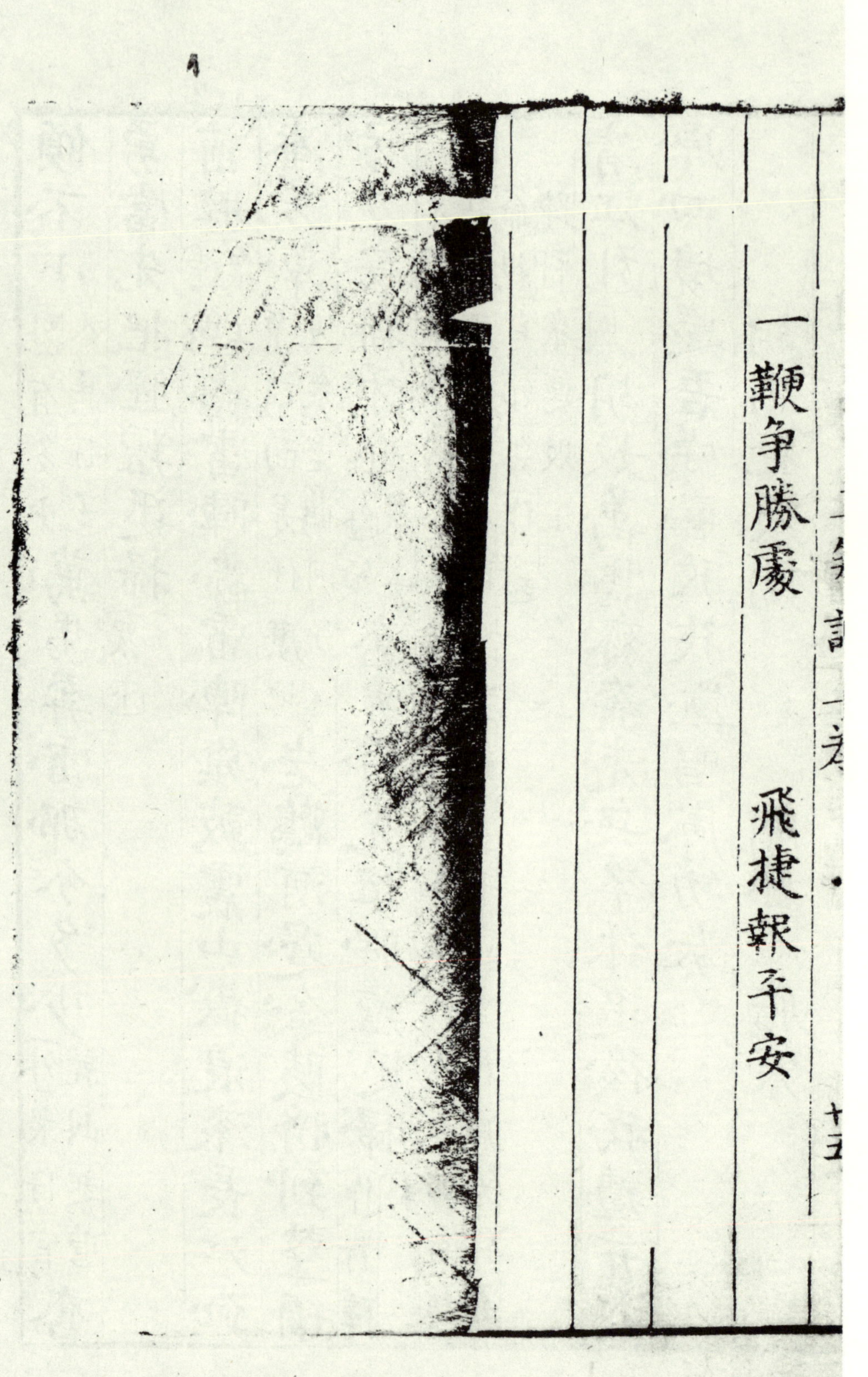

一鞭爭勝處　飛捷報平安

新鐫女貞觀重會玉簪記下卷目録

新鐫女貞觀重會玉簪記卷下

歙西　還雅齋　校正
黃德時　重梓

第十六齣

【懶畫眉】（生扮潘必正上）月明雲淡露華濃、欹枕愁聽四壁蛩、傷秋宋玉賦西風、落葉驚殘夢、閑步芳塵數落紅、（小生看此溶溶夜月、悄悄閑庭、背井離鄉、孤衾獨枕、好生煩悶、只得在此閑玩片時、不免到白雲樓下散步一番、多少是好、下）

【前腔】（旦扮陳妙常上）粉墻花影自重重、簾捲殘荷水殿風、抱琴彈向月明中、香裊金猊動、人在蓬萊第幾宮、

妙常連日茸茸俗事未曾整此冰絃今夜月明風静水殿生凉不免彈瀟湘水雲一曲少寄幽情有何不可（作彈科）

（生作聽琴科）

【前腔】（生）步虛聲度許飛瓊乍聽還疑別院風凄凄楚楚那聲中誰家夜月琴三弄細數離情曲未終此是陳姑彈琴不免到他堂中細聽一番。多少是好

【前腔】（旦）朱絃聲杳恨溶溶長嘆空隨幾陣風（生）仙姑彈得好琴（旦作驚科）儂郎何處入簾櫳早是人驚恐（生）小生得罪了（旦）莫不是為聽雲水聲寒一曲中

（生）小生孤枕無眠。閑吟步月。忽听花下琴声嘹嚦清響絶倫。不覺步入到此（旦）小道亦見月明如洗夜色新凉。故尔操弄絲桐。少寄岑寂。遠辱尊听。惶愧惶愧。久聞足下指法精妙。操弄絶佳。欲乘此興

請教一曲如何（生）小生畧記一二。羡斧班門。休笑休笑（生作彈琴科）吟曰雉朝雊兮清霜慘孤飛兮無双。念寡陰兮少陽。怨鰥居兮徬徨（旦）此曲乃雉朝飛也。君方盛年。何乃彈此無妻之曲（生）小生实未曾有妻（旦）也不于我事（生）敢請仙姑面教一曲如何（旦）既听佳音、以清俗耳何必初學又乱芳声（生）休得太謙（旦）汗耳汗耳（作彈琴科）吟曰、烟淡淡兮輕雲。香靄靄兮桂陰。喜長宵兮孤冷。抱玉兎兮自温（生）此廣寒遊也正是仙姑所彈、争柰終朝孤冷。难消遣些兒（旦）潘相公你聽我道

（朝元歌）（旦）長情短情那管人離恨雲心水心有甚閑愁悶一度春来一番花褪怎生上我眉痕雲掩柴門鍾兒磬兒枕上聽栢子坐中焚梅花帳絶塵果然是氷清玉潤長長短短有誰評論怕誰評論

（前腔）（生）更深漏深獨坐誰相問琴聲怨聲兩下無憑

準翡翠衾閑芙蓉月印三星照人如有心露冷霜凝
衾兒裌兒誰共温（旦作怒科）先生出言太狂屢屢訕訕莫非春心飄蕩塵念頓起我就
對你姑娘說來。看你如何分解（作背立科）（生）小生信口相朝。言出顛倒。伏乞海涵（作跪科旦扶起）（生）
巫峽恨雲深桃源羞自尋你是慈悲方寸望恕却少
年心性少年心性
小生就此告辭。肯把心腸鉄樣堅（旦作背立科）豈無你意戀塵凡（生）今朝雨下輕離別。一夜相思枕
上看（生作下場科）（旦）潘相公花陰深處。仔細行走（生回轉云）借一登行如何（旦）（急作閉門科）（生）暗云
一陳姑十分有情。不免躲在此間。聽他裡面說些什麼。便知分曉（旦）潘郎潘郎
（前腔）（旦）你是個天生後生。曾占風流性。無情有情只看你
笑臉兒來相問我也心裏聰明臉兒假狠口兒裏裝

做硬待要應承這羞慙怎應他那一聲我見了他做惺惺别了他常掛心我看這些花陰月影淒淒冷冷照他孤另照他孤另夜深人静。不免抱琴進去安宿則箇。此情空滿懷。未許人知道。明月照孤幃。淚落知多少〔下〕〔生〕小生在此聽了半晌。雖是不甚明白

〔前腔〕〔生〕我想他一聲兩聲句句含愁恨我看他人情道情多是塵凡性妙常你一曲琴聲淒清風韻怎教你斷送青春那更玉軟香温情兒意兒那些兒不動人他獨自理瑤琴我獨立得蒼苔冷分明是西廂形境〔生〕老天老天〔揖〕〔科〕早成就少年秦晉少年秦晉

閒庭看明月　有話和誰說
檑花鮮相思　辧辧飛紅血

第十七齣

【謁金門】（生扮病上）愁滋味。風雨暮秋天氣。一枕相思頭徹尾。如何消遣此。

鍾磬驚回枕上眠。客鄉風雨恨人天。許多心事共誰言。（丑）病裡偏教人易老。秋來轉覺恨長添。只因此箇事相牽。（生）進安自從別了家鄉至此。旅館蕭條。染成這病。怎生是好。（丑）官人且耐心將息。我昨日到街坊市面去起課來。說你這病是那陰人身上起的。不要獃了。你自消遣則箇。門外有人言語。待我去看來。是那一個。（老旦同旦上）

【一剪梅】（老旦）病中孤館自嗟吁。纔說離家。便恨離家。（旦）

閑庭閑遍紫薇花，人在天涯，病在天涯。

〔老旦〕我姪兒病染書齋。欲去看他。徒弟。我與你同走一遭。〔旦〕師父先請。徒弟隨後。〔老旦〕轉過荷香徑。又来冊桂陰。〔生作長歎科〕〔老旦〕忽聞長嘆語。使我便關心。必正兒。連日病症如何。〔生〕越加沉重。〔老旦〕我見句容有一個方先生在此課命。到有些意思不免請他来課筭禳解。〔丑〕使得。進安你替我去請句容方先生来。〔丑〕就是那大中橋邊的。我去請来。眼底便教分禍福。静裡誰云無鬼神。方先生在家麼〔淨〕那箇

水底魚兒〔淨〕筭命通神，書符最有靈。人家来問我，閙口要禳星。

什麼人在此。〔相見科〕〔丑〕小人女貞觀中。請先生課命。〔淨〕就来就来。繞過溪橋。此間便是。〔通報〕方先生到了。〔相見科〕〔老旦〕舍姪潘楷。偶因下第寄住在此。忽染病症。特請先生課筭禳解。〔淨〕曾買下三牲麼。

（旦）先生未曾課筭。怎麽先要三牲（淨）小子法術最高。四海聞名。那得一時閑空。今日有一二千人坐在我店中筭命。聞得觀主呼喚。只得到此（丑）我来接你並沒一人尋你（淨）忘了忘了。是昨日昨日。這等樣你把潘相公八字說来（生）甲子年。乙亥月。甲子日。乙亥時（淨）好八字。八字兩干不雜。地局和同。凡觀人命。先看提綱身旺坐強。必登廊廟。身衰坐弱。終處貧窮。似此八字。木生冬令。雖未及時。謂之将来者進。兼得亥子水源培植。此乃大富大貴之造也。爭柰目下紅鸞天喜星照命。又兼日犯歲君。灾殃必重、須得禳解方好（老旦）我請個法師禳解如何（淨）你差了。你一向不知道我筭命之外。又會行法。張天師門下第一個高徒是我。快辦紙馬香燭過来。我替你禳解（丑）辦香案科（淨念）上香上香。奉請家堂。山神土地。司命灶王。今日說獻。伏為潘郎。病不脫躰。着枕狼當。身上發寒發熱。口裏要茶要湯。自從今日燒看。叫他早脫灾殃。神道你若肯依我說。家家主薦殺猪殺羊。你若不聽我說。我叫你廟中無燭無香。只看今朝以後。若强便强。筭来不得就好。也須打點些棺裳。一時寃不赴躰。大家哭得悽惶（丑）呸先生着了鬼了（淨）不是先生着鬼。我到老實與你商量。你若要這箇病好。先請遣開了傍邊催命大王（老旦）休得胡說些須薄礼奉酬請回了罷（淨）多謝多謝。全憑一張嘴。賺盡四方財。（下）（老旦）我兒你把病症說與我做姑娘的知道

（山坡羊）（生）呀這病兒何曾經害這病兒好難躭待這病兒好似風前敗葉這病兒好似雨後花羞態我難擺開心頭去復來黃昏夢斷夢斷天涯外心事難提淚滿腮傷懷（老旦）這病敢是風寒上来的（生）不為風寒眼倦開堪哀（老旦）莫不是憂愁上来的（生）不為憂愁頭懶擡

（前腔）（老旦）莫不是害了些王仲宣登樓的無柰莫不是染了些楚三閭江潭流泒莫不是渴中山病兒轉深

莫不是賦高唐愁孽債，心暗猜，莫不是楊子雲閣上災，非関病酒，也只為躭詩害人，在他鄉須把愁腸解，堪哀，待思鄉怎生歸去来，傷懷為氐葛空教淚滿腮。

【前腔】（旦）你想是念故園夢魂常在，你想是恨旅舘風塵難涯，你本是養驪珠時潛在淵，你本是愛棲梧暫託荊榛外。（生）我好恨好恨。（旦）休恨来，愁腸須擺劃，月圓月缺月也有盈虧，害豈可人無一日災，襟懷你把那段心兒且放開，書齋好聽春雷天上来。

（老旦）本是在此看你，殿上有人，我畧去再来。（旦）相公你可請醫調治，我明日還来看你。（生）心病還須心上醫。（老旦）休將閑口惹閑非。（老旦下）（生吊臘科）（丑背云）啐，只因閑口生心病，但頋你寃家早脫離

東人東人。做出這等模樣。如何是好

【前腔】(丑)我東人不䰘不魀到此處多愁多害只為那三四更花晨月夕惹下了十二時的孤眠獨捱官人吃藥(生)我不要藥吃(丑)心暗猜病從根上来思量到此也只為欠了寃家債怎能彀成全雙鳳釵痴呆抄手無言難打孩哀哉書劍飄零甚日回

東人睡了。待哄他一哄。東人那仙姑在亭子上接。你說話(生起云)我就來了(作病起科)(丑)我来扶你(生)進安。你只在此間不可来(生作行不動科)(丑)還是我来扶你(生)不要来(生作跌科)(丑)沒有人叫還是我来扶你進去(下)

第十八齣

卜筭子 回 朝来聞鳥啼啼處驚人聽展轉不成眠反側啼紅淚

春来秋去幾經過。不似今秋愁柰何。心事暗流銀燭淚。恨隨飄泊葉声多。妙常苦守清規。今經多載。無柰塵心未盡。俗念損生。對景添愁。強制不定。可恨人也

桂枝香 回 奴似風掀黃葉雲遮殘月猛可的如醉如癡獨自個誰温誰熱把床兒打疊把床兒打疊方纔夢枕兒上蝶又驚回窓兒外鐵好難說愁如鴈字天邊陣淚似鵑花枝上血

前腔 雲堂松舍清燈長夜聽鍾兒敲斷黃昏擁被兒卧看明月心中自思匕匕匕猛可的身如火熱值恁的

嚥不寧貼好難說嚥不下心頭火轉添些長嘆嗟

筆墨在此。不免將我心事。寫作一詞。聊寄幽情。消遣則箇（詞曰）松舍清燈悶悶。雲堂鍾鼓沉沉。黃昏獨自輾孤衾欲睡先愁不穩。一念靜中思動。偏身慾火難禁。強將津唾嚥凡心。爭柰凡心轉盛（淨扮王師姑上）

（不是路）（淨）徑遠長蛇要見的人兒何處也把簾攏落花滿地閑臺榭未許紅塵畧近些（開門門旦）開是誰的吠犬迎来花外客（作藏詞科）我把冷眼兒窓前偷看者（淨）休躲丟為因閑暇来松舍（旦）向前迎接向前迎接（相見科）

（旦）今日遠辱到此。有何話說（淨）久失相親。特来聽講（旦）你平昔不好聽経典。如何要聽（淨）我近日比前不同。前日月下我親見觀音菩薩。說道你平日念佛功德將滿。只少得一百多聲。祥雲就来接你上天了(旦)你何不做一會兒功夫。念了這些佛上天去了(淨)人上有此私債未曾討得。養下此猪羊鷄犬未曾賣得。有幾個相識和尚捨他不得。因此上故意不念完了(旦)你休得取笑。有何話說来(淨)瀝陽縣中。有一王公子。人物標姪。潑天富貴。他慕你儀容。欲求婚配。未知你意下若何(旦)阿弥陀佛。我與你是出家人。怎麽說這等落地獄的話(淨)夫妻之情。誰人不愛。受享榮華富貴。強似在此清貧苦楚(旦)休得多言。你聽我道

【長拍】(旦)門外遊蜂。門外遊蜂。花間浪蝶。隔芳塵簾箔長遮。雲寒月冷。這是我自甘孤潔(淨)你好硬心腸心膽硬如鐵。又何劳嚷嚷。強来饒舌。清閑分同松栢老。豈肯做凡花墻外折(淨)他家十分豪富(旦)從教富貴更豪奢。怎如我清貧守道。自有决烈。

【短拍】（淨）鬢軃輕雲，鬢軃輕雲，眉彎新月，更可人海棠雙頰。休把性兒撇，看鴛鴦帳暖，那春生鳳凰衾熱。他指望連枝比翼，那知急煎煎鏡剖簪折。

【尾】（旦）從今斷絕休來說，你上覆那王公子，不須用這般鍬掘。月殿花枝你休想去折。（旦下）（淨）送也不送，我就進去了。敢是他怪我也。

雲霧鎖天台，媒紅空自來。

心難常皎潔，有日惹塵埃。

第十九齣　詞媾私情

【清平樂】（旦）西風別院，黃菊都開遍。鸂鶒不知人意懶，對對飛來池岸。

雲淡水痕收。人傍淒涼立暮秋。垂吟無斷頭。心上事。淚中流。懶把黃花插滿頭。見人還自羞。自與番郎見後，不覺心神恍惚。情思飄蕩。對此困人天氣。好生傷感也。

【繡帶兒】（旦）難提起。把十二箇時辰付慘淒。沉沉病染相思。恨無眠。殘月窗西。更難聽孤鴈嘹嚦。堆積幾番長嘆。空自悲。怕春去留不住少年顏色。奴家身躲困倦。不免穩睡半晌則箇（旦睡科）

【宜春令】（生）雲房靜。竹徑斜。小生病起無聊。好生悶逼。不免往白雲樓下閑步一回。多少是好。欲求仙。恨着天台路迷。問津何處。傍青松掩着花千樹。悄地行來。乃是陳姑臥房。正值他獨睡在此（作番書科）這是他看誦的經典。裏面為何有字一幅。此是陳姑詩稿（詞云）松舍清燈閃閃。云堂鍾鼓沉沉。黃昏獨自展孤衾。欲睡先愁不穩。

一念靜中思動。遍身慾火難禁。強將津唾嚥凡心。爭奈凡心轉盛。細觀此詞。陳姑芳心盡露。敢是天就我的姻緣。把此詞做箇供案伴殘經香渺金猊題紅句情含綠綺心知此詞入手呵天付姻緣送來佳會待我揭帳戲他看他如何回我。陳姑陳姑（旦）（作驚起科）

絳黃龍（旦）驚疑閃得我魄散魂飛倦體輕盈倩誰扶起（生）小生相扶（作抱科）（旦）怒你是書生班輩好箇書生班輩錯認僊姑比做神女（生）差不多兒文君幸見相如。兩下情同魚水（旦）休題文君佳趣這其間相如料難是你（生）多分是小生無疑（旦）潘郎好生無禮。我對你姑娘去說（生）說我何事（旦）秀才們偷香竊玉意亂心迷

（醉太平）（生）非癡我青燈愁緒聽黃昏鍾磬夜半寒鷄

孤衾獨抱。未曾睡先愁。不寐相思靜中一念有誰知。慾火炎遍身難制把允心自蹴只少箇蕭郎同跨彩鳳同騎。

（浣溪沙）（旦）你臉兒泛情兒媚話曉蹊心自猜疑（生）不必猜疑（旦）尋詩科（生）小生拾得在此（旦）好好還我的詞米。若不還我。把你做賊論（生）偷書不為賊（旦）這場寃債誰憑誰當初出口應難悔羅罷一點靈犀托付伊背科幾番羞解羅襦（生）作拜科

（滴流子）（生）合拜跪此情有誰堪比慢追思此德何年報取誰承望今宵牛女銀河咫尺間好一似穿針會兩下裡青春濃桃艷李

（鮑老催）（旦）輸情輸意鴛鴦已入牢籠計息情怕逐揚花起一首詞兩下緣三生謎相看又恐相拋棄等閑忘却情容易也不管人憔悴

（生）妙常你道小生忘了此情（跪科）老天在上必止若忘了妙常今日之情天誅地滅

（猫兒墜）（生）皇天在上照証兩心知誓海盟山永不移（旦）從今孽債染緇衣歡娛看雙雙一似鳳求鸞配

（尾）天長地久君須記此日裏恩情不暫離從此後情詞莫再題

今夜燈前見還疑夢裡來（下）（丑）我東人在此吟風弄月夜去明來終久吃他刮上了

（清江引）（丑）堪愛堪愛真堪愛鸞鳳情深如海携手上

陽臺了却相思債他怎知有箇人在窗兒外

不免我躲在此間看他兩個說些什麼

（皂角兒）（生旦同上）兩情濃同下藍橋戰兢兢歡娛較少成就了鳳友鸞交休怎却天長地老我為你病懨懨只自躭瘦怯怯難自保為着今朝相偎相抱力怯躰嬌你休把私情漏泄兩下裡供狀難招

（前腔）奴本是柔枝嫩條休比做墻花路草顧不得鶯雛燕嬌你恣意兒鸞顛鳳倒須記得或是忙或是閑或是遲或是早夜夜朝朝何曾知道這些閑竅春風一度教我力怯魂消

（尾）從今淡把蛾眉掃粧一箇內家[illegible]把往日相思一担兒拋

（丑）不好了。不好了。觀主知道。去叫地方拿你們兩箇送官。怎麼是好（旦）如何是好（丑）不妨。我哄你箇兒。適纔我替你遮瞞過了。我只要捉箇嘴兒（生）我在此。你休得這等胡說（丑）既然相公在此。你只叫我一聲（旦）教我叫你什麼（丑）隨你（旦）進安哥（丑）不好。除下了哥字。添上相公二字（旦）難道是進安相公（丑）正是正是（旦）作難科（丑）我就叫將起來（生）作狠科（旦）也罷。我便叫他声進安相公（丑）回云出菴奶奶（生）怎麼叫做出菴奶奶（丑）沒有我進安相公。安能做奶奶出菴（生）吒（下）

第二十齣 媒姑造計

（普賢歌）（小淨扮尼姑上）終朝奔走在街坊布施齋咱口舌強化些齋與粮討些燭與香夜夜偷閑打和尚

自家凝春庵王師姑是也。前日王公子託我到女貞觀說陳妙常親事。不想他千不肯。萬推辭。花言巧語。馬扁他不動。如何是好。不免回覆公子。教他別尋人去說迤遲行來。此間便是。有人在此麽（丑）閑庭落葉堦前覆。靜坐何人門外來（相見科）（丑）公子親事如何（淨）不諧（丑）罷了。我公子生性等緊着你完事。今早又着我来叫你。你到說得這句話（淨）如今怎麽處（丑）我教你一箇法兒。哄他一哄。你只說陳妙常已請到在門外。我說你十分標致。他心動就来你出去接他。不可擡頭。待他進来書房中去。又作區處（淨）使得使得。你去通報。公子有請

（普賢歌）（大淨扮王公子上）朝朝夜夜醉紅粧。睡起曈曈日上窗。桂花開得香。菊花開得黃。可惜金樽少個人兒賞何人在此（丑）王師姑請得陳妙常来見爹。在此等候（大淨）好好（丑）還有事禀上爹。王師姑說爹十分標致。說得他心動。就来到此。爹爹低頭迎接他。不可擡頭。進書房憑爹爹處置（大[illegible]）好好。會幹事

會幹事（兩下作低頭相見科）（大淨）呸。我是開口等酒。那知你將無作有。教我心上花開。元来接着你這箇老狗（小淨）怕你臉上帶羞。叫你不要擡頭。親事十分不肯。特来同覆你這老牛（大淨）他怎麼不肯。只是你不會做媒（小淨）我再三去說。只是哄他不動。你聽我說

（大迓鼓）（小淨）真心愛出家。自甘守淡。不戀繁華。不容人說閑非話。空費我嘴喳喳。多謝蜂媒及早收衙

（前腔）（大淨）惓惓望着他。鴛帷合巹。花燭籠紗。今朝不見来堂下。空教我眼巴巴。多是蜂媒不會開衙

（大淨）怎麼處置他纔好（小淨）我有一計。特来回覆（大淨）你有何計策（小淨）你同能言的盛使到觀中去。不可說出姓王。只說耿衙差人請師父到家。欲拜為師。講經說法。先叫下轎夫請他上轎。擡到家中。憑你處置。有何不好（大淨）甚妙甚妙

（小淨）由他人伶利（丑）難脫這條計

（大淨）若還哄不来　呌我空遮氣

第二十一齣

（月雲高）（旦扮夜粧上）松梢月上又早鍾兒響人約黃昏後春腰梅花帳倚定欄杆悄悄的將他望猛可的花陰動我便覺心兒癢（呸元来又不是他）那聲音兒是風戛簾鈎聲韻長那影子兒是鶴步空庭立那廂（等了這一會。不見他来。我且回蘭房。再作區處。倭立亭前看月色。且回鴛幃坐香銷）

（前腔）（生）夢回羅帳睡起魂飄蕩繞見芸窓月心到陽臺上靜掩書齋月下門偷傍（三春花信曾有約。七夕渡河人又来）（生下）（老旦）

（扮尼姑上）欲覓閑消息。須教悄地來。夜深人不見書舘把門開。不知我姪兒那裡去了。不見叫他一声。必正姪兒那裡（生）忽聽得苍間語把小鹿兒在心頭撞姑娘拜揖（老旦）書到不讀。你到那裡閑走（生）在亭子上乘涼（唱）為淒閒庭風露涼（老旦）為何這等慌張（生）失候尊前心意忙（老旦）我兒你聽我道

（前腔）（老旦）書當勤講奮志青霄上坐待春雷動一躍桃花浪姓字爭先不隨前人望夜半花間月休去閑飄蕩好把流螢手自囊當惜春風又過墻也罷也罷。姪兒你隨我到經堂上去。一邊我打坐一邊你讀書。待我出定時。方去寢息。不可不依。從來佛教通儒教。要識儒修即佛修（老旦扯生同下）

（石榴花）（旦）聽殘玉漏輾轉動人愁思量起竟含羞我

把玉釵敲斷鳳凰頭傍孤燈暗數更籌出乖露醜這事兒落了他人後想昨宵雨約雲期到今朝鳳泣鸞愁（生作忙科上唱）

（前腔）忙来月下恨殺那人啚（生對旦揖科旦作背科）小生来了（唱）為甚事淚雙流武陵人抱悶悠悠夜深沉不餌魚鈎心中暗愁（旦）愁什麽把人丟下就是（生）好蹊蹺這話兒好教我參不透只指望楚雨巫雲怎番做緑慘紅愁

（泣顏回）（旦）休說那風流一霎時怎却綢繆教我黄昏獨自等得我月轉西樓將人便丟那些箇見你情兒厚（生）小生不是故意来遲。幾乎做將出来。正到半路乞我月狼心的姑娘走将出来叫我。幸而聽得。只得自轉。不想他帶我到禪堂去。他一邊打坐教我一邊讀書。出定方放我回寢以此來遲（生作跪科）恕小生之罪（旦背立唱）他愁模樣堪愛堪憐定不是將沒作有

【前腔】（生）一日隔三秋鴛鴦結牽鎖心頭猩紅一瓣魂靈兒都爲他釣何曾下口更難忘燈下鞋尖兒瘦我若做浪蝶遊蜂（老天可）須教是裾馬襟牛

【尾】從今莫忘神前咒今夜情難罷手怎能彀閨一箇更兒相聚久

花間淚落三更月　佛座人畱兩下情

話向枕邊說不盡　隔林鷄唱又天明

第二十二齣

【一落索】（老旦扮尼姑上）鳳隻與鸞孤兩下悲離曠星前暗許抱衾裯好教我難遮當

本是鸞凰宿有緣。空門一見兩留連。若教露出當場事。敗我從前學坐禪。我想陳妙常與我姪兒兩下青春佳麗。意氣相投。每每月下星前事涉東遮西掩看他鼠竊不免狐疑。倘若還做出事来敗壞山門。有玷青白。如何是好。早晚閒事情。那裡防得那許多。不免叫他出来。逼他赴選。絕了他的眼前往来。有何不可。姪兒那裡

【浣溪沙】（生）夢裏鴛鴦拆散醒来淚眼未曾乾窓前又聽得人呼喚

姑娘拜揖（老旦）姪兒到来。姪兒想你父親生你。指望成名。雖是你身上青雲。未登金殿。還是你心上一件不了的事情。如今春期將至。你好收拾書囊前往臨安赴試。休得留戀（生）試期尚早。待明春去

罷。只是多擾擾姑娘（老旦作怒科）我豈為你在此攪擾。要你去赴試。我與你父親連枝瓜葛。看你飄蓬有何面目見你二親。汝強留戀自甘人下。又何面目見你二親乎。你二親日後也要怨我。好生痛殺人也（老旦作悲科）（生亦作悲科云）謹依我姑娘嚴命。只待我作謝各房姑姑就去（老旦）不消待我叫他們出来送你便了。香公那里。請各房姑姑出来

【卜筭子】（丑扮進安旦同小旦扮衆姑上）荒徑葉聲乾閑庭人語沸不知何事苦相牽心下常縈繫

（相見科）（老旦）今日姪兒起身赴試。特與你們相送則箇（旦）為何平地有此話說（作含淚科）（老旦）進安你可收拾行李快去（丑）平地起風波暗裡分鸞鳳（老旦）你聽我道

【催拍】趁西風快着祖鞭。當及時看花上苑。休得留連休得留連。你是瑚璉。虹霓怎做狐首鴻磐。休戀燕友

鸞求月下花前（合）從此去獻納爭先親玉陛謁金鑾（生）我姪兒呵

【前腔】嘆驥足臨車久淹，託萍梗風塵自轉。（背唱）有恨難言，有恨難言，扯斷紅絲，生剖青鸞，人逐孤鴻，淚染啼鵑。（合前）

【前腔】（旦）夕陽外千山萬山，衰草路風寒水寒。（背唱）把淚偷彈，把淚偷彈，千種離情，兩下難言，意惹情牽，腸斷心剜。（合前）

【前腔】（衆姑上唱）你本是鴻才俊雋，今暫住衡門考槃。幾指征帆，幾指征帆，眼底天涯，利鎖名牽，一曲離歌三疊

陽關（合前）

前腔（丑挑行李上唱）打疊起行囊一肩（作拜科）忙拜謝尊姑膝前（老旦進安你上來）着意相看着着意相看野店寒鷄水宿風餐（旦進安哥）雨雪長途休教他食缺衣单（合前）一撓棹（生）馬前路恨殺人山外山（旦）燈前夢要見他難上難（生）睁睁眼兩下裏恨冲天（旦）又怕人瞧破待留他怎上前（老旦）休嗟嘆及早奪錦衣還（衆姑）春風裡早把好音傳

尾（生）尊前拜別空留戀（旦背唱）我這裏新愁千萬（生作別衆姑科）扯不住淚潸潸血染征衫（老旦衆姑各自歸房。我親送姪兒到江口下船）

明日回来

（老旦）好把芙蓉匣斂安（生）只愁風雪阻江關

（旦）可憐不是輕離別（衆）兩下相看難上難

第二十三齣

【水紅花】（生老旦丑上）天空雲淡蓼風寒。透衣單。江聲凄慘。晚潮時帶夕陽還。淚珠彈。離愁千萬。（生背唱）欲待將言遮。掩怎禁他惡狠狠話兒剔。只得赴江關也囉

落未靜秋色。殘暉浮暮雲。不知人別後。多少事関心。（丑）已到關口。梢水看船。（淨扮梢水上科）船在此（丑）相公上京赴試。叫你船到臨安。賞你一兩銀子作船錢（梢水云）就去就去（老旦）就此開船。休得轉来。我在閬江樓旋主人家在此看你。明日纔回（生）謹依姑娘嚴命。葉落眼中淚。風催江上船（老旦）明

年春得意。早報錦雲箋（生）
（下）（老旦立塲上高處科）

【水紅花】（旦）霎時間雲雨暗巫山。悶無言不茶不飯。滿口兒何處訴愁煩。隔江關怕他心淡。顧不得脚兒勤趕（旦作驚科）前面樓上。好似我觀主模樣。又是我早先見他。若還撞見好羞慚（作躲）（科）且躲在人家竹院也囉

（老旦）我想姪兒去遠。不免回觀則箇。從今割斷藕絲長。免繫鶻鵰飛不去。（下）（旦作哭科）潘郎潘郎。君去也。我来遲。兩下相思只自知。心呆意似癡。行不動瘦腰肢。且將心事托舟師。見他強似寄封書。梢水那裡（貼淨）聽得誰人叫。梢水就来到到那裡去。有何見教（旦）我要你一隻小船。趕着前面相公。寄封書到臨安。舡錢重謝（梢水云）風大去不得（旦）不要推辭。趂早行船趕上。䑺可多送你些船錢（梢水這等下船下船（梢水嘲歌）風打船頭雨欲来。湧天雪浪那行教我把船開。白雲陣陣摧黃葉。惟有江

上芙蓉獨自開

〔紅衲襖〕（旦）奴好似江上芙蓉獨自開只落得冷淒淒飄泊輕盈態恨當初與他曾結鴛鴦帶到如今怎生的今開鸞鳳釵別時節羞答答怕人瞧頭怎擡到如今悶昏昏獨自箇耽着害愛殺我一對對鴛鴦波上也羞殺我哭啼啼今宵獨自捱（下）

（生同梢公上）（梢公歌）湯天風舞葉聲乾。遠浦林踈日影寒。箇些江声。是南来北往。流不盡的相思淚

只為那別時容易見時難

〔前腔〕（生）我只為別時容易見時難你看那碧澄澄斷送行人江上晚（昨宵呵）醉醺醺歡會知多少今日裏愁

脉脉離情有萬千，莫不是錦堂歡緣分淺，莫不是藍橋倒時運慳，傷心怕向蓬窗見，也堆積相思似兩岸山。（生吊）（旦與梢水急上）

（僥僥令）忙追趕去人船，見風裏正開帆。（梢水叫）潘相公潘相公。（生）忽聽得人呼聲聲近，住蘭橈定眼看，是何人且上前。（旦）是奴家。（對哭科）

（哭相思）（旦）半日裏將伊不見，淚珠兒哭染紅衫。

（旦）事無端，恨無端。平地風波拆錦鴦。羞將淚眼對人前。（生）那其間，到其間，我那姑娘呵，惡語兒將人緊緊闌。狠心直送我到江關。（旦）早晨叫我們送你上京，听得一声，好不驚死人也。不知何人走漏消息。敢是你的口兒不謹，以致漏洩如此。（生）小生對着何人說來。平地風波，痛腸難盡。（旦）別時節，衆人面前。有話難提。有情難盡。因此上趕來送你。只是我心中千言萬語。一時難盡(生)多謝厚情。感銘肺腑。早辰衆姑姑在前。不曾一言相別。方抱痛傷。今日見你如得珍寶。我與你同行一程如何。請了(唱)

(小桃紅)你看秋江一望淚潸潸。怕向那孤蓬看也。這別離中生出一種苦難言。自拆散在霎時間。心兒上眼兒邊血兒流。把我的香肌減也。恨殺那野水平川生隔斷銀河水。斷送我春老啼鵑

(下山虎)(生)黃昏月下。意惹情牽。纔照得個雙鸞鏡。又早買別離船。哭得我兩岸楓林。都做了相思淚斑。打疊淒涼今夜眠。喜見我的多情面。花謝重開月再圓。又怕你難留戀。好一似夢裡相逢。教我愁怎言

【醉歸遲】（旦）意兒中無別見忙来不為貪歡戀只怕你新舊相看心變追歡別院怕不想舊有姻緣那其間撩箇死口含冤到癸靈廟訴出燈前和你雙雙罰愿（生）想着你初相見心甜意甜想着你乍別時山前水前我怎敢轉眼負盟言我怎敢忘却些兒燈邊枕邊只愁你形单影单只愁你衾寒枕寒哭得我哽咽喉乾一似西風斷猿

（旦）奴別君家。自當離却空門。洗心待君。君家休得忘了。奴有碧玉鸞簪一隻。原是奴家簪冠之物。送君為加冠之兆。伏乞笑納。聊表別情（生）多謝多謝我有白玉鴛鴦扇墜一箇。原是我家君所賜。今日贈君與為雙鴛之兆憶多嬌（生）兩意堅月正圓執手叮嚀苦掛牽我與你同上臨安如何（旦）我豈不欲。恐人嚷開是非反害後邊大事欲共你同行難上難早寄鸞箋早寄鸞箋免得我心腸掛牽也罷就此拜別

哭相思夕陽故故催行晚聽江聲淚染心寒要知郎眼赤只在望中看（生拜別科）（生下）旦唱重貯望更盤桓千愁萬恨別離間只教我青燈夜冷香消鴨暮雨西風泣斷猿（下）

第二十四齣

第二十五齣　兩母思兒

太常引（淨扮陳母）（老旦同上）長空秋影淡無痕離恨起寒砧（淨

望眼淚盈盈故園腸斷黃昏（相見科）

（老旦）親在桑榆愁日暮兒遊霄漢几時歸。秋容對鏡慙消減。腸斷空憐日九廻（淨）吹敗葉滿空飛。痛骨酸心漬滿衣。逐水隨風何處去。几番長望立斜暉（老旦）親母我孩兒一去。杳無音信多為春塲不第以此羞歸。不知寄托何處。今番又是春塲到了。（淨）親母不必愁煩。令郎公子。他是聰明伶俐之人。好歹定有相見之日。似我女兒流落不知音信。好不痛殺我也

字字錦（老旦）青霜入鬢鮮落日流光短離情觧悞人惹下西風怨恨當年為着兩字功名悶得我兒愁母怨天天山遥水遠我那兒可不念着故園思量故園故園何日轉（合）恨跌綻了綉鞋尖恨跌綻了綉鞋鳳尖望長安天遠我心兒裏苦切苦切守着箇更更點點凄

凄冷冷隔着箇朝朝暮暮思思念念腸斷了愁眉淚眼

前腔（凈）娘兒各一天蹤跡如蓬轉愁聞雨後蟬怕見南來鴈恨從前只為狼虎分争悶得我娘孤女蹇天天嬌鸞打鬧天若有心見憐再得兩下重相見（合前）

（老旦）親母不必愁煩了。我這裡隣近有箇刘先生號曰劉如見。此人起課通神。不免去請他來問卜兒女消息。少解愁煩。意下如何（凈）甚好（老旦）當直的那裡（末）上見（科）（老旦）你去請劉如見先生來。我要問課（末）知道了。纔出門來。先生有請（丑扮劉如見上）海內人傳奮有名。都將課命問先生若來請我須錢到自古無錢卦不靈（末）先生潘老爺家夫人相請起課就要同去（丑）知道了（末）夫人劉先生到了相見（科）（老旦）特請先生問卜（丑）既然如此。拿課筒去與老奶奶禱告不是路（老旦禱告）禱告蒼天我為兒取功名去不還（淨）我為兒拆散未知生死會何年（丑）請坐待我排卦（作排卦科）卦排員若論此卦問男兒的他禹門三躍魚龍變問女兒的鵲駕重逢牛女歡只在目下就有應驗（老旦）先生休得差了（丑）我怎麽會差。絕好之課。只要重重謝我（老旦）愁懷頓解謝天天早與人方便喜從心願（老旦）當直的謝了先生（末）先生課錢在此請收了（丑）多謝多謝。能知周易理。會撰鄧通錢（下）

雪獅子（老旦）頻頻去卜〻金錢〻〻〻似擲我珠淚懸天邊鴈過聲嘹嚦孤仰外〻〻〻流水兒聲喧夢斷夜如年（合）你看秋風起也天春風起也天春去秋來秋去春來形孤影寡想殺我膝下斑斕

（前腔）（淨）魂和夢恩和想都做了泣鳳哀猿那離巢乳燕誰收管愁腸斷〻〻何時再得重相見似破鏡得團圓（合）秋風起也天春風起也天春去秋來秋去春來形孤影寡想殺我掌上文鴛（合）

（尾）今生只恐難相見百折柔腸寸寸剜自古道人生離別難

庭前紅淚洒飛花　愁倚湘簾日影斜

高樹莫教啼野鳥　夢魂驚不到天涯

第二十六齣

（點絳唇）（末扮黃門官上）光靄庭燎鑾鈴聲集鷄鳴早簪笏盈

朝聽靜裡樂奏鈞天調

霜滿衣。露滿衣。霜露淒〻鬓已絲。閒處人眠那得
知。星影微。月影微。顛倒裳衣恨起遲。忙處人愁办
事。時下官黄門是也。出入彤庭。往来紫禁。今日早
朝。又當官裡臨軒策問之日。忙来到此。天色尚早。
朝門未開。你看那午門外辨事的。蹐〻蹌〻。紛〻
雜〻。滾將来一派蹌蝇聲。喚起處三度天雜唱。明
〻滅〻千燈隱〻似缸流往〻来〻萬騎鄰〻如
雨集。冠金佩玉。那分他上下高低。絨口御杖。認不
出燕韓趙魏。鳳闕雲開曙光浮。爍〻緋袍分映日。
龍樓烟散霞影動。荧〻金弁轉如星。鼓打三通。坎
〻闐〻。落残星。催曉日。滿空中浪捲蛟龍潮欲起
鍾鼓百下。皇〻箴〻肅班寮。開禁掖。繞聽處閑衝
虎豹雨初来。那辟廂鹵簿人齊。森〻嚴〻。飛〻拂
〻。旌旗閃映霞鬢動。這辟廂金吾會集。層〻密〻。
晃〻鑠〻。刀劍光凝雪眼開。象隊初分。水晶簾。雲
母扇掩〻映〻。朱旗畫戟。玉斧宝刀。奉着箇現化
身中天玉帝坐紅雲。龍駒駐蹕。鷄舌香鳳膏燭荧
〻爍〻翠蓋珠屛。豹千虎節。真見那再来世滿月

金仙臨宝刹。春暖龍門。千〻萬〻。紛〻奕〻。擁将来献策書生。風翩鷄翮。堂〻楚〻。顒〻卬〻。都是那懷琛国士。一簇〻。一叢〻。齊〻整〻。專聽那金闕曉鍾開萬戶。一隊〻一班〻。雍〻肅〻。都是那玉階仙仗擁千官。你看那深〻沉〻。巍〻翼〻望〻。着的膽戰心寒。九重開玉鑰。巍〻凜〻。赫〻皇〻。對着的魂飛魄散。六駕擁金輪。忽聽得半空中天樂齊鳴。又早見滿殿裡鵷班畢集。道尤未了。聖駕早到（衆扮朝臣甲将内官昭容）

（上唱）（生净外扮三士子随上）

（出隊子）鑾輿登殿［鑾輿登殿］三下鳴鞭集萬官。扇分日月列儒班。玉龍衮雲霞天上看。丹鳳啣書日下。聽宣

（擺下黄門斗云會举生員俯伏候試昭容）聖駕臨軒。策問諸士。尔士子其恪恭盡對。黄門官頒題分諭

（駐雲飛）（黄門）問爾諸賢。堯舜君民何者先。何者却時亂

何者回天變（唸）恢復舊中原何為長便爾士謨謀悉
對形庭獻聖主方求忠直言萬姓方求解倒懸
（前腔）（生外淨）臣對愚言堯舜臨民仁政先殿陛除讒諂
纖甸輕科斂（唸）選將任兵權堅車致遠重賞崇恩士
卒同歡怨恢復中原反掌間湯武兵威一怒間
（貼容又云）諸士子卷完。俱出午門外候旨。衆臣退
班（衆）即看萬羅羣臣散。常侍千年丞主歡（衆下）（生
外淨吊場相見科）（生）列位老兄得意否（淨）小弟極
得意。吃小弟卷子内直寫云。殺了秦檜。天下就平。
中原就復（生外）語句忒硬了些（淨）我也下筆時思
量不要惹他。後邊寫時節改一改（生外）改做怎麽、
樣的（淨）朝政悉委大臣秦老爺掌管。天下就平（生）
（外）忒軟了（淨）硬又不好軟又不好教我也難丟（生）
老兄就是金陵元伯通先生（淨）正是正是。向年湖
上同遊。今日得做同年。可喜可喜（淨）不敢不敢

聚散本無期　相逢似有私

明朝花發處　誰折最高枝

第二十七齣

【東坡引】（旦）君如水上萍妾似風中燭盈盈淚落悠悠路愁眉空自蹙愁腸空自續

一雙青眼。望着長安天樣遠。鵲噪灯花。暗卜何時得到家長吁短嘆。過去幾年曾未慣。錦字新裁。望斷關河雁不來。奴家自別潘生。經今數月。暮想朝思。懨懨成害。對此凄凉時序。怎生消遣我凄凉情況

冒

【香羅帶】你看寒燈挑短蘂熏籠自溫孤鴻怕聽窗外聲提起我那心頭病也空自睡不穩夢還驚凄凉怎生

捱着枕數盡那更籌也，短嘆長吁千萬聲（旦作靠掉科）

（卜芙子）（小旦扮女娘上）意結兩情濃，自喜心相信，悄地轉松陰（作窓外看科）他近日裡可為甚常愁悶

奴家觀隣張氏二娘。曾與妙常結拜子妹。他與我兩下心事。勝似同胞。我連日窮究。未曾来看他。不知他近日為何長是病害。你看今日又聽在此間。不免躲閃在此。看他醒来說甚麼（旦作驚科）方纔着枕。又夢見門外有書報說潘郎中了。我驚將醒来。又是南柯一夢。可怜可怜

（香羅帶）（旦）蕭郎無信音，懨懨愁悶多，應懷抱一箇小情人（作嘔吐科）因此上嘔病幾曾停也，又見裙帶短好心驚，羞慚空自揾啼痕，怕有人知也，教我亂掩胡遮不出門。

玉簪記　下卷　　十九

醉扶歸（小旦）悄悄將伊從頭問（旦作驚科）失迎了。幾時到此（小旦）方纔到此。你在此說些甚麼。（旦）並不曾開口（小旦）何須苦苦假吞聲我知道你只為征車寂寞豫章城因此上相思冷落臨川郡（小旦）你不要瞞我。一句句我都聽得了你只為吹簫聲斷鳳凰音同衾早協熊羆夢（旦）未曾說出心頭悶早先恨着意中人無端月色與花陰為那焦桐勾引我諧秦晉（旦）實不瞞你。我與那潘郎方好數宵。不意就被觀主逼他赴試。一向杳無音信。身面上又做出這些事來因此上寫箇人邊言字杳無音只教我目邊點水流難盡（小旦）你與潘郎別時。曾與你說甚麼來（旦）他許我夫妻之情斷不相忘

香柳娘（小旦）不須用淚零不須用淚零他是書生志誠

一言為定且寬心自穩且寬心自穩他與你無情做有情你何必舊恨添新恨（我有一句話和你說）你只要好看成此身好看成此身他與你兒女事關心料他不把情兒冷（旦）想他無定準想他無定準怕他富貴厭奴貧怕他花柳人勾引到三更四更怕三更四更怕聽孤鴈兩二聲殘月半窗冷漸懨〻瘦損漸懨〻瘦損我心兒裏怕人嗔口兒裏怕人問（旦）此事只好你知我知千萬不可說出與外人知道

【尾】（旦）再三囑付相遮隱此話牢拴方寸（小旦）我与你是何人何須分付你好把愁腸安頓

（旦）兩語相挨坐轉深　梅花分影動黄昏

（貼）魚書不負春来信　象榻何慙晝掩門

第二十八齣

【掛真兒】（生扮冠帶上）滿目新紅篤樹杪，鶯啼處夢断魂消。野店寒鷄，草橋残月，暗把遊人催老。記得離人哭渭城，如今新柳暗短長亭。杜鵑啼出别離声最苦，是千里此時情。未語涙先零，随他春夢去兩三程。漏声不歇，枕边听。驚醒處衾枕擁愁兵。下官濫措是也。叨蒙聖恩，幸中二甲進士，觀政刑部。来丨帰期，不免修書一封，着進安先回報喜。免得父母与陳姑掛念。進安那里。（丑）京都誇得意，故国根無聊。禀老爺有何分付。（生）看筆硯过来。

【五更轉】（生作寫書科）自昔年離膝下，今經三載餘，白雲首匕匕慮無際扇枕温衾誰做箇倚門倚閭不孝兒逆天罪難饒恕幸得天池奮跡匕匕鴈塔題名字欲慰親堂聊把別来書寄進安你把這一封書。寄与河南太老爹太奶奶處投下。說我明春就回了

【前腔】（生又作寫科）生別離秋江上今經半載餘彩雲夢断匕匕客窓淚剩雨殘雲誰作孤燈長夜我志冲霄氣吐霓誇得意當年有約匕匕姻緣誓指日南来要把玉簪重會進安过来。這一封書呵

【好姐姐】（旦）你先去女貞觀遍書說道我皇都得意若問我歸期（唱）你說桃花将盡是劉郎来會期呵如今河南去慈闈

書報天涯字（說呵我）早晚承恩衣錦歸

【前腔】（丑）拜別疾忙前去回首隔江雲春樹金泥遠報教他兩處知他心喜一邊收拾相思淚一邊免寄天涯遊子衣

書去心同去　魂飛夢亦飛

故鄉今夜淚　血染杜鵑枝

第二十九齣

【風入松】（王淨扮王公子上）終朝獨自坐沉吟只為此勞魂那人何日諧秦晉空辜負年少青春親到桃花渡口他見我定留情

買笑追歡儘費心。千金無處作媒人。今朝親到茯神廟。烈火休教夢裡焚。自家王公子是也。只為陳妙常冤家。日日掛心。無計可處。昨日那王師姑設計甚妙。不免叫小使備馬。親到觀中去請他。若來可不今夜就成全了此事。不免對老天許下天大的願心。保佑一說即來（作跪科）老天。今日去請陳妙常。若来烏猪白羊拜謝（丑暗上後白）我幫一隻鴨（淨）啐你這小使專會掉嘴（丑）若得爹爹討了陳道姑。省得終朝揷我（淨）你休得胡說。你跟我到女貞觀去

【六么令】（淨）溪橋繞轉見琳宮隱約松間那人深卧白雲閑低聲問立門邊漁郎要入桃花院

此間就是他房小使你先進去（丑）有人在此麽

【前腔】（旦）紙窗晝掩是何人來到松關莫非青鳥寄雲箋親自去聽他言行藏又恐人瞧見

向人在此(丑)小人是耿衙奶奶差来。欲拜足下為師，請到衙中談経說法。備轎相迎(旦背云)我知道了。這是那王公子使他来計賺我的。待我哄他一哄，你家奶奶叫你同相公来接我，為何不見你相公進来(丑)賊道二二，他就知道了，待我去請他来相見(作諢科)(旦)相公你聽我道

【蠻牌令】(旦)君家聽相告，身已許蓬茅，為貪鐘磬外，自結水雲交，伴青松身閑意閑，共明月散誕逍遥。(淨)久聞清雅。今見絕色，若是苦守清規，可不辜負了你的青春(旦)念蒲質自甘棄捐，又何須雅念勤勞。(淨唱)粉質似瓊瑶，青鬟翦雲綃，料應天上種，暫且謫塵囂。念佛人何曾上天，住塵世且結鸞交。你若還苦守清規，可不負了藍橋

憶多嬌(旦)看他村樣喬，心瞎憔人，隔星河路轉遥，月

印江心空自撈收拾風騷〻〻一今世裡姻緣且歇這

遺多謝枉顧。不及奉陪。看他青鳥入雲去。笑殺山鷄空自飛（旦下）（淨低頭作揖科）（丑）進去了。你這他罵

了（淨）他罵我什麼来（丑）他比你山鷄野鳥（淨）這等可悪他把我朝劈面摟望斷

巫山雲霧高關出劉郎門外敲此恨難消〻〻管教

他平地風掀浪高小使臨別関門似有情（丑）爹未見得（淨）羞花玉貌实輕盈（丑）看来只

是别尋好（淨）此事回言断不成我定要告他〻〻（下）

第三十齣

（七娘子）（外扮張子胡上）守官清似水一冠平萬境同歡

郡守三年久。官居以作家。公庭民訟少。無事事收衙左右的開門放告（大淨扮王公子小淨扮王師姑上）

〔園林好〕（大淨）你騙我錢財賴婚（小淨）你強逼我空門議親甘守清規本分怎教我苦追尋（淨）拿你去訴公庭

告狀的（外）告什麼狀（淨）老爺這一箇王師姑。口称有一年幼道姑今欲还俗。騙小的財礼銀十兩。毀賴婚姻。特告爺臺。望乞垂听（外）如何你當初輕所他

〔玉胞肚〕（淨）當年輕信只止望婚姻事成誰知他計賺劉郎空教我費盡錢神如今教我無瓜抱蔓蜂愁蝶恨怯殘春誰為有鼠無牙怨未平

（外）媒姑怎麼說（貼淨）云老爺都是虛情

〔前腔〕（貼淨）村家行徑強尼姑向空門結姻只止望郗李投桃那顧他礼佛看經他雲堂松舍清閑別有一番

春怎教我抱布街頭强逼人（外）你告那道姑莫非是女貞觀的（淨）正是正是

【前腔】（外）他是氷清玉潤怎便肯隨波逐塵（外作背科）記當年邂逅禪房他愛清幽獨理瑤琴他既是道姑王仁你也不該強逼他為婚。你那王師姑。也不該替人主婚作媒（唱）你誰知蓮臺人抱水雲心空學簫吹鸞鳳音左右各打二十（打科）我這裡本該問罪。都且饒你赶出去罷

（外）息訟愧分茅　齊民政獨勞

（淨）總教輸廿板　羸得一身騷

第三十一齣

【夜遊宮】（老旦上）（旦上）人去天涯幾許疑望處淚眼愁眉（旦）睡

不熟枕兒移過又移沒奈何一番念一番悲

(老旦)風吹雲片片。飛盡桃花瓣。人歸不似堂前燕。燕来腸欲斷。二二(旦)夜深低囑告。人在瑣窗西。伴聽玉笛。鸞春怨。此際愁腸千萬段。朱顏消一半。二二二。師父稽首。徒弟到来。我那姪兒一去。又見春殘。天涯人遠。悄無音信。奈何二二(旦)不知他功名若何。好歹定有信音来也。請自消遣則箇。

六犯清音(老旦)天涯人別春風花信眼前幾度驚心衡陽鴈杳不知他曾上青雲別館花驚發離亭柳色新(旦)凄凄雨欲斷魂夢中芳草是我意中人(老旦)望斷我雲堂何日開封字(旦背唱)望斷我錦帳通宵喜合簪(老旦)莫不是蕭條旅館莫不是留戀帝京(旦背唱)好教我常添縈掛教我偷將淚零花飛又早紅成陣(老旦)事關心

把金錢暗卜又恐涉遊魂

不是路（丑）回首江漬又見門前柳色陰忙投奔太奶奶小奶奶磕頭天邊青鳥寄佳音（老旦）怎麼是這等称呼。敢是相公中了（丑）中了有書寄上

（老旦）意方伸望中喜得龍門信不狂我西風促去程（旦）自沉吟為何不問我舊時人（丑）這一封書單為着小奶奶親事（丑）教我報君聞劉郎到日梔花盡他意在重封蠟一痕（旦作羞科）休得胡說

（老旦）休遮隱兩家供狀今番定你且看他書信（丑）你們看書。小人就此告別。要往河南家去。纔到石頭城。及上漢陽路（老旦）再住兩日（丑）不得久羈遲。東人曾囑付（下）（旦作開書科）

一封書（老旦）尊姑聽楷宣花向長安馬上看今一事報

言、陳女曾同枕席歡兩下姻緣簪已定早卜歸期合、

錦鴦乞垂憐望周全夫婦恩深感百年

[老旦]好。好。出家人。原來如此罷。今日之事。也是五百年前宿緣。天涯相會。你兩人將何物作配。以成此事[旦]潘官人以鴛墜為贈奴以玉簪答之[老旦]可喜可喜

[羅帳裏坐][老旦]鴛鴦玉墜碧霞玉簪兩物相贈天教合歡紅絲翠幕事非偶然只是一件雖是你兩下夫妻前定。若是在我這里成親。恐壞我的山門。你可到張二娘家住下。就立二娘為媒。不是苟合。待我姪兒回来。做親便了[老旦唱合]空門恐怕外人嫌你及早去尋春別院

[前腔][旦]春紅滿面含羞怎言俗緣未斷把清規相玷、其間就裡是我三生舊緣[合前]

收拾行囊過別船　從今好去了塵緣
玉簪重會天涯外　始信紅絲萬里牽

第三十二齣

（霜天曉角）（生扮冠帶行路上）来時江上霜樹添惆悵此日人歸春漲滿目花飛擾攘

去年逐鴈来，鴈字排愁陣。霜月照孤幃，離宊成多恨。今年逐燕來，燕逐花飛盡。着意向前飛，王謝堂應近。必正叨蒙聖恩，除授成都路永康軍恤刑，路出金陵，不免先去覲親，後往赴任，多少是好。左右的那里，請動，就此起程。

（望吾鄉）（生）花映宮袍，春風蕩柳條，嬌紅吹落知多少。杜鵑聲喚人歸早，似為多情叫。（合）歸心急，去路遥，石

頭城望楚天高松陰下曲徑遙朱扉掩映隔雲霄左右報女貞觀我到了快進通報。有人在此麼

（下）（笑子）（老旦）聽得門前人語沸馬頭簇映朱旗（生）姑娘請上待姪兒參拜

（括鼓令）（生）當日寄上方幸得衣沾佛座香月下姻緣曾有約得見雲英在異鄉暗許配裴航（生作尋看科）今日為何不見他聲音影響又添愁悶淚沾裳莫不是鵲架隔參商

（前腔）（老旦）我兒書中意已詳秦晉相逢在一方月夕花陰同蝶夢鴛墜鸞簪合雁行此女當初入觀也非偶然夫婦事非常

陳姑少年遭兵靖康。毋子分散。虧了觀隣張二娘。引領来覌焚修。因此上妝入在雲房。今日呵那知道爲你結鸞凰。你兩人雖是夫婦前定。若是在此成親。恐怕玷辱我的山門。他原與張二娘。結拜姊妹。我先打發到他家住下。你可到彼迎婚就是了

瀛水喜登僊　紅絲續舊緣
要知雙璧合　曾共種藍田

第三十三齣

（番卜筭）（旦）重整舊脂膏爲結新鴦侶（下旦扮張二娘上）粧臺纔學畫蛾眉人與花争媚（相見科）
（旦）多少相思淚換来人月圓。夢中今夜話。猶恐説當年（下旦）休更説從前新歡續舊歡。可憐今夜別。

相見是何年妹二今日潘老爹迎娶你成婚。你可對鏡開粧整頓花容則箇

（園林好）（旦）幾曾會調朱傳鉛。幾曾帶鸞釵鳳鈿。對鏡羞慚嬌面。今日裡別仙班。今日裡謫塵凡。

（出隊子）（衆扮燈燭迎婚科唱）燈輝月明。（匕匕）鵲度星橋會七襄。鸞笙鳳管吹悠揚。金榜人歸樂洞房。天上人間占斷無雙。（淨上念詩賦請旦穿衣科）

（江兒水）（小旦）忽聽得人傳。接門前皷吹喧。繡襦羅襪新裁剪。雲梳月掠重遮掩。鸞衾鳳枕春無限。妝拾空門經卷。且向鸞臺。慢學齊眉舉案。（旦作淚科）（小旦）妹二如此喜事為何墮下

淚珠

〔玉胞肚〕〔旦〕我爲別離難見〔作悲科〕感謝你看承數年〔姐姐〕我想栺引入觀那時。這恩深結草難酬。況今朝棄撇尊顏相看青眼淚空懸要見多應是夢間〔小旦〕妹二請了。從教分手處。有夢從南柯〔小旦下〕〔旦二〕就此起轎

〔出隊子〕〔衆〕瑶天環珮二二雲駕香車月下歸苍明酒艷會瑶池銀燭輝煌滿道遮錦幔春宵玉漏慢催〔掌禮念〕人折桂枝香。新婚畫錦堂。請出紅娘子相見賀新郎。老爺有請

〔西地錦〕〔生〕聽得簫聲催跨鳳似扶我兩翼天風〔掌禮念〕才郎女貌實堪跨。玉蕋金枝護錦霞。只看今夜成親後。明年養出十七八箇小呱呱。參天地兩拜。轉身會禮

排歌【衆】儸犬休驚，花源洞房天生一對，鸞凰翠裙搖玉響，琳琅月下花風綺閣，香燒銀燭，醉玉觴，新郎原是舊漁郎，芙蓉褥，玳瑁床，日高春暖睡鴛鴦。

【前腔】【旦】國士潘安賢，門孟光芳姿，玉立珪璋，當年若不寄雲房，流落如今在那廂，胎粉態，錦綉腸，恩情地久與天長。人生事，信渺茫，萍踪明日又他鄉。

【生】左右的，快討夫馬起身，前往河南家去。夫人，我與你作別姑娘，明早就行罷了。【回】使得。

合鏡相看意頗濃，佳期今夕婿乘龍。
當年不到昆陵驛，辜負好花空自紅。

第三十四齣

【憶秦娥】時光暮又早見春到梅（外扮潘府尹老旦扮夫人淨扮陳毋上）花（淨）斤斤飛来蝴蝶耍淚痕滚滚隨他（外旦）枝頭花信暗生香。雪剪寒枝壓粉墻（淨）春去秋来容易過。思児念女淚沾裳（相見科）（淨）親家大人在上。老身在此攪擾。多時不見女児消息。在此自覺惶愧。只索拜辭。以還故土（外老旦）說那裡話。瓜葛之親。終身相依。但莫責我清貧。藺藜在此。垂老何方（淨）多謝多謝（老旦）今日如此大雪。已曾分付安排酒核賞雪觀梅。同親毋少坐如何（淨）使得使得

【二犯朝天子】（外）一團輕絮一團花碎剪雲綃薄照月華看他飛來飛去亂如麻熔銀花綉屏金帳繁華有幾多愛他梁園詞賦堪誇况竹爐味佳、、

【前腔】（淨）一陣風来一陣斜萬里彤雲布似落花看他

顛狂無主寄天涯似飛沙飄零逐馬隨車有幾多恨他安門空自嗟呀況孤踪似咱〻〻

菊花新（生旦官服上）數載椿萱隔面如今喜到家園（旦）娘兒生死各移天要見何年重見

（生）夫人。且喜寒家已到。不免逕入（相見動悲科）

哭相思（合）長恨關河隔遠如今夢裡團圓

（外）我兒田園荒廢。父母孤單。為何久留都下（生）兒因功名羈絆。有違甘旨。萬死何堪（老旦）媳婦嬌容俊雅。矩度從容。真乃吾家蘋蘩之婦（旦）天涯歸晚。有失承歡。深慙燕爾（老旦）我兒這是你舊日岳母。你可上前相見（淨）賢婿。老身自遭兵火。拆散女孩兒。寄住潭府。深蒙尊堂款留。心實惶愧。今日見你夫婦。想起我的女兒。好生痛殺我也（生）岳母在上。不必愁煩。令愛雖死。小生在此。亦可承歡暮年（旦）

我的母親。旧時模樣。與此一位老夫人。相像若还在此。可不霜鬢雙垂。也是這般老了。如今一見好生想殺我也

皂羅袍（淨）子母經年分散。喜芸窓脫跡。服冕乘軒（生）岳母為何雙淚湧流泉（夫人）為何兩下頻頻看（旦）你的岳母似我萱堂一般（淨）你的尊闈似我孩兒一般。教人兩下重留戀

江兒水（老旦）我兒你把夫和婦姻親對我言。如何聚首為家眷（生）我在姑娘觀中時相見。玉簪鴛鴦紅絲綰月下姻緣。天遣幸得身榮。合巹歸來庭院

五供養（淨）事非偶然。賢婿把鴛鴦借我一看（作看科）這鴛鴦分明是

我家傳小夫人何方来得娶說與我免愁煩(旦背唱)我那娘親自幼教奴佩綰提起分離事教我好埋怨(淨)小夫人高姓何方人氏(旦)陳姓嬌蓮與母在潭州分散(淨)既然如此你就是我的女兒(旦)我的母親(作悲相認科)(外)這玉箸也原是我的聘物。可喜可喜

(玉交枝)(外)天涯重見喜蒹葭姻親兩全(旦)兒榮婦見真堪羡相看老景椿萱(生)夫妻簿上真有緣娘兒在地下重逢面恨當初鸞隻鳳單喜今日夫榮妻顯

(川撥棹)(合)重重怨頓教人開笑顔幸吾盟得遂從前幸吾盟得遂從前辨明香答謝天效于飛共百年

(尾)收場大夢如逢轉堪笑才情雅念慢把新詞作話

傳

京兆府當年揞腹　　女真觀重會玉簪
慢寫出風情月思　　畫堂前侑酒承歡

四明孫氏藏書

明刊詞曲類

将近三十年了，當我第一次見到这部書的时候，离开現在。那时趙斐雲將赴宁波訪書，馬隅卿恰好閒居在家鄉。斐雲約我同行。我少年好事，一諾無辭。每適颶風大作，不能作海行，乃經杭州紹興，乘大汽車达宁波。我們住在隅卿老宅的東廂，晝夜豪談，謀登天一閣不得，則訪書於馮孟顓、朱贊卿、孫祥熊三家。孟顓贊卿皆盡出所有以資採討。羽君独吝，迟迟乃出明藍格鈔本录鬼簿，後附有續編者，又明白綿紙刻本女貞觀重会玉簪記二書。二書出，它皆闇然失色。我們相顧動容，細細翻閱数过。於玉簪記的插圖尤為欣賞不已。然終不得不捧書还之。独於錄鬼簿則不忍一釋手。以其中的戏剧資料均為第一手的，少縱即逝，乃向主人力請一假，約以次日歸趙。孫氏慨允我们之請。我们心滿意足，抱書而回。就在當夜，拆書為三，由我们三人分寫之。这是值得通夜無眠地来抄寫的。这部抄本後来由北京大学付之影印，人人均可得見了。过了十多年，在一九四七年的冬天，杭賈走鄞，購得录鬼簿及玉簪記，欲以歸予。我久不購書，且方在窮鄉，亦無力以得之。如賀見老友，安在捨不得放開它們。不得已乃舉債以得录鬼簿，却更無能併購玉簪記了。後聞玉簪記已爲徐伯郊所有，則不復更作收藏想。不意年初上海古籍書店函告云，有白綿紙本女貞觀重會玉簪記，欲得之否？頗疑即是前書，姑函索閱。書至，果即是孫氏物也。三十年夢魂相思，終得有之，能不謂為書緣有合乎？十多年前，魚與熊掌，勢不可得兼。不意於十多年後，二書竟能璧合，此書索價至四百金，可謂昂甚。然不能不取之，聚書滿家，獨此二物縈系心頭，似爍爍作光。不仅書是白眉，即遇合亦甚奇也。一九五八年四月十日郑振鐸記，时小园中紅梅正含苞欲放，丁香、海棠均茁嫩葉，而郊外柳色已黃，春光徘徊，中人欲醉。